DU MÊME AUTEUR

LE CHEMIN

collection dirigée par Georges Lambrichs

J. M. G. LE CLÉZIO

LA RONDE
ET AUTRES
FAITS DIVERS

GALLIMARD

Il a été tiré de l'édition originale de cet ouvrage
vingt-huit exemplaires
sur vergé blanc de Hollande Van Gelder
numérotés de 1 à 28
et trente-huit exemplaires
sur vélin d'Arches Arjomari-Prioux
numérotés de 29 à 66.

La ronde

Les deux jeunes filles ont décidé de se rencontrer là, à l'endroit où la rue de la Liberté s'élargit pour former une petite place. Elles ont décidé de se rencontrer à une heure, parce que l'école de sténo commence à deux heures, et que ça leur laissait tout le temps nécessaire. Et puis, même si elles arrivaient en retard ? Et quand bien même elles seraient renvoyées de l'école, qu'est-ce que ça peut faire ? C'est ce qu'a dit Titi, la plus âgée, qui a des cheveux rouges, et Martine a haussé les épaules, comme elle fait toujours quand elle est d'accord et qu'elle n'a pas envie de le dire. Martine a deux ans de moins que Titi, c'est-à-dire qu'elle aura dix-sept ans dans un mois, bien qu'elle ait l'air d'avoir le même âge. Mais elle manque un peu de caractère, comme on dit, et elle cherche à dissimuler sa timidité sous un air renfrogné, en haussant les épaules pour un oui ou pour un non, par exemple.

En tout cas ce n'est pas Martine qui a eu l'idée. Ce n'est peut-être pas Titi non plus, mais c'est elle qui en a parlé la première. Martine n'a pas eu l'air bien surprise, elle n'a pas poussé de hauts cris. Elle a seulement haussé les épaules, et c'est comme cela que les deux jeunes filles se sont mises d'accord. Pour l'endroit, il y a quand même eu une petite discussion. Martine voulait que ça se fasse en dehors de la ville, aux Moulins par exemple, là où il n'y a pas trop de monde, mais Titi a dit que c'était mieux en pleine ville, au contraire, là où il y a des gens qui passent, et elle a tellement insisté que Martine finalement a haussé les épaules. Au fond, en pleine ville ou aux Moulins, c'est la même chose, c'est une question de chance, voilà tout. C'est ce que pensait Martine, mais elle n'a pas jugé bon de le dire à son amie.

Pendant tout le temps du déjeuner avec sa mère, Martine n'a presque pas pensé au rendez-vous. Quand elle y pensait, ça l'étonnait de s'apercevoir que ça lui était égal. Ce n'était sûrement pas pareil pour Titi. Elle, ça faisait des jours et des jours qu'elle ruminait toute cette histoire, elle en avait sûrement parlé pendant qu'elle mangeait son sandwich sur un banc, à côté de son petit ami. D'ailleurs c'est lui qui a parlé la première fois de prêter son vélomoteur à Martine, parce qu'elle n'en avait pas. Mais lui, on ne peut pas savoir ce qu'il pense de tout cela. Il a de petits yeux étroits où on ne lit absolument rien, même quand il est furieux ou qu'il s'ennuie.

Pourtant, quand elle est arrivée dans la rue de la Liberté, près de la place, Martine a senti son cœur tout d'un coup qui paniquait. C'est drôle, un cœur qui a peur, ça fait « boum, boum, boum », très fort au centre du corps, et on a tout de suite les jambes molles, comme si on allait tomber. Pourquoi a-t-elle peur ? Elle ne sait pas très bien, sa tête est froide, et ses pensées sont indifférentes, même un peu ennuyées ; mais c'est comme si à l'intérieur de son corps il y avait quelqu'un d'autre qui s'affolait. En tout cas, elle serre les lèvres et elle respire doucement, pour que les autres ne voient pas ce qui se passe en elle. Titi et son ami sont là, à califourchon sur les vélomoteurs. Martine n'aime pas l'ami de Titi ; elle ne s'approche pas de lui pour ne pas avoir à l'embrasser. Titi, ce n'est pas pareil. Martine et elle sont vraiment amies, surtout depuis un an, et pour Martine, tout a changé depuis qu'elle a une amie. Maintenant elle a moins peur des garçons, et elle a l'impression que plus rien ne peut l'atteindre, puisqu'elle a une amie. Titi n'est pas jolie, mais elle sait rire, et elle a de beaux yeux gris-vert ; évidemment, ses cheveux rouges sont un peu excentriques, mais c'est un genre qui lui va. Elle protège toujours Martine contre les garçons. Comme Martine est jolie fille, elle a souvent des problèmes avec les garçons, et Titi lui vient en aide, quelquefois elle sait donner des coups de pied et des coups de poing.

Peut-être que c'est le petit ami de Titi qui a eu l'idée, d'abord. C'est difficile à dire parce que ça fait longtemps qu'ils ont tous plus ou moins envie d'essayer, mais les garçons parlent toujours beaucoup et ils ne font pas grand-chose. Alors c'est Titi qui a dit qu'on allait leur montrer, qu'on ne se dégonflerait pas, et qu'ils pourraient aller se rhabiller, les types et les filles de la bande, et que Martine après ça n'aurait plus rien à craindre. C'est la raison pour laquelle Martine sent son cœur battre très fort dans sa cage thoracique, parce que c'est un examen, une épreuve. Elle n'y avait pas pensé jusqu'à maintenant, mais tout d'un coup, en voyant Titi et le garçon assis sur les vélomoteurs à l'angle de la rue, au soleil, en train de fumer, elle comprend que le monde attend quelque chose, qu'il doit se passer quelque chose. Pourtant, la rue de la Liberté est calme, il n'y a pas grand monde qui passe. Les pigeons marchent au soleil, sur le bord du trottoir et dans le ruisseau, en faisant bouger mécaniquement leurs têtes. Mais c'est comme si, de toutes parts, était venu un vide intense, angoissant, strident à l'intérieur des oreilles, un vide qui suspendait une menace en haut des immeubles de sept étages, aux balcons, derrière chaque fenêtre, ou bien à l'intérieur de chaque voiture arrêtée.

Martine reste immobile, elle sent le froid du vide en elle, jusqu'à son cœur, et un peu de sueur mouille ses paumes. Titi et le garçon la regardent, les yeux plissés à cause de la lumière du soleil. Ils lui parlent, et elle ne les entend pas. Elle doit être très pâle, les yeux fixes, et ses lèvres tremblent. Puis d'un seul coup cela s'en va, et c'est elle maintenant qui parle, la voix un peu rauque, sans savoir très bien ce qu'elle dit.

« Bon. Alors, on y va ? On y va maintenant ? »

Le garçon descend de son vélomoteur. Il embrasse Titi sur la bouche, puis il s'approche de Martine qui le repousse avec violence.

« Allez, laisse-la. »

Titi fait démarrer brutalement son vélomoteur et vient se placer à côté de Martine. Puis elles démarrent au même moment, en donnant des coups d'accélérateur. Elles roulent un instant sur le trottoir, puis elles descendent ensemble sur la chaussée, et elles restent côte à côte dans le couloir réservé aux bus.

Maintenant qu'elle roule, Martine ne ressent plus la peur à l'intérieur de son corps. Peut-être que les vibrations du vélomoteur, l'odeur et la chaleur des gaz ont empli tout le creux qu'il y avait en elle. Martine aime bien rouler en vélomoteur, surtout quand il y a beaucoup de soleil et que l'air n'est pas froid, comme aujourd'hui. Elle aime se faufiler entre les autos, la tête tournée un peu de côté pour ne pas respirer le vent, et aller vite ! Titi a eu de la chance, c'est son frère qui lui a donné son vélomoteur, enfin, pas exactement donné ; il attend que Titi ait un peu d'argent pour le payer. Le frère de Titi, ce n'est pas comme la plupart des garçons. C'est un type bien, qui sait ce qu'il veut, qui ne passe pas son temps à raconter des salades comme les autres, juste pour se faire valoir. Martine ne pense pas vraiment à lui, mais juste quelques secondes c'est comme si elle était avec lui, sur sa grosse moto Guzzi, en train de foncer à toute vitesse dans la rue vide. Elle sent le poids du vent sur son visage, quand elle est accrochée à deux mains au corps du garçon, et le vertige des virages où la terre bascule, comme en avion.

Les deux jeunes filles roulent le long du trottoir, vers l'ouest. Le soleil est au zénith, il brûle, et l'air frais n'arrive pas à dissiper l'espèce de sommeil qui pèse sur le goudron de la rue et sur le ciment des trottoirs. Les magasins sont fermés, les rideaux de fer sont baissés, et cela accentue encore l'impression de torpeur. Malgré le bruit des vélomoteurs, Martine entend par instants, au passage, le glouglou des postes de télévision qui parlent tout seuls au premier étage des immeubles. Il y a une voix d'homme, et de la musique qui résonne bizarrement dans le sommeil de la rue, comme dans une grotte.

Titi roule devant, à présent, bien droite sur la selle de son vélomoteur. Ses cheveux rouges flottent au vent, et son blouson d'aviateur se gonfle dans le dos. Martine roule derrière elle, dans la même ligne, et quand elles passent devant les vitrines des garages, elle aperçoit du coin de l'œil leurs silhouettes qui glissent, comme les silhouettes des cavaliers dans les films de cow-boys.

Puis, tout d'un coup, à nouveau, la peur revient à l'intérieur de Martine, et sa gorge devient sèche. Elle vient de s'apercevoir que la rue n'est pas vraiment vide, que tout cela est comme réglé d'avance, et qu'elles s'approchent de ce qui va arriver sans pouvoir se détourner. L'angoisse est si forte que tout se met à bouger devant les yeux de Martine, comme quand on va se trouver mal. Elle voudrait s'arrêter, s'allonger n'importe où, par terre, contre un coin de mur, les genoux repliés contre son ventre, pour retenir les coups de son cœur qui jettent des ondes à travers son corps. Son vélomoteur ralentit, zigzague un peu sur la chaussée. Devant elle, au loin, Titi continue sans se retourner, bien droite sur la selle de son vélomoteur, et la lumière du soleil étincelle sur ses cheveux rouges.

Ce qui est terrible surtout, c'est que les gens attendent. Martine ne sait pas où ils sont, ni qui ils sont, mais elle sait qu'ils sont là, partout, le long de la rue, et leurs yeux impitoyables suivent la cavalcade des deux vélomoteurs le long du trottoir. Qu'est-ce qu'ils attendent, donc ? Qu'est-ce qu'ils veulent ? Peut-être qu'ils sont en haut des immeubles blancs, sur les balcons, ou bien cachés derrière les rideaux des fenêtres ? Peut-être qu'ils sont très loin, à l'intérieur d'une auto arrêtée, et qu'ils guettent avec des jumelles ? Martine voit cela, l'espace de quelques secondes, tandis que sa machine ralentit en zigzaguant sur la chaussée, près du carrefour. Mais dans un instant, Titi va regarder derrière elle, elle va rebrousser chemin, elle va dire « Eh bien ? Eh bien ? Qu'est-ce que tu as ? Pourquoi tu t'arrêtes ? »

Martine ferme les yeux, et elle savoure ces quelques secondes de nuit rouge, dans toute cette journée cruelle. Quand elle regarde à nouveau, la rue est encore plus déserte et plus blanche, avec le grand fleuve de goudron noir qui fond sous les rayons du soleil. Martine serre bien fort les lèvres, comme tout à l'heure, pour ne pas laisser échapper sa peur. Les autres, ceux qui regardent, les embusqués derrière leurs volets, derrière leurs autos, elle les déteste si fort que ses lèvres recommencent à trembler et que son cœur bat la chamade. Toutes ces émotions vont et viennent si vite que Martine sent une ivresse l'envahir, comme si elle avait trop bu et fumé. Elle voit encore, du coin de l'œil, les visages de ceux qui attendent, qui regardent, les sales embusqués derrière leurs rideaux, derrière leurs autos. Hommes au visage épais, aux yeux enfoncés, hommes enflés, qui sourient vaguement, et dans leur regard brille une lueur de désir, une lueur de méchanceté. Femmes, femmes aux traits durcis, qui la regardent avec envie et mépris, avec crainte aussi, et puis visages de filles de l'Ecole de sténo, visages des garçons qui tournent, qui s'approchent, qui grimacent. Ils sont là tous, Martine devine leur présence derrière les vitres des bars, dans les recoins de la rue que le soleil vide.

Quand elle repart, elle voit Titi arrêtée avant le carrefour suivant, à l'arrêt de bus. Titi est à demi tournée sur la selle de son vélomoteur, ses cheveux rouges sont rabattus sur sa figure. Elle est très pâle, elle aussi, car la peur trouble l'intérieur de son corps et fait un nœud dans sa gorge. C'est sûrement le soleil de feu qui donne la peur, et le ciel nu, sans un nuage, au-dessus des septième étages des immeubles neufs.

Martine arrête son vélomoteur à côté de Titi, et elles restent toutes les deux immobiles, la main sur la poignée des gaz, sans rien dire. Elles ne se parlent pas, elles ne se regardent pas, mais elles savent que la ronde va commencer, maintenant, et leur cœur bat très fort, non plus d'inquiétude, mais d'impatience.

La rue de la Liberté est vide et blanche, avec ce soleil au zénith qui écrase les ombres, les trottoirs déserts, les immeubles aux fenêtres pareilles à des yeux éteints, les autos qui glissent silencieusement. Comment tout peut-il être si calme, si lointain ? Martine pense aux moteurs des motos qui peuvent éclater comme le bruit du tonnerre, et elle voit un instant la rue s'ouvrir, se précipiter sous les pneus qui la dévorent, tandis que les fenêtres explosent en mille miettes qui jonchent l'asphalte de petits triangles de verre.

Tout cela est à cause d'elle, d'elle seule : la dame en

tailleur bleu attend l'autobus, sans regarder les jeunes filles, un peu comme si elle dormait. Elle a un visage rouge parce qu'elle a marché au soleil, et sous la veste de son tailleur bleu, son chemisier blanc colle à sa peau. Ses petits yeux sont enfoncés dans ses orbites, ils ne voient rien, ou à peine, furtivement, vers le bout de la rue où doit venir le bus. Au bout de son bras droit, elle balance un peu son sac à main de cuir noir, marqué d'un fermoir en métal doré qui envoie des éclats de lumière. Ses chaussures sont noires également, un peu arquées sous le poids du corps, usées en dedans.

Martine regarde la dame en tailleur bleu avec tellement d'insistance que celle-ci tourne la tête. Mais ses yeux petits sont cachés par l'ombre de ses arcades sourcilières, et Martine ne peut pas rencontrer son regard. Pourquoi chercher à saisir son regard ? Martine ne sait pas ce qui est en elle, ce qui la trouble, ce qui l'inquiète et l'irrite à la fois. C'est peut-être parce qu'il y a trop de lumière ici, cruelle et dure, qui alourdit le visage de cette femme, qui fait transpirer sa peau, qui fait briller les rayons aigus sur le fermoir doré de son sac à main ?

Tout d'un coup, Martine donne un coup d'accélérateur, et le vélomoteur bondit sur la chaussée. Aussitôt elle sent l'air sur son visage, et la stupeur s'efface. Elle roule vite, suivie de Titi. Les deux vélomoteurs avancent avec fracas sur la chaussée déserte, s'éloignent. La dame en bleu les suit un instant du regard, elle voit les vélomoteurs tourner deux rues plus loin, à droite. Le bruit aigu des moteurs s'éteint soudain.

A quelques pâtés de maisons, pas très loin de la gare, le camion bleu de déménagement démarre lentement, chargé de meubles et de cartons. C'est un camion ancien, haut sur roues, peint en vilain bleu, et que les chauffeurs successifs ont brutalisé depuis un million de kilomètres, à grands coups de frein et en cognant sur le levier de vitesses. Devant le camion bleu, la rue étroite est encombrée de voitures arrêtées. En passant près des bars, le chauffeur se penche, mais il n'aperçoit que l'ombre au fond des salles. Il sent la fatigue et la faim, ou bien c'est la lumière trop dure qui se réverbère sur le goudron de la chaussée. Il plisse les yeux, il grimace. Le camion bleu va vite le long de la rue étroite, et le grondement de son moteur s'amplifie dans les portes cochères. Sur la plate-forme arrière, les meubles grincent, des objets s'entrechoquent dans les cartons d'emballage. L'odeur lourde du gas-oil emplit la cabine, se répand au-dehors, dans une fumée bleue qui traîne le long de la rue. Le vieux camion tangue et roule sur les cahots, il fonce droit devant lui, un peu semblable à un animal en colère. Les pigeons s'envolent devant son capot. Il traverse une rue, une autre rue, presque sans ralentir, peut-être que le million de kilomètres qu'il a parcourus à travers les rues de la ville lui donne le droit de passage.

Seconde, troisième, seconde. Les vitesses grincent, le moteur cogne, fait des ratés. Sur les vitres des magasins la silhouette bleue passe vite, un peu semblable à un animal furieux.

Là-bas, au bord du trottoir, la dame en tailleur bleu attend toujours. Elle vient de consulter sa montre pour la troisième fois, mais les aiguilles semblent s'être bloquées sur cette insignifiance : une heure vingt-cinq. A quoi pense-t-elle ? Son visage rouge est impassible, la lumière du soleil marque à peine les ombres de ses orbites, de son nez, de son menton. Eclairée bien en face, elle ressemble à une statue de plâtre, immobile au bord du trottoir. Seule la peau noire de son sac à main et de ses chaussures semble vivante, jetant des éclats de lumière. A ses pieds, son ombre est tassée comme une dépouille, un peu rejetée en arrière. Peut-être qu'elle ne pense à rien, pas même à l'autobus numéro sept qui doit bien venir, qui roule le long des trottoirs vides, quelque part, qui s'arrête pour ramasser deux enfants qui vont au lycée, puis, plus loin, un vieil homme en complet gris. Mais ses pensées sont arrêtées, elles attendent comme elle, en silence. Elle regarde, simplement, parfois un vélomoteur qui passe en faisant son bruit de chaîne, parfois une auto qui glisse sur l'asphalte, avec ce bruit chaud de rue mouillée.

Tout est si lent, et pourtant, il y a comme des éclairs qui frappent le monde, des signes qui fulgurent à travers la ville, des éclats de lumière fous. Tout est si calme, au bord du sommeil, dirait-on, et pourtant il y a cette rumeur et ces cris rentrés, cette violence.

Martine roule devant Titi, elle fonce à travers les rues vides, elle penche tellement son vélomoteur dans les virages que le pédalier racle le sol en envoyant des gerbes d'étincelles. L'air chaud met des larmes dans ses yeux, appuie sur sa bouche et sur ses narines, et elle doit tourner un peu la tête pour respirer. Titi suit à quelques mètres, ses cheveux rouges tirés par le vent, ivre, elle aussi, de vitesse et de l'odeur des gaz. La ronde les emmène loin à travers la ville, puis les ramène lentement, rue par rue, vers l'arrêt d'autobus où attend la dame au sac noir. C'est le mouvement circulaire qui les enivre aussi, le mouvement qui se fait contre le vide des rues, contre le silence des immeubles blancs, contre la lumière cruelle qui les éblouit. La ronde des vélomoteurs creuse un sillon dans le sol indifférent, creuse un appel, et c'est pour cela aussi, pour combler ce vertige, que roulent le long des rues le camion bleu et l'autobus vert, afin que s'achève le cercle.

Dans les immeubles neufs, de l'autre côté des fenêtres pareilles à des yeux éteïnts, les gens inconnus vivent à peine, cachés par les membranes de leurs rideaux, aveuglés par l'écran perlé de leurs postes de télévision. Ils ne voient pas la lumière cruelle, ni le ciel, ils n'entendent pas l'appel strident des vélomoteurs qui font comme un cri. Peut-être qu'ils ignorent même que ce sont leurs enfants qui tournent ainsi dans cette ronde, leurs filles au visage encore doux de l'enfance, aux cheveux emmêlés par le vent.

Dans les cellules de leurs appartements fermés, les adultes ne savent pas ce qui se passe au-dehors, ils ne veulent pas savoir qui tourne dans les rues vides, sur les vélomoteurs fous. Comment pourraient-ils le savoir ? Ils sont prisonniers du plâtre et de la pierre, le ciment a envahi leur chair, a obstrué leurs artères. Sur le gris de l'écran de télévision, il y a des visages, des paysages, des personnages. Les images s'allument, s'éteignent, font vaciller la lueur bleue sur les visages immobiles. Au-dehors, dans la lumière du soleil, il n'y a de place que pour les rêves.

Alors la ronde des vélomoteurs se referme, ici, sur la grande rue de la Liberté. Maintenant les vélomoteurs vont tout droit, en jetant vite en arrière tous ces immeubles, ces arbres, ces squares, ces carrefours. La dame en tailleur bleu est seule, au bord du trottoir, comme si elle dormait. Les vélomoteurs roulent tout près du trottoir, dans le ruisseau. Le cœur ne bat plus la chamade. Il est calme, au contraire, et les jambes ne sont plus faibles, les mains ne sont plus moites. Les vélomoteurs roulent au même rythme, l'un à côté de l'autre, et leur bruit est tellement à l'unisson qu'il pourrait faire crouler les ponts et les murs des maisons. Il y a les hommes dans la rue, embusqués dans leurs autos arrêtées, cachés derrière les rideaux de leurs chambres. Ils peuvent espionner avec leurs yeux étrécis, qu'est-ce que ça peut faire ?

Presque sans ralentir, le premier vélomoteur est monté sur le trottoir, il s'approche de la dame en bleu. Quand cela se passe, et juste avant de tomber, la dame regarde Martine qui roule devant elle dans le ruisseau, elle la regarde enfin, ses yeux grands ouverts qui montrent la couleur de ses iris, qui donne la lumière de son regard. Mais cela ne dure qu'un centième de seconde, et ensuite il y a ce cri qui résonne dans la rue vide, ce cri de souffrance et de surprise, tandis que les deux vélomoteurs s'enfuient vers le carrefour.

Il y a à nouveau le vent chaud qui souffle, le cœur qui bondit dans la cage thoracique, et dans la main de Martine serrée sur le sac à main noir, il y a la sueur. Le vide, surtout, au fond d'elle, car la ronde est finie, l'ivresse ne peut plus venir. Loin devant, Titi s'échappe, ses cheveux rouges flottant dans le vent. Son vélomoteur est plus rapide, et elle passe le carrefour, elle s'en va. Mais à l'instant où le deuxième vélomoteur franchit le carrefour, le camion de déménagement bleu sort de la rue, tout à fait semblable à un animal, et son capot happe le vélomoteur et l'écrase contre le sol avec un bruit terrible de métal et de verre. Les pneus freinent en hurlant.

Le silence revient sur la rue, au centre du carrefour. Sur la chaussée, derrière le camion bleu, le corps de Martine est étendu, tourné sur lui-même comme un linge. Il n'y a pas de douleur, pas encore, tandis qu'elle regarde vers le ciel, les yeux grands ouverts, la bouche tremblant un peu. Mais un vide intense, insoutenable, qui l'envahit lentement, tandis que le sang coule en méandres noirs de ses jambes broyées. Pas très loin de son bras, sur la chaussée, il y a le sac de cuir noir, comme s'il avait été bêtement oublié par terre, et son fermoir de métal doré jette aux yeux des éclats meurtriers.

Moloch

Aujourd'hui, 15 août 1963, la jeune femme qui s'appelle Liana est seule, assise sur la banquette recouverte de moleskine vert sombre, au fond de la grande salle. Dehors, la chaleur pèse sur les murs de tôle, sur le toit plat, et malgré les fenêtres ouvertes, il n'y a pas un souffle d'air. Aux pieds de Liana, Nick halète bruyamment. C'est le seul bruit à l'intérieur du mobile home sauf, de temps en temps, dans le lointain, un moteur de moto ou de scie à chaîne, ou bien un drôle de cri d'enfant qui fait tressaillir la jeune femme. C'est comme s'il n'y avait personne, vraiment personne à des lieues à la ronde, car le silence pèse avec la chaleur, il étouffe, il serre la tête, il empêche de penser.

Il y a si longtemps que Liana n'a vu personne. La dernière fois, c'était... C'était il y a deux jours, trois jours peut-être ? Liana ne sait plus très bien, c'est à peine si elle parvient à mettre en marche son esprit pour chercher des souvenirs. Quand elle fait cela, il y a quelque chose qui se déclenche en elle, comme si un petit muscle se raidissait, comme ces petits nerfs qui se mettent à trembler dans la paupière ou sur la joue. C'est un signal pour qu'elle s'arrête de chercher. Alors elle se lève, elle marche un peu le long du mobile home, pieds nus sur la vieille moquette râpeuse et marquée de

brûlures de cigarettes. Le plancher du mobile home tremble
sous ses pas. Le chien-loup se redresse, ses oreilles pointent
en avant. Puis il laisse retomber sa tête, il se rendort, ou il
fait semblant de se rendormir. Lui non plus n'a vu personne
depuis des jours, mais sans doute ça lui est égal. Il n'aime
personne, il n'a besoin de personne.

Il s'appelle Nick. Ce n'est pas elle qui a trouvé ce nom-là.
C'est Simon, quand il a apporté le chien. Il a dit seulement :
« Il s'appelle Nick. » Il était encore si petit qu'il ne tenait pas
bien sur ses pattes, et il faisait tout le temps sous lui, sur la
moquette. Liana l'aimait bien quand même, elle aurait
voulu lui donner un petit nom doux et sucré, mais Simon
avait dit qu'il s'appelait Nick, voilà tout. Alors elle a accepté
le nom, et puis ça sonnait plutôt bien pour un chien-
loup. Quand Liana regarde Nick, il n'y a pas de déclic
au fond d'elle, et elle peut se ressouvenir de ce temps-là, sans
que ça lui fasse mal. Mais il faut qu'elle pense seulement au
chien, à rien d'autre, sinon, il y a ce vertige, comme un vent
qui tourne dans sa tête, un vent qui vide, qui paralyse.

Nick est un grand chien-loup au poil blanc et gris, avec un
collier de poils noirs, et une queue gris sombre. Il a le bout
des pattes blanc, des sortes de grains de beauté sur chaque
joue, de longues moustaches raides et des taches noires au-
dessus de chaque sourcil. Il a des yeux jaunes marqués d'une
pupille très noire, qui vous fixe droit au fond des yeux
jusqu'à ce que vous soyez obligé de détourner votre regard.
C'est son regard que Liana essaie d'imaginer maintenant, et,
sans qu'elle s'en rende compte tout de suite, ce sont les yeux
de Simon qui apparaissent, jaunes aussi, durs, insistants,
avec cette petite étoile de lumière qui brille au centre des
pupilles et les rend encore plus noires. Les yeux la regardent
longuement, et le silence à l'intérieur du mobile home est si
intense que le vertige creuse son puits, insoutenable. Pour-

quoi est-ce que les yeux la regardent comme cela, si longtemps ? Elle pense qu'ils essayent de voir à l'intérieur d'elle, d'aller tout au fond, pour la brûler, pour la tuer. Alors elle sent les deux aiguilles noires des yeux qui la transpercent, et elle pousse un cri.

Le chien-loup s'est encore redressé, il la regarde, la moitié de son corps en alerte. Puis, comme elle ne dit rien, comme elle ne bouge pas, il se rassure, il relâche peu à peu ses muscles. Mais sa tête ne se repose pas sur le tapis, entre ses pattes. Ses yeux jaunes restent grands ouverts.

« Ce n'est rien, Nick, ce n'est rien », dit Liana. Elle s'aperçoit qu'elle a à peine la force de murmurer, et c'est comme un mensonge, parce que tout son corps est agité de tremblements, et que la sueur mouille son front, son dos, le creux de ses mains.

Quelle heure est-il ? Une heure, peut-être plus ? Si la télévision marchait encore, elle pourrait voir si les informations sont déjà passées. Mais le poste s'est démoli la semaine dernière, il a brûlé d'un seul coup en faisant une fumée suffocante.

Pourtant, il n'est sûrement pas plus d'une heure, parce que l'autoroute, là-bas, au bout du terrain vague, n'a pas encore recommencé à faire son bruit. Quand on approche de deux heures, on entend les grondements des moteurs, surtout les poids lourds. Maintenant, ils sont encore arrêtés à l'entrée de la ville, là où il y a les cafés et les postes d'essence. Ils mangent, tous les gens mangent. Liana pense tout d'un coup qu'elle n'a presque rien mangé depuis hier au soir. Elle a eu faim, tout à l'heure, et puis maintenant c'est passé. C'est toujours comme cela, maintenant, depuis que.... Elle a faim, et l'instant d'après elle a mal au cœur. Peut-être que c'est à cause du bébé ? Peut-être qu'elle devrait aller voir un médecin, comme le lui dit l'assistante sociale, la jeune femme pâle qui a des lunettes ? Mais elle n'aime pas les médecins. Ils veulent toujours toucher, examiner, ils veulent toujours savoir... Si elle va voir un médecin, il va sûrement poser des questions, et ses yeux brilleront. Les gens aiment tellement poser des questions. Ils ont des yeux qui brillent, et avec leur bouche humide ils parlent, ils disent des choses, ils demandent des choses, ils veulent savoir des noms.

Nick, lui, ne parle pas. Il ne demande rien. Il sait rester des heures, des jours sans bouger, rien qu'à écouter et regarder, sans faire de bruit.

C'est le silence qui est partout. Liana sent le silence à l'intérieur d'elle, le silence qui ne finit pas. Au-dehors, dans l'air torride, dans la lumière, les arbres sont immobiles. Ce sont des arbres maigres au feuillage terne, des eucalyptus, des lauriers, quelques pins, des palmiers. La terre est blanche, cailloux et poussière. Mais Liana n'a pas besoin de regarder au-dehors. Le silence qui est partout est aussi en elle, et ça fait un regard qui balaie l'horizon, comme le faisceau d'un phare, qui scrute tout.

Il y a si longtemps qu'elle n'est pas sortie. Deux jours, trois jours ? Dans le mobile home surchauffé il n'y a rien qui arrête le temps, rien qui retienne le passage des heures, des minutes. La pendule électrique est arrêtée ; sans doute la pile qui est usée, mais Liana ne pense même pas à la remplacer. A quoi cela lui servirait-il ? Elle ne saurait même pas la mettre à l'heure, et puis est-ce qu'elle s'occupe de l'heure ? Elle regarde seulement la lumière changer de couleur à l'intérieur du mobile home. Le matin, la lumière est pâle et claire, un peu grise. Plus tard, quand la chaleur monte au-dehors, elle devient jaune, brutale, elle fait mal, et Liana plisse les yeux pour la regarder. Après, c'est la lumière oblique, chaude, où on voit des grains de poussière flotter comme des moucherons. Après encore, c'est la lumière orange, douce, très calme, la lumière fatiguée de la fin du jour, et cela se transforme peu à peu en voile mauve du crépuscule. Puis ça devient gris, mais pas gris comme au matin : d'un gris qui s'éteint petit à petit, couleur de cendres. Même quand il fait tout à fait nuit, il y a encore de la lumière qui entre dans le mobile home : c'est la lueur triste des réverbères, là-bas, sur la route, et la brume rosée des éclairages de la ville. De temps en temps, il y a les faisceaux mouvants des phares d'une auto. On peut rester des heures à regarder la lumière passer sur les murs du mobile home, et les reflets courir sur la moleskine verte de la banquette, sur la table vernie, sur le tissu à fleurs des rideaux.

Liana bouge le moins possible. Elle est lourde, très lourde. Quand elle marche, ses genoux cèdent parfois, elle manque de tomber par terre. C'est comme si elle avait quelqu'un assis sur ses épaules. Quelquefois elle pense à Simon, elle sent le poids de son corps sur le sien, et elle se secoue avec colère pour le faire tomber. Mais le poids inconnu ne s'en va pas, ne la quitte jamais.

Alors elle préfère ne pas bouger. Elle reste assise, tantôt sur la banquette, près de la fenêtre, tantôt sur une chaise, les coudes appuyés sur la table.

Où est-ce qu'elle pourrait aller ? Partout, là, et ailleurs aussi, c'est la même terre blanchâtre, le sable, les cailloux pointus, la terre âcre et éblouissante. Partout il y a ces arbres maigres, ces eucalyptus, ces lauriers, ces palmiers rongés de soleil. Le long des routes il y a les platanes, et les aloès au bord du fleuve. Eux ne bougent pas, c'est vrai. Les arbres et les aloès restent où ils sont nés, dans la terre sèche qui les enserre, sous le soleil qui les brûle.

Mais les autres, les hommes. Ils sauraient vite la retrouver, elle ne pourrait pas leur échapper. Les hommes, les femmes, qui s'agitent tout le temps, qui vont et viennent dans leurs autos, les motards casqués, là-bas, sur toutes les routes, et les camions sur les autoroutes. Eux, ils savent où ils vont, ils n'ont pas peur de se perdre, ils n'attendent pas. Liana sait qu'ils peuvent venir, à chaque instant, l'emmener, l'emporter dans leurs prisons. Ils la cherchent, chaque jour, les médecins, les policiers, les assistantes, les conducteurs d'ambulances. Liana a peur d'eux, de leur bruit, de leur vitesse. Sans cesse ils courent les rues sur leurs machines, le bruit de tous leurs moteurs s'unit et ronfle au-dessus de la ville comme le bruit d'une cataracte.

De temps en temps, elle marche un peu le long du mobile home. Elle sent sous ses pieds le tremblement des structures métalliques, et le mobile home oscille un peu comme un bateau. Nick a redressé encore la tête, et il suit sa maîtresse de ses yeux jaunes insistants. Puis il bâille, et il va vers la porte. Il veut sortir.

Liana vient vers lui.

« Tu veux aller dehors ? »

Elle met la main sur la poignée de la porte. Nick regarde la main avec impatience, et il aboie un peu, en gémissant. Liana se retourne, elle cherche la laisse des yeux, mais elle ne la voit pas. Elle est peut-être tombée derrière un meuble. Liana est lasse, elle n'a pas envie de chercher. Peut-être qu'elle a perdu la laisse l'autre jour, quand elle est allée avec Nick au supermarché ? Elle ne se souvient pas si Nick avait sa laisse quand elle est revenue. Tant pis. Elle ouvre la porte, et Nick se glisse au-dehors. Il file vite au milieu de la plaine blanche, pareil à un loup. Liana sait qu'il va aller chasser du côté du fleuve sec, qu'il va tuer des poules, des lapins dans les fermes voisines, mais ça lui est égal. C'est comme un accord entre lui et elle. Il reviendra à la nuit peut-être, fatigué, les yeux brillants.

Liana descend le marchepied, lourdement. Elle titube sur

la terre chauffée. La lumière l'aveugle. Elle doit mettre sa main droite en visière au-dessus de ses yeux. Elle va droit devant elle, au milieu du terrain vague. Tout à coup, elle se rend compte qu'elle est pieds nus, parce que les cailloux aigus la blessent.

Elle cherche le chien des yeux, mais il a disparu sur le plateau de terre blanche, de l'autre côté de la haie de broussailles. Elle entend les chiens des fermiers qui aboient sur son passage.

Liana reste immobile devant le mobile home, et la lumière l'enveloppe, entre en elle. Elle est toute seule sur la terre poussiéreuse, loin des arbres, loin des maisons, sans rien pour s'appuyer, pour se cacher. Le soleil brûle au centre du ciel, il envoie ses ondes douloureuses. Il y a des cercles qui nagent sur place, et des silhouettes qui fuient, loin, des ombres, des enfants peut-être, ou des chiens, ou des autos, c'est difficile de savoir. Il y a des vols d'insectes invisibles qui épaississent l'air, des guêpes, des hannetons. Il y a la lumière qui tourbillonne autour d'elle comme le vent, la lumière du silence, la solitude qui pèse sur son corps comme le poids d'un inconnu.

Liana voudrait faire quelques pas en arrière, mais elle titube, et maintenant c'est le plateau de la terre entière qui se met à tourner sur lui-même, entraînant les arbres et les carlingues des mobile homes. Ça tourne un bon moment ainsi, autour d'elle, la terre avec tout ce qu'elle porte, les mobile homes, les poteaux électriques, les broussailles, les palmiers maigres, les tonneaux de kérosène, et même les tours des immeubles au bord du grand fleuve sec, et le supermarché au toit de tôle.

Ça tourne lentement, lentement, comme s'il y avait une musique quelque part. Et tout d'un coup Liana sent qu'elle tombe par terre, son corps cogne sur le sol comme un morceau de bois. Liana entend un grand bruit dans sa tête, puis elle n'entend plus rien, parce qu'elle s'est évanouie.

Quand elle se réveille, elle voit d'abord deux yeux insistants qui la regardent, avec des pupilles très noires. Mais ce ne sont pas les yeux du chien. C'est une jeune femme au visage enfantin, avec des lunettes qui brillent fort dans la lumière. Liana la reconnaît tout de suite : c'est l'assistante sociale, celle qui vient souvent lui parler devant sa porte.

« Ça va aller mieux, ça va aller maintenant ? »

La voix douce est insistante aussi. Liana se redresse lentement, comme le chien tout à l'heure. Ses cheveux sont pleins de poussière. Instinctivement, elle les peigne avec les doigts de sa main droite. La jeune femme aux lunettes dorées la regarde attentivement, elle dit :

« Je vais aller chercher un docteur. »

« Non ! non ! » dit Liana avec force. « Ça va bien, je vais rentrer chez moi. »

« Je vais vous aider. »

Liana essaie de se redresser seule, mais elle pèse trop lourd. Elle s'appuie sur le bras de l'assistante, et elle avance en boitant vers le marchepied du mobile home.

« Vous êtes sûre que vous ne voulez pas que j'appelle un docteur ? »

Liana dit vite, avec une sorte de rage :

« Non ! Je ne veux voir personne ! »

« Dans votre état, ça vaudrait peut-être mieux, si votre malaise vous reprend. »

La jeune femme a une voix insistante que Liana déteste.

Liana dit durement, presque méchamment :

« Je n'ai pas de malaises. C'est mon chien qui m'a fait tomber. »

Et pour faire plus vrai, elle crie deux ou trois fois, comme cela : « Nick ! Nicky ! Nick !... » Mais évidemment, le chien ne vient pas.

Elle retourne vers le mobile home, très lentement, en faisant attention à chaque pas. Autour d'elle, la lumière est brûlante, partout jaillissent les étincelles, dans les feuillages, sur les longues palmes grises des palmiers, sur les poteaux de fer, sur les cailloux aigus. Il y a même des étincelles dans les cheveux de Liana, au bout de chacun de ses ongles. Il y a une sorte d'orage électrique en train de passer sur le terrain vague. Ça fait une drôle de musique aussi, un bourdonnement sourd, un crissement qui pénètre dans les oreilles et qui fait un nœud au centre du corps. Liana sent la nausée dans sa gorge. Une sueur mauvaise mouille la paume de ses mains, et son cœur se met à battre fort dans ses artères.

« Ça va ? Ça va ? »

La jeune femme aux lunettes est toujours à côté d'elle. Elle lui prend le bras, au-dessus du coude, et Liana se laisse faire, elle est trop faible pour résister. Quand elles arrivent devant le marchepied, Liana voudrait s'arrêter, mais la main de la jeune femme la guide jusqu'à la portière. Elles entrent ensemble dans l'habitacle surchauffé.

« Il fait trop chaud ici », dit la jeune femme. « Il n'y a pas l'air conditionné ? »

Liana secoue la tête.

« Il faut laisser la porte ouverte, et toutes les fenêtres. »

« Non ! Non ! » crie Liana. Elle est à demi allongée sur la banquette de moleskine.

« Je vais vous apporter à boire », dit la jeune femme. « Vous êtes sûrement déshydratée. »

Elle va dans la cuisine, et Liana l'entend fourrager dans la vaisselle en désordre. Puis elle revient en portant un verre d'eau.

« Elle n'est pas froide, mais ça vous fera du bien quand même. »

Liana boit. L'eau calme sa nausée, et son cœur bat moins fort. Elle a sommeil.

« Merci », dit-elle. La jeune femme la regarde avec attention.

« Vous ne voulez pas que j'ouvre les autres fenêtres, il fait vraiment très chaud ici. »

« Non ! » dit Liana. « C'est — c'est à cause des mouches. »

« Des mouches ? »

« Oui, à cause du chien, l'odeur attire les mouches. »

Liana regarde autour d'elle. La jeune femme comprend tout de suite.

« Restez assise. Je vais l'appeler. Comment s'appelle-t-il ? »

« Nick. »

Liana regarde la jeune femme qui ouvre la portière. Elle appelle le chien. La voix, et le nom du chien résonnent bizarrement dans le silence épais du terrain vague.

La jeune femme revient ;

« Il n'est pas là. Voulez-vous que j'aille le chercher ? »

Liana secoue la tête.

« Pas la peine. Il reviendra tout à l'heure. Il va revenir avant la nuit. »

Comme il n'y a plus rien à faire, la jeune femme reste debout devant Liana. Son visage enfantin est marqué par l'angoisse, par la fatigue, comme si elle allait se mettre à pleurer.

« Est-ce qu'il n'y a vraiment rien que je puisse faire pour vous ? »

Liana secoue la tête.

La jeune femme va s'en aller. Mais elle se ravise. Elle sort de son sac à main un calepin, elle écrit quelque chose sur une feuille, elle déchire la feuille et elle la donne à Liana.

« C'est mon nom et mon adresse, et mon numéro de téléphone. Si vous avez besoin de quoi que ce soit, vous pouvez me trouver là, ou bien vous pouvez me laisser un message. Pour Judith, ça suffit. Vous vous souviendrez ? Judith. »

Liana la regarde sans sourire, sans expression.

« Ça ira bien maintenant, vous verrez. »

« Je n'ai besoin de rien. »

« Au revoir. »

« Au revoir, madame. »

« Quand vous — quand vous irez à l'hôpital, appelez-moi. Je viendrai vous chercher. »

L'assistante s'en va, elle ferme doucement la porte.

Dehors, le grand chien-loup blanc et noir court quelque part sur la terre poussiéreuse, à toute vitesse entre les broussailles, le long du fleuve sec. Il n'écoute pas le bruit des autos qui roulent sur la route, en haut des pilotis de béton. Il n'écoute pas le bruit grinçant des criquets, ni les cris des enfants dans les champs. La lumière étincelle sur les pierres aiguës, sur les feuillages, sur les palmes des palmiers, sur les dents du fil de fer barbelé. C'est une lumière qui enivre, qui rend un peu fou. Le grand chien tourne en traçant de grands cercles autour des fermes, il suit une très vieille piste, et les chiens du voisinage se mettent à aboyer. Puis, quand le soir tombe, il s'arrête de courir, et les poils hérissés, en rampant, il s'avance vers le poulailler entouré de grillage, et il choisit longuement sa proie.

*

Aujourd'hui, 3 octobre, Liana s'est réveillée avant le jour. Quand elle a senti qu'elle perdait les eaux, elle a compris que c'était le moment, que ça allait venir. Elle n'y avait pas encore pensé, pas vraiment, et elle avait cessé de surveiller les jours sur le calendrier depuis longtemps, de sorte qu'elle avait un peu oublié que ça devait venir un jour.

Depuis tellement longtemps elle était grosse et lourde, avec la peau du ventre tendue comme une pastèque. Peut-être qu'elle s'était habituée à tout cela, c'était un nouvel état, et ça ne devait plus changer. Simplement, elle avait été un peu plus grosse et un peu plus lourde chaque jour, elle avait soufflé un peu plus pour marcher, pour monter les escaliers, et même, à la fin, les bordures du trottoir. Et puis les gens la regardaient avec l'air gêné, on aurait dit qu'ils étaient pour quelque chose dans cette histoire. Il y en avait même qui étaient gentils avec elle, mais spécialement gentils, avec un regard un peu fuyant, et Liana s'était méfiée d'eux. Elle ne voulait voir personne, plus personne. Quand la jeune femme aux lunettes dorées était revenue, chaque fois Liana avait entrebâillé la porte, et elle lui avait dit méchamment, comme à une vendeuse de savonnettes : « Je n'ai besoin de rien, merci madame. »

Les derniers temps, elle reconnaissait même sa façon de frapper à la porte, doucement du bout des doigts, et elle n'avait pas bougé. Le chien avait aboyé comme un fou, jusqu'à ce que l'assistante reparte.

Maintenant, elle avait un peu peur quand même, Liana, en sentant toutes les eaux partir sous elle, dans son lit. Elle se levait pour nettoyer, et tout de suite il y avait eu les grandes douleurs. Jamais elle n'avait eu mal comme cela. C'étaient des vagues de feu qui descendaient de ses reins, qui paralysaient ses jambes, puis qui remontaient le long de son dos, jusque dans ses épaules, dans ses bras, qui résonnaient dans sa nuque.

Elle est tombée sur la moquette sale en gémissant, incapable de marcher. Elle s'est mise à respirer très fort, en faisant un bruit de machine, et elle a senti toutes ses veines tendues comme des cordes, et son cœur, comme s'il était au centre même du mobile home, qui battait lourdement, qui faisait vibrer toutes les tôles, les meubles, le plancher.

Nick s'est approché d'elle, les oreilles dressées, ses yeux jaunes brillant bizarrement à la lueur de l'ampoule électrique. Peut-être qu'il savait ce qui était en train de se passer. Liana l'a appelé muettement, en le regardant, les dents serrées pour ne pas gémir. Mais il s'est arrêté loin de la jeune femme, et il s'est couché sur le ventre, les pattes posées bien à plat sur la moquette, les oreilles droites, sans cesser de regarder avec ses yeux jaunes à la prunelle étroite.

Sur le tapis, Liana s'est roulée un peu de côté, et malgré les douleurs terribles qui l'empêchaient de penser ou de bouger, elle s'est sentie un peu rassurée de voir Nick, comme s'il pouvait vraiment l'aider.

Elle ne lui parlait pas. Elle restait étendue sur le tapis, les genoux un peu repliés sur son ventre, les bras serrés sur elle, et elle geignait doucement, en serrant les lèvres pour ne pas crier. Le gémissement montait en elle, le long de son corps, avec les ondes de la douleur, vagues violentes que les lèvres serrées empêchaient de jaillir et qui fusaient en vapeur contenue. C'était pour elle, pour Nick aussi qu'elle gémissait, essayant de transformer la douleur en une chanson monotone qui lui permettrait peut-être de s'endormir, d'oublier.

Mais Liana ne peut pas s'endormir. Les vagues de douleur passent à travers son corps, venues de très loin, de l'autre bout de la terre, elles ont trouvé sur leur chemin la carapace du mobile home, et à l'intérieur de la carapace, cette femme couchée sur le tapis, recroquevillée, essayant en vain de se

cacher. Il y a tellement de souffrance sur la terre ! La terre
cendrée, les arbres, les palmiers immobiles, la nuit grise, les
réverbères à la lueur mauvaise, et tout cela encore, ces tôles,
ces vitres, ces plastiques, ces meubles recouverts de
moleskine. Et lui, le grand chien-loup blanc et noir, couché
sur le ventre comme une statue de pierre, hiératique, et au-
dehors, ces femmes, ces hommes, inconnus, ceux qui
dorment enlacés dans leur lit défait, ceux qui sont seuls, les
malades dans les longues salles des hôpitaux, les vieillards
qui étouffent, tous ceux-là, au-dehors, dans les chambres
suffocantes. La solitude est si grande, elle emplit l'intérieur
du mobile home, c'est elle qui vient maintenant, par vagues
de plus en plus serrées, qui vient du fond de la nuit et qui
vibre sur les étoiles bleutées des réverbères, et qui fait
entendre son terrible silence, et la voix de la jeune femme qui
gémit ressemble au bruit d'un moustique.

Devant elle, le grand chien ne bouge pas. Il regarde avec
ses yeux jaunes, il écoute. Liana voudrait l'appeler, et elle
pense à son nom, et à l'autre nom aussi, celui qui se dit
Simon, et cette fois le vertige ne vient pas. Liana ne veut pas
crier, elle ne peut pas. Elle ne sait pas pourquoi, mais il ne
faut pas qu'elle crie, quoi qu'il arrive, il ne le faut pas. Alors
ses lèvres se serrent encore davantage sur la douleur, et ses
genoux écartés laissent les bras s'enrouler autour du gros
ventre durci, le serrer comme une ceinture.

Lentement, sans s'en rendre compte, les bras commencent
leur pétrissage, leur acte d'expulsion. Ils glissent le long du
ventre, unis par les poignets, puis ils remontent jusqu'aux
seins, ils redescendent encore, encore. C'est comme cela
qu'ils luttent contre les vagues de la douleur, pour les
écarter, briser leurs rangs. Liana roule sur le dos, elle
retombe tantôt à gauche, tantôt à droite, et le mouvement de
roulis régulier lui fait du bien. Elle est comme un bateau qui

roule sur les vagues, qui cède un instant, puis bascule tandis que la force dangereuse glisse sous sa coque.

Le gémissement roule aussi. Il est tantôt aigu, puissant, quand la vague fait craquer toutes les structures, fait trembler tout sur son passage ; tantôt doux et grave, ralenti, et le cœur et les poumons ralentissent aussi leur travail, et le temps du monde se ralentit, comme un souffle.

Cela dure longtemps, si longtemps que Liana ne sait même plus comment cela a commencé. Par instants, elle pense que le bébé est en train de naître, que c'est cela, ce qu'elle a attendu depuis des mois, qu'il est en train de se passer quelque chose d'extraordinaire, pour la première fois, quelque chose qui va tout changer sur la terre. Cela fait un grand frisson, un courant qui brûle et qui éclaire tout en elle, comme une langue d'alcool qui court.

Mais cela ne dure pas, à cause de la souffrance, à cause de la solitude du fond de la nuit, qui enserre la coque du mobile home. Il ne reste plus que la douleur, la douleur désespérante, suffocante, qui vient de tous les points de la terre sèche, du lit de la rivière sans eau, ou de la ville endormie dans la brume. Qui vient par les couloirs de l'ombre, dans la nuit si longue, et qui progresse, se ramifie dans les branches hérissées des arbres, dans les feuilles âpres des vieux aloès.

Le chien-loup est immobile. Ses yeux jaunes regardent fixement la jeune femme qui roule un peu, allongée sur le tapis vert, sa robe rejetée autour de son ventre dilaté. Son regard est dur, ses oreilles bougent à peine, pour capter les craquements du plancher sous le corps de la femme, les vagues des gémissements incessants.

Peut-être que c'est lui qui ordonne toute la douleur. Peut-être que c'est dans son regard si dur, si jaune, qui semble venir d'un autre monde, qui vient de là-bas, du centre de la chaleur et de la lumière, des plages brûlantes de la mémoire, qui vient de la même lumière que celle de la semence de l'homme qui est restée dans le ventre de la femme ; alors la semence a grandi en faisant son explosion de douleur, ouvrant, écartant, forçant la chair qui lui résiste, lançant de longs frissons fiévreux dans les membres, poussant ses vagues à travers les entrailles jusqu'aux poumons, jusqu'au cœur.

Juste avant le lever du jour, l'enfant naît. Liana ne s'est pas rendue compte que cela arrivait. Simplement, elle a compris qu'elle ne pourrait plus se lever, s'en aller, ni même appeler au secours. C'était trop tard. Son corps s'est arc-bouté sur ses jambes comme pour faire le pont, si fort qu'elle pensait repousser les parois étroites du mobile home, et même le pays du dehors, les arbres, les pylônes, l'épaisseur de la nuit. Puis l'enfant est apparu lentement, par la tête, glissant doucement, et les mains de Liana le guidaient au-dehors. Liana regardait le plafond du mobile home, l'ampoule électrique nue qui rayonnait aussi fort qu'une étoile. Ses mains faisaient tout le travail, et son ventre aussi, en dilatations et contractions régulières. Les mains ont guidé l'enfant entre ses jambes écartées, elles l'ont posé sur le tapis, encore tout gluant et recouvert des voiles du placenta. Les mains aussi ont rompu le cordon ombilical, et l'ont noué autour du ventre de l'enfant. Déjà les vagissements aigus emplissaient l'intérieur du mobile home, et la lumière du jour a commencé à éteindre les rayons de l'ampoule électrique.

Alors, tout d'un coup, Liana s'est sentie délivrée de son angoisse, pour la première fois depuis des mois, sans bien comprendre pourquoi. Simplement, peut-être que cette nouvelle vie emplissait tout dans la coque du mobile home, et il n'y avait plus de place pour rien d'autre. Il faisait si chaud que Liana n'a pas enveloppé la petite fille. Au contraire, sans se lever du tapis souillé, c'est elle qui s'est dévêtue complètement. Puis elle a mis le petit être sur sa poitrine, elle l'a pressé sur ses seins gonflés. Elle s'est endormie comme cela, couchée par terre sur le côté, avec le bébé dans ses bras, tandis que la lumière grandissait sur les fenêtres du mobile home.

*

Le chien-loup aux yeux jaunes regarde fixement. Rien ne bouge sur son corps, ni dans ses yeux. Son poil blanc et noir brille à la lumière du jour, chaque étincelle de lumière dure et dense comme une gemme. Il n'y a pas de repos sur la terre, ni de douceur, jamais. La lumière du soleil est sèche et âpre, elle vient des étendues vides, des plages de galets poussiéreux, à l'estuaire du grand fleuve.

Le temps est si long, ici, dans la coque métallique du mobile home ; c'est comme si tout s'était arrêté, pris par la chaleur sèche, paralysé, frappé par les milliers d'étincelles électriques. Pareil aux pierres, pareil aux silex fichés dans la terre poudreuse, pareil aux brindilles des arbustes calcinés, aux arbres morts de soif, aux feuilles grises des aloès, aux palmes arrêtées dans l'air lourd, dans le ciel. Le chien-loup fixe de ses yeux jaunes aux pupilles étroites, droit devant lui, sans bouger. Il y a la force dans son regard, dans son mufle, sur son front aux rides verticales. La force vient aussi de ses sourcils, ces longs poils raides qui sortent d'une petite tache noire au-dessus de ses yeux, et de ses moustaches, courtes et dures, dont certains poils sont brisés. La force vient de son poitrail, de ses pattes antérieures étendues devant lui, les ongles enfoncés dans la carpette vert sale du mobile home.

Il ne bouge pas. C'est sa volonté, sa force de ne pas

bouger. C'est à la manière d'un ordre, qu'il ne comprend pas, mais qu'il entend, et qui a arrêté tout son corps, qui a tendu chaque nerf, chaque muscle. C'est peut-être venu dans la lumière aveuglante du grand jour, quand Liana a ouvert la portière du mobile home, ce matin, pour s'en aller. Il y a eu alors une vague douloureuse qui l'a repoussé jusqu'au fond du mobile home, et la voix dure de sa maîtresse, une voix qu'il n'avait jamais entendue, qui a crié juste une fois son ordre.

Les yeux jaunes du chien regardent la banquette près de la fenêtre. Ils restent fixés sur les coussins de moleskine verte où il y a une serviette-éponge dépliée, parce que sur la serviette dépliée dort le petit enfant. Il ne bouge pas, lui non plus, il fait à peine un peu de bruit en respirant, parce que l'air est trop chaud et pèse sur sa poitrine. Mais il dort sans bouger, allongé sur le dos, la tête de côté, les poings fermés.

Le chien-loup le regarde. C'est lui qu'il surveille intensément de ses yeux jaunes, car l'enfant est le seul être vivant au monde, le seul qui ait un cœur, un visage, des mains.

C'est peut-être à cause de l'odeur. Depuis des jours, le chien-loup ne sent qu'elle, une odeur bizarre qu'il n'avait jamais encore sentie, un peu douce et fade, une drôle d'odeur de sueur et d'urine, mais douce, très douce, un peu dans le genre d'une plante, ou d'une fleur. A cause de l'odeur, le chien-loup ne peut pas dormir. Parfois, ses yeux se ferment, il pose sa mâchoire sur ses deux pattes avant, et il se laisse aller vers le sommeil. Et tout d'un coup, l'odeur arrive. Elle l'alerte, elle entre en lui, elle fait redresser ses oreilles et ouvrir très grand ses yeux, et chaque nerf de son corps est tendu à se rompre.

L'odeur du petit enfant est très douce, elle emplit tout l'intérieur du mobile home. Peut-être même qu'elle s'est répandue au-dehors, sur le terrain vague, dans les arbres, jusque sous les poteaux de l'autoroute et sur les plages désertes du grand fleuve sec.

Le chien-loup aime cette odeur. Il ne sait pas vraiment qu'il l'aime, mais chaque fibre de son corps est tendue, jusqu'à la douleur, pour reconnaître mieux cette odeur. Cela fait en lui un trouble, un bruit ténu qui ne cesse pas, la palpitation légère du cœur, la tiédeur de l'haleine passagère, le sang qui coule dans les artères, qui bouge sous la peau fragile.

Il écoute, sans se lasser. Immobile, les pattes puissantes étendues devant lui, il écoute. Mais c'est comme son regard, une ouïe fixe, tendue, douloureuse. Viennent les petits bruits du dehors, craquements, souffles, grincements d'insectes. Parfois, loin, rendus irréels par la chaleur, des cris d'enfants, des aboiements de chiens. Ou bien les grondements des camions qui montent avec peine vers le pont de l'autoroute. Les bruits sont mêlés à la lumière, à la chaleur, à la solitude. Le chien-loup les perçoit sans tressaillir, ils résonnent à l'instant précis où il les a imaginés. Mais ses oreilles droites sont tournées vers l'avant, elles ne servent qu'à capter le bruit faible et lent qui vient de la banquette de moleskine.

La respiration du bébé est douce, un peu oppressée à cause de la chaleur. Son bruit régulier emplit la carlingue du mobile home. La respiration semble construire quelque chose, peut-être que c'est d'elle que viennent la chaleur et la lumière ; c'est d'elle que vient l'odeur fade et caressante qui empêche le chien de dormir.

Quand le bébé se réveille et commence à pleurer, Nick ne bouge pas. Mais son regard devient plus dur, tout son corps se tend à l'extrême. Ses ongles s'incrustent plus fort dans le tapis, et sur son dos, sur son encolure, les poils se hérissent un peu.

Il y a si longtemps que le vide règne dans le mobile home,

depuis des heures, depuis le moment où Liana a refermé la
portière et s'est éloignée sur le terrain vague. Le vide est
ailleurs aussi, sur les étendues de terre poudreuse, dans les
bosquets brûlés par le soleil, sur le feuillage des lauriers et
des eucalyptus, sur le lit blanc du fleuve. Il y a si longtemps
que tout résonne dans le corps, cogne sur les parois de
métal et de verre. Maintenant la voix du petit enfant emplit
tout le mobile home. Elle jaillit, grinçante et sûre, insistante
comme le chant des insectes. C'est une voix qui pleure contre
le silence, contre la solitude, forant un trou dans l'épaisseur
de l'air, dans l'épaisseur des murs de métal, un trou par où
s'enfuit le silence. Il n'y a personne d'autre ici, dans le mobile
home, personne d'autre que la voix aiguë, et le regard fixe du
chien-loup.

Tout à coup, Nick sent la faim. Depuis si longtemps il n'a
rien mangé. Sa bouche et sa langue sont devenues insensi-
bles, et il ne sait même plus comment c'était avant. Heure
par heure, sans la regarder, il a guetté la porte du mobile
home, attendant que Liana revienne, attendant qu'elle
apparaisse, à contre-jour, qu'elle lui parle, qu'elle l'appelle.
Depuis des jours il attend qu'elle lui donne à manger,
n'importe quoi, de la viande, des biscuits, du pain. Mais
Liana ne le regardait plus, quand elle entrait dans le mobile
home, elle s'allongeait tout de suite sur la banquette de
moleskine, elle dégrafait sa robe, et elle pressait contre sa
poitrine le petit être qui tétait goulûment. Alors il y avait
cette odeur de lait et de sueur qui grandissait dans le mobile
home, qui envahissait tout. Cette odeur-là faisait mal à
Nick, elle l'effrayait un peu aussi, et il allait se cacher sous la
table, à l'autre bout de la carlingue, les yeux étrécis, les
oreilles couchées en arrière.

Maintenant, il y a cette odeur fade et douce, de lait,
d'urine et de sueur, qui emplit la carlingue du mobile home,

mais Nick n'a plus peur. Le corps du bébé est en train de grandir, d'occuper tout l'espace, avec sa peau tiède, avec son visage, son souffle, avec sa voix qui pleure.

Le bébé pleure plus fort, maintenant. Peut-être qu'il s'est rendu compte de l'absence de sa mère, ou bien il a faim, lui aussi. Mais sa faim est une faim petite et douce, il a envie de sucer le sein tiède de sa mère, d'emplir sa bouche du lait épais, il a envie de retrouver la chaleur du corps qu'il aime.

La faim de Nick est différente, c'est une faim qu'il ne connaît plus, que rien ne peut assouvir. Sa faim est pareille à la solitude de l'estuaire du fleuve sec, là où les maisons des fermiers sont balayées par le vent de poussière. Sa faim est une douleur, comme la douleur de son regard fixe, de son ouïe fixe. Elle ronge l'intérieur de son corps et fait brûler la fièvre. La faim amplifie tout. Chaque bruit, chaque craquement au-dehors résonne à l'intérieur de son corps et le fait tressaillir, malgré la voix presque continue de l'enfant qui pleure. Il y a la haine, maintenant, et la crainte. Nick n'avait encore jamais éprouvé cela à ce point. C'était au fond de lui, tout à fait à l'intérieur de son corps, et maintenant, cela remontait, en faisant des grognements dans sa gorge, en hérissant tout son poil, en rétrécissant encore le point noir de ses pupilles dans ses yeux jaunes. Chaque muscle de son corps était tendu, prêt à l'action.

C'est la voix du bébé qui pleure qui a réveillé la haine et la crainte. La voix se mêle à la douleur de l'attente, à la douleur de la mâchoire, à la sécheresse de sa langue et de ses lèvres. La voix se mêle au grand vide qui creuse un trou au centre de son corps.

Au-dehors, le soleil brûle la coque d'aluminium du mobile home. Brûle les arbres noirs prisonniers dans la terre, brûle les cailloux poussiéreux du fleuve. Ailleurs, les autos roulent dans la lumière, avec leurs vitres aveugles, lancées vers un destin qui n'existe pas.

Peut-être que, dans le grand supermarché en ciment et en tôles, près de l'autoroute, Liana marche au hasard le long des rayons de marchandises : boîtes multicolores, paquets, viandes sous cellophane, fruits trop rouges, trop jaunes, ou bien falaises de bouteilles aux liquides magiques et défendus. Elle avance droit devant elle, et la lumière des barres de néon éclaire son visage défait, ses yeux enfoncés dans les orbites, ses cheveux couleur de paille. Elle erre sans but entre les rayons, elle se heurte aux gens et aux choses, sans les reconnaître. Elle marche d'un bout à l'autre de la salle géante, sans toucher à rien, sans rien regarder, puisque plus rien ne peut être à elle, puisqu'elle n'a plus rien.

Un instant encore, elle pense au visage de l'assistante, à ses lunettes dorées, elle entend même le son de sa voix dans son oreille, mais elle a beau écouter de toutes ses forces, elle ne parvient plus à comprendre ce que dit la voix douce. Alors elle marche plus vite pour fuir sa détresse, pour se cacher. Mais la lumière est partout dans la grande salle vide, elle ne peut pas lui échapper. Cela lui serre la gorge et les tempes, cela fait trembler ses jambes sous elle. Elle sait maintenant qu'il n'y a personne d'autre que l'assistante, il n'y a pas d'autre nom au monde, là, tout près d'elle, et elle ne pourra pas la retrouver.

Liana marche longtemps dans les allées du supermarché, sous la lumière froide des néons. Les gens ne la regardent pas. Ils sont trop occupés à regarder les gâteaux, les fruits, les savons, les vêtements, ils ont des visages couleur de viande, des yeux brillants comme des capsules, leurs mains sont avides de prendre, d'emporter.

Alors tout à coup elle s'aperçoit qu'elle ne cherche rien d'autre que la sortie, une porte, n'importe où, pour fuir, pour être dehors. Il faut qu'elle s'en aille, le plus vite possible, elle comprend l'urgence terrible, le danger qui menace, là-bas, dans le mobile home.

Elle s'arrête devant une jeune femme brune au teint très pâle, qui est debout immobile devant les journaux. Elle voudrait lui demander de l'aider, vite, car ses yeux ne voient plus la sortie. Elle voudrait parler de son enfant qui est restée seule dans la carlingue, là-bas, de son enfant qu'on va venir prendre, qu'on va emporter, qu'on va dévorer. Mais les mots ne parviennent pas à sortir de sa gorge. Ils restent enfermés dans son corps, ils lui font si mal que ses lèvres tremblent et que des larmes emplissent ses yeux, coulent sur ses joues.

La jeune femme pâle la regarde un instant sans rien dire, puis elle s'enfuit très vite. A travers ses larmes, Liana la voit qui tourne et qui tourne entre les rayons, comme si elle cherchait à brouiller ses traces.

Dehors, la lumière du soleil est plus forte encore. Elle brûle et blanchit tout, les cailloux, la terre, les feuilles des arbres. Il y a de la poussière de ciment sur les toits des maisons, comme une taie légère sur le bleu cruel du ciel. Sur l'autoroute aux nœuds lents, les carapaces des voitures étincellent. Le vent par instants apporte le bruit rauque des moteurs, les rugissements des camions, ou des klaxons comme des cris de bêtes. Puis cela s'en va. Tout est ainsi, par vagues, hésitant, clignotant. Il y a tant de solitude, il y a tant de faim... Il y a tant de lumière sur l'estuaire désert du fleuve, et, dans le terrain vague, isolée, pareille à la coque d'un avion naufragé, la carlingue d'aluminium du mobile home, en équilibre sur ses étais de brique. Malgré tout cela, malgré la violence et le meurtre, ici on n'entend pas de bruit, sauf, de temps à autre le grondement de l'autoroute et les voix des chiens des fermes.

La lumière a décliné quand Liana arrive. Elle marche lentement sur le terrain vague. Elle ne porte pas de paquets. Ses vêtements sont pleins de poussière blanche, et elle boite un peu, parce qu'elle a cassé le talon d'une de ses chaussures. Son visage est marqué par l'angoisse, mais maintenant elle sait ce qu'elle doit faire, elle l'a compris enfin. Peut-être qu'il est trop tard déjà, qu'ils sont en route, guidés par Simon, ou par la jeune femme aux lunettes dorées. Ou bien il y aura le gardien du terrain vague, avec son fusil à double canons et sa casquette de chasseur enfoncée sur ses oreilles. Ils doivent venir maintenant, avant la nuit, pour tuer le chien et pour emporter le bébé dans leur hôpital, et pour l'enfermer, elle, dans une grande salle blanche aux murs lisses dont on ne s'échappe pas.

En boitant elle se hâte vers le mobile home, elle monte le marchepied, elle ouvre la portière. D'un seul coup le grand chien-loup est debout à côté d'elle, le poil hérissé, les yeux étincelants, car il a compris.

Ensemble, la jeune femme et le chien marchent sur le terrain vague. Liana tient l'enfant serré contre elle, enveloppé dans la serviette-éponge. Le bébé tète pendant qu'elle marche, et, malgré sa fatigue, Liana sent que le lait qui sort l'apaise.

Ils marchent longtemps comme cela, jusqu'à la nuit noire. Maintenant, ils sont au bord du fleuve, sur les plages de galets poussiéreux. On entend quelque part le bruit d'un filet d'eau qui coule. Au loin, le grondement des moteurs sur le pont de l'autoroute. Ici, l'air de la nuit est frais et léger, il y a des moustiques qui dansent invisibles. Liana rabat la serviette-éponge sur le visage du bébé qui s'est endormi. Sans faire de bruit, Nick est parti à travers les broussailles, le long du fleuve, pour chasser les poules et les lapins des fermes. Il reviendra à l'aube, épuisé et rassasié, et il se couchera près de Liana et du bébé, et ses yeux jaunes brilleront dans l'ombre comme deux étoiles comme si leur lumière dure suffisait à arrêter l'avancée des hommes qui les cherchent, pendant quelques heures encore.

L'échappé

Un peu avant l'aube Tayar arrive devant la haute montagne. Il a marché toute la nuit, ne s'arrêtant qu'une fois, dans un café de routiers au bord de la nationale, juste le temps de boire une tasse de café âcre qui lui a brûlé la gorge. La route qui serpente au fond de la vallée l'a conduit jusqu'aux contreforts de la haute montagne. Tayar a traversé le torrent un peu avant le pont, et il a escaladé les anciennes terrasses d'oliviers jusqu'à ce qu'il trouve la route étroite qui grimpe en lacets vers le sommet de la montagne. Maintenant, il est devant le haut-plateau calcaire, et le noir de la nuit devient gris peu à peu.

L'air est froid, d'un froid sec qui fait mal. Tayar n'est vêtu que du pantalon de toile grise et de la chemise-veste réglementaires. Il est pieds nus dans des chaussures de basket sans lacets. La fatigue de la longue marche pèse sur lui, le fait tituber. Il grelotte de froid. Il quitte la route, et il commence à marcher parmi les broussailles, sur les pierres qui s'éboulent. Dans un creux de terrain, il s'accroupit pour uriner. Il regarde autour de lui. A l'est, du côté d'où il vient, il y a une tache qui grandit dans le ciel, une lueur pâle et jaune qui fait apparaître l'horizon, les roches aiguës, les branches des arbres nains.

Le silence est grand. Tayar le perçoit pour la première fois. C'est un vide qui oppresse ses tympans, qui serre la tête. Il n'y a pas de chants d'oiseaux ici, ni de bruits d'insectes, rien pour saluer le jour qui arrive. Il y a seulement un peu le gémissement du vent qui souffle sur le haut-plateau calcaire, le vent qui va et vient comme une respiration glacée. Tayar pense à la mer, là-bas, tout en bas, aux jardins endormis, aux immeubles. Ils sont devenus si lointains, à présent, si petits, à peine des nids de fourmis, des nids de guêpes, que c'est même difficile de les imaginer.

Tayar avance, ivre de sommeil. Il cherche des yeux un coin de terre, un abri, pour dormir. Il sait qu'ici, enfin, il peut dormir. Personne ne viendra le chercher. Il connaît bien ce paysage, sans y être jamais venu. C'est le même que de l'autre côté de la mer, le même ; des roches, des buissons d'épines, des crevasses, des éboulis. Personne. Quand il était avec son frère, et qu'ils gardaient ensemble les troupeaux, il marchait ici, ici même. Il s'en souvient bien. Alors, malgré la nuit qui cache encore la moitié des choses, il trouve l'abri qu'il cherche, l'épaule d'un roc usé par le vent, et les branches maigres d'un arbuste recourbé. A coups de talon, Tayar fait rouler les cailloux pointus, il creuse un peu la pierraille. Puis il s'accroupit, le dos appuyé contre le rocher, les bras enroulés autour du corps pour ne pas perdre sa chaleur. C'est comme cela qu'il faisait autrefois, avec son frère et son oncle Raïs, quand ils devaient dormir au-dehors en hiver.

Tayar respire lentement, pour briser les tremblements nerveux de son corps, pour arrêter sa mâchoire qui claque. La joue gauche appuyée contre son épaule, les yeux fermés, il s'endort, pendant que la lumière rouge du jour nouveau apparaît devant lui, éclaire magnifiquement le haut-plateau solitaire.

Il dort longtemps comme cela, sans bouger, respirant lentement. La lumière du soleil éblouissant frappe son visage et son corps, mais cela ne le réveille pas. Quand il dort, il est pareil aux pierres grises qui l'entourent. Son visage osseux est couleur de terre, ses cheveux noirs bougent sur son front dans les remous du vent. Son corps est long et maigre, dans les vêtements trop larges.

Tayar dort sans bouger, comme autrefois, dans les monts du Chélia, caché avec son frère dans les blocs de rochers. Les chèvres et les moutons avaient dévalé la pente caillouteuse vers l'oued, et le soleil était haut, comme aujourd'hui, dans le ciel sans nuages. Passaient des oiseaux, très vite, par groupes, en piaillant, et son frère se levait sans bruit, cherchait à voir où ils allaient se poser. C'étaient des cailles du désert, furtives et insaisissables comme des mouches.

Alors Tayar se réveillait à son tour, sans savoir pourquoi, peut-être simplement parce que son frère le regardait en silence, et que ça faisait comme un doigt appuyé sur sa poitrine. Il disait doucement, comme un murmure : « Aazi », et ensemble ils couraient, pieds nus, ils dévalaient les pentes de la montagne jusqu'à l'oued où les brebis avaient déjà choisi leur place d'ombre pour la journée de soleil.

L'eau du torrent était belle, à la lumière. Blanche, légère, elle bondissait sur les cailloux lisses, elle descendait vers la vallée, au milieu des touffes d'euphorbe et des acacias maigres. Le ciel alors devenait d'un bleu plus intense, presque noir. Les deux garçons ôtaient leurs tuniques de laine usée, et ils se baignaient allongés dans l'eau claire du torrent qui coulait par-dessus leurs épaules, qui entrait dans leur bouche et dans leurs oreilles. Ils se laissaient glisser doucement, à plat ventre, sur les galets lisses. Ils riaient. Puis ils se séchaient debout au soleil, son frère la main sur son sexe nouvellement circoncis. Ils parlaient un peu, de

quoi ? Les moutons et les chèvres remontaient vers l'amont
du torrent, à la recherche de plantes fraîches. Les mouches
et les moucherons arrivaient déjà, comme nés des feuilles
d'euphorbe, ils bourdonnaient autour des cheveux des
enfants, ils piquaient l'arrière de leurs bras. Ou parfois, la
brûlure d'un taon qui se posait légèrement sur leurs épaules.
Alors il fallait se rhabiller, enfiler la tunique de laine qui
collait à la peau mouillée. Quand le soleil était à la moitié de
sa montée au zénith, l'aîné des garçons sortait les provisions
de la besace en cuir : le pain sec et lourd, les dattes et les
figues séchées, le fromage salé, l'outre en peau de chèvre
pleine de beurre rance. Ils mangeaient vite, chacun tourné
de son côté, sans rien dire. Le soleil brûlait fort, raccourcis-
sait les ombres. Le visage des garçons était presque noir,
leurs yeux disparaissaient dans l'ombre des orbites. Quand le
soir revenait, et que le soleil n'était plus très loin des collines,
les garçons remontaient la pente de la montagne, en chassant
les bêtes devant eux à coups de pierres. En haut, sur le
plateau, ils cherchaient un nouveau creux pour dormir, à
l'abri d'un arbre sec, ou sous le pan coupé d'un vieux rocher
usé par le vent. Ils s'y lovaient, après avoir enlevé les silex et
chassé les scorpions, et ils s'enveloppaient dans leurs bras, la
tête appuyée contre l'épaule, tandis que la terre se refroidissait.

Tayar se réveille avant le midi. Quand il ouvre les yeux, il
voit d'un coup toute cette blancheur, le soleil qui étincelle
sur les roches calcaires. Le ciel est d'un bleu très pâle,
presque blanc. La lumière fait mal au fond de ses yeux, elle
brise. Tayar sent les larmes couler sur ses joues. Avec effort,
il défait le nœud de ses bras autour de son corps, il étend ses
jambes. Le vent souffle toujours dans la même direction, en
sifflant dans les branches de l'arbre sec.

Tayar se lève, titube. Il fait quelques pas, s'accroupit pour uriner. Comme il n'a pas bu depuis la veille, l'urine est sombre, puante. Tayar cherche autour de lui, pour deviner s'il y a de l'eau quelque part. Comme autrefois, ses narines se dilatent pour capter l'odeur de l'eau. Il n'y a pas d'ombres, pas même un bosquet de plantes ni une crevasse. Le plateau calcaire est aride et sec, balayé par le vent et par la lumière. Tayar recommence à marcher. Il va droit devant lui. La lumière est dure comme la pierre, comme le ciel. Mais après tous ces jours enfermés dans la prison, après l'ombre de la cellule, les couloirs humides et puants, où l'air vibre sourdement dans la lueur des barres de néon, après tous les bruits de pas, les voix, les claquements de porte qui résonnent toujours trois fois, comme ceci : pan ! pan-pan ! Tayar aime cette dureté, ce silence de vent et de pierre, ce ciel immense et sans nuages où brûle un seul soleil.

La faim, la soif, la fatigue l'ont lavé de tout cela. Il sent les souvenirs de la prison qui s'en vont de lui. Peut-être qu'il aurait dû venir ici, tout de suite. Là-bas, en bas, dans la brume grise de la ville, il y a la peur, la haine, le dégoût. Tayar pense à Mariem qui s'est cachée dans une chambre d'hôtel, parce qu'elle croit qu'il va venir, pour se venger, pour la tuer avec son couteau à cran d'arrêt. Elle sait maintenant qu'il s'est échappé, on a dû le lui dire. Ce sont des flics qui ont dû lui trouver cette chambre, dans un hôtel moche des alentours de la gare, parce qu'ils pensent aussi qu'il va chercher à se venger, ils ont tendu leur piège. Oui, c'est cela, ils ont préparé la souricière, ils attendent quelque part, dans la rue, embusqués dans une camionnette. Ou bien au bar en face de la gare, ils boivent des cafés et des demis à longueur de journée, en l'attendant. Tayar a envie de rire quand il pense aux flics embusqués à l'attendre.

L'air est froid ici, malgré le soleil qui éblouit. Lentement, pour ménager ses forces, Tayar monte vers le haut du plateau calcaire, vers l'espèce de falaise verticale qui fait comme une grande marche d'escalier. Les buissons épineux griffent ses jambes, déchirent la toile du pantalon gris. Bien qu'il n'y ait personne, Tayar fait attention à ne pas laisser de traces, à ne pas briser les branches des arbustes, à ne pas déplacer les petits cailloux sur la terre sèche. Instinctivement, il retrouve les gestes anciens, ceux qu'il avait oubliés en vivant dans la ville, un peu penché en avant pour ne pas donner prise au vent, ni aux regards, les bras serrés le long du corps, respirant par le nez pour ne pas dessécher la gorge, prêt à se tapir dans un trou du sol.

Au fur et à mesure qu'il approche de la falaise rocheuse, son instinct l'avertit qu'il y a de l'eau, quelque part, au sommet. Il ne la voit pas, il ne l'entend pas, mais il la sent avec l'intérieur de son corps, comme un souvenir. Avec peine, il escalade la paroi rocheuse, et les cailloux qui s'éboulent font un bruit qui résonne dans tout le paysage de pierre. Tayar s'immobilise, recroquevillé contre les rochers, il attend que le silence revienne.

Là-haut, il y a encore davantage de lumière. Plus rien ne le sépare du ciel. L'étendue du plateau calcaire est immense, le ciel bleu pâle à l'horizon, sombre comme la nuit au zénith. Le vent fait trembloter les broussailles, agite les feuilles calcinées des arbustes. La terre entre les cailloux est grise, blanche, couleur de salpêtre. Ici, malgré le soleil, Tayar sent le froid de l'espace, le vent. C'est un vent âpre et desséchant qui souffle avec force, venu du fond de l'atmosphère. Pour se reposer, Tayar s'allonge sur la terre, il regarde le ciel. Il ne sait plus ce qu'il doit faire, où aller. Il ne sait même plus pourquoi il est venu ici, quand il fuyait la grande ville dont il connaît chaque rue. Il pense un bref instant à Mariem, il voit son visage, son corps, ses jambes qui marchent, ses cheveux jaunes qui brillent. Mais l'image s'efface tout de suite, le ciel et le vent la font disparaître.

Tayar sent chaque muscle de son corps qui souffre. Il y a aussi cette douleur au fond de sa poitrine, une brûlure précise, qui lance des ondes comme la fièvre. Tayar se retourne sur le ventre, il regarde la terre et les broussailles, autour de lui. Il y a des moucherons plats qui volent près des touffes d'euphorbe. Une abeille aussi, que le vent emporte. Puis une grande fourmi noire, qui court sur la terre poudreuse. Tayar la regarde avec attention, comme si elle était le dernier être vivant près de lui. La fourmi court vers son visage, puis elle l'aperçoit, hésite, repart en sens inverse. Tayar est content de la voir. Il se roule sur le côté pour mieux la regarder s'en aller.

Tout d'un coup, il voit autre chose. Il est avec son oncle Raïs, sur la montagne du Chélia, du côté du soleil couchant. Il y a si longtemps de cela que Tayar ne sait plus pourquoi ils sont là, tous les deux, couchés dans la pierraille, immobiles, retenant leur souffle et guettant. Ils ont marché longtemps à travers les broussailles, car les habits de l'oncle Raïs sont déchirés et couverts de poussière, et Tayar a les pieds ensanglantés. Ils ont marché depuis des jours, ils fuient un danger que le jeune garçon ne comprend pas. Tayar sait qu'il ne doit pas parler. Le soleil brûle sa nuque et son dos, mais le vent est froid, il agite les brins d'herbe et les feuilles des arbustes. Il faut se taire, il faut être muet comme les pierres de la montagne, silencieux comme les lièvres. Tous deux, l'oncle Raïs et l'enfant, regardent intensément quelques points noirs bizarres qui avancent au bas de la montagne, le long du lit de l'oued : des hommes.

Ce sont les soldats qui viennent du poste de Lambessa, qui patrouillent à la recherche des fugitifs. Ils sont si loin qu'on ne voit pas leurs visages. Seulement la tache vert sombre de

leurs uniformes, et leurs fusils-mitrailleurs. Ils avancent
lentement au fond de la vallée, sans s'arrêter, sans regarder
en l'air. Est-ce qu'ils ont peur, eux aussi ? Tayar voudrait
poser la question à son oncle, mais il n'ose pas parler, même
en chuchotant.

La peur est partout ici, sur la montagne. Elle est dans
chaque pierre blanche, dans chaque touffe d'euphorbe, dans
chaque buisson d'épines, elle est dans le lit de l'oued où
progressent comme des fourmis les soldats sombres. Elle est
dans les collines lointaines, couleur d'ombre violette, elle est
dans le ciel sans fin, pareille à un oiseau de proie qui rôde.
Cela fait un silence terrible, un silence que rien ne peut
rompre, qui entre dans le corps et glace le cœur.

Tayar perçoit ce silence, tandis qu'il reste allongé sur le
plateau calcaire. Peut-être que les soldats vont venir,
maintenant, cherchant sa piste dans les plaques de sable,
cherchant les branches brisées, les pierres bougées, les petits
éboulis.

A la tête de la colonne de soldats, il y a un grand chien.
Tayar n'en a jamais vu d'aussi grand. Il le voit distinctement, qui tire sur sa laisse, attaché à la main du soldat. Lui
aussi, il cherche, en flairant les pierres du ravin. Parfois, il
s'arrête, le nez en l'air, comme s'il avait senti quelque chose,
et Tayar pense qu'il va regarder dans leur direction, aboyer.
Mais le grand chien repart, en courant un peu en zigzag,
entraînant derrière lui les hommes qui doivent courir aussi
et, malgré la peur, Tayar a envie de rire. C'est que la peur ne
vient pas des hommes : elle existe toute seule, elle naît de la
grande montagne, des pierres blanches, des buissons dont les
feuilles tremblent dans le vent, du ciel vide où il y a toujours
le soleil.

Tayar frissonne, il secoue la tête avec violence, pour
chasser l'image de la montagne. Avec peine, il se remet

debout, il avance à nouveau sur le plateau calcaire. Sa respiration siffle dans ses poumons, il y a une sorte de voile rouge qui ondule au bas de ses yeux, tout près de la terre. Comme un lac de sang.

C'est parce qu'il n'a rien bu ni mangé depuis longtemps. Tayar sait que s'il ne trouve pas un peu d'eau maintenant, il ne pourra plus marcher. Il scrute avec une attention fiévreuse le paysage blanc. La lumière du soleil de midi éclaire chaque pierre, chaque arbre, sans laisser d'ombre.

Alors, devant lui, un peu en contrebas, il voit une tache plus sombre, celle que font des broussailles aux feuilles encore vertes, aux branches noires. Les broussailles font un cercle autour d'une dépression qu'on distingue à peine. C'est là que Tayar se dirige, en titubant. L'eau est là, sûrement, quelque part. L'instinct plus vieux que sa vie avertit Tayar qu'il va trouver l'eau, qu'elle l'attend.

C'est une bouche sombre, ouverte à la surface des rochers. Malgré la sécheresse alentour, l'air semble humide ici, comme au fond d'une vallée. Il y a des arbustes tout autour de la bouche, comme une toison hérissée, inclinée par le vent. Tandis qu'il s'approche, Tayar voit que cette ouverture est très grande, pareille à un cratère. Dans le fond, il y a une borie en ruine et un abreuvoir plein d'eau.

Tayar descend au fond de la doline, il ne voit qu'elle : la grande flaque noire qui renvoie la lumière du ciel, immobile comme un miroir. Il se penche sur l'eau, en tremblant de fatigue, et il boit longuement, sans même se servir de ses mains.

Au fond de la doline, il n'y a pas de bruit. Rien que le vent qui passe en sifflant à travers les branches des buissons d'épines. Au-dessus, le ciel est clair, aveuglant. Tayar se couche au fond de la doline, sur l'herbe comme de la mousse. Le soleil brûle son visage et ses mains. Pour vaincre sa fatigue et sa solitude, Tayar chantonne un peu, du fond de sa gorge, comme il faisait, autrefois, quand il était replié en chien de fusil contre un rocher, sur les pentes du mont Chélia.

Est-ce qu'il rêve ? Il est seul, dans la grande montagne. Le soleil est brûlant, impitoyable. Il n'y a pas de nuages. Il n'y a pas de bruit.

L'enfant attend, sans désespoir, couché sur la terre. Personne ne doit venir, maintenant, plus personne. L'oncle Raïs est parti hier, ou avant-hier, peut-être. Il a laissé son sac et son outre en peau de chèvre, pour pouvoir marcher plus vite. Il a dit qu'il irait jusqu'à Lambessa, en passant par les ruines de Timgad, pour prendre des vivres et de l'argent, pour savoir les messages qu'on avait laissés pour lui, aussi. Il a dit qu'il fallait l'attendre, sans bouger. Ne pas bouger, Aazi, pour que les chiens des soldats ne l'entendent pas. Ne pas bouger, ne pas se lever. Ne pas parler, ne pas appeler surtout, Aazi, mais attendre là, couché sur la terre, caché dans les rochers et les broussailles. Que faut-il faire ? L'enfant tremble, malgré le soleil. Le ciel vide pèse lourd, la lumière aveugle et assoiffe. Il y a comme le signe de la peur, visible par instants, comme une aile d'épervier qui fait cligner le soleil. Il y a le signe de la mort. C'est un signe qu'on voit quand on ferme les yeux, une marque terrible. Le silence est sans fin. L'enfant ne peut pas se lever, ne peut pas appeler, il ne le faut pas. Les soldats sont comme les insectes : ils ne sont pas là, puis, tout d'un coup, ils sont là, sans qu'on ait pu comprendre d'où ils étaient sortis. Les soldats marchent le long des fêlures de la terre, comme les fourmis. D'où viennent-ils ? Que veulent-ils, que cherchent-ils ? Tayar cache sa tête entre ses bras, couché sur la terre qui le brûle. La fièvre bat dans ses tempes, ou bien est-ce le soleil de midi ? Il y a si longtemps que le jour brûle, sans s'éteindre, comme s'il ne devait jamais plus y avoir de nuit. La soif est très grande, elle est pareille à un frisson qui court sur la peau. Lentement, l'enfant se tourne, il tend la main vers l'outre vide. La peau de chèvre est sèche, plissée comme une mamelle morte. En bas, dans le ravin brûlé, court l'eau légère de l'oued. Tayar l'entend distinctement, elle chante clair comme un oiseau, elle est belle et pure. D'entendre son bruit le rafraîchit, lui rend un peu de ses forces. Mais il ne faut pas bouger, pas se lever. Ce n'est pas le bruit de l'eau qu'il entend, Aazi. C'est le piège d'un soldat. Il a fabriqué un appeau avec un petit bout de sureau, et il chante le bruit de l'eau pour attirer ceux qu'il veut tuer. Si Tayar descend du haut de la montagne, s'il s'approche de l'oued pour boire, le grand chien va se précipiter sur lui en hurlant, et les soldats seront là, derrière lui, pendant que le chien le dévorera.

Le soleil est descendu vers l'horizon, maintenant, et Tayar recommence à marcher. D'avoir dormi au fond de la doline lui a fait du bien. Avant de quitter la doline, il a bu à nouveau quelques gorgées à l'abreuvoir. L'eau froide lui a paru lourde, âpre, au goût de métal, mais elle lui a donné des forces nouvelles.

Tayar marche dans la direction du soleil, ébloui, trébuchant sur les pierres. Il suit un chemin ancien qui traverse le plateau calcaire, puis il arrive devant un grand ravin qui est déjà dans l'ombre. De l'autre côté, il y a la pente abrupte qui mène à Calern, à droite les sommets chaotiques du Cheiron, à gauche, au fond du vallon, les fermes de Saint-Lambert, à peine visibles dans l'ombre couleur de fumée qui emplit les creux.

Le silence, toujours, comme une menace. Le vent froid souffle avec plus de force, comme s'il venait de la nuit proche. Peut-être même qu'il y a des chiens qui aboient, dans les fermes de la vallée, et Tayar pense que c'est contre lui qu'ils aboient, comme autrefois. Mais le silence toujours se referme, éteint les bruits de la vie. Il n'y a plus que les bruits des choses, à peine, les pierres qui craquent, les arbustes qui sifflent dans le vent.

La lumière décroît quand Tayar quitte le bord du ravin pour retourner en arrière. Il y a longtemps qu'il n'a pas mangé, et il n'a plus de forces pour gravir les éboulis. Il doit s'asseoir, accroché aux rochers, le cœur battant très fort. Chaque fois qu'il s'arrête, il s'assoit sur ses talons, comme autrefois, dans les pentes du mont Chélia. Il écoute tant qu'il peut, guettant le moindre bruit.

C'est le bruit des pas de son oncle qu'il attend, peut-être, ou le bruit de sa voix, un peu rauque et étouffée, quand il l'appelle en arrivant : « Aazi !... Aazi ! » Mais ce n'est pas son oncle. C'est sa sœur Horriya, et il aime bien son nom toujours, parce qu'il veut dire : liberté.

Elle vient vers lui, il la voit dans l'air trouble du soir. Elle vient à sa rencontre, enveloppée dans son voile noir. Quand elle n'est plus qu'à quelques pas de lui, elle écarte son voile et son visage apparaît, si beau, lisse comme du cuivre.

Elle ne se cache pas. Elle n'a peur de personne. Elle s'arrête devant Tayar, elle écarte encore son voile, et dans le creux de son bras droit, il y a un pain noir et une outre de lait aigre. Elle s'agenouille à côté de Tayar, elle touche son front avec sa main fraîche, et tout de suite la brûlure du soleil s'atténue, comme si un nuage passait. Elle aide l'enfant à s'asseoir, elle soutient sa nuque tandis qu'il boit le lait aigre. Puis il vomit, parce qu'il y a trop longtemps qu'il n'a mangé ni bu. Horriya essuie sa bouche avec son voile, sans rien dire, et il boit à nouveau. Le lait aigre et doux lui donne tellement de forces qu'il se met à trembler.

Elle lui donne du pain par petits morceaux, comme à un bébé. Elle dit quelques mots, de sa voix tranquille, mais son visage est triste. Tayar comprend tout à coup que son oncle Raïs est mort. Les soldats l'ont tué près des ruines. Mais il est si fatigué que cela lui est égal, et il ne pose pas de questions.

Mais le ciel est encore plus vide, plus grand, plus blanc. Le soleil est descendu sur la ligne des montagnes, à l'horizon. Tayar sait que lorsqu'il aura disparu de l'autre côté de la montagne de Thiey et de l'Audibergue, la nuit tombera d'un seul coup. Il se hâte pour retrouver l'abri de la doline. Mais il a perdu le chemin. Il avance au hasard sur l'étendue des pierres blanches et noires, sous le ciel jaune pâle.

Les arbustes sont rares. Il y a de longs murs de pierres sèches qui vont jusqu'à l'autre bout du plateau, sans raison. Tayar les suit avec peine. La soif et la faim sont des douleurs lancinantes. Elles jaillissent des pierres tranchantes, du ciel, des arbustes. Tayar s'assoit un instant sur ses talons, pour se reposer, et ses mains touchent les cailloux déjà froids.

Maintenant, il se souvient. C'est son oncle Raïs qui le lui a dit la première fois, mais il le savait déjà, comme si c'était quelque chose qu'il avait appris le jour de sa naissance. Avec hâte, il cherche parmi les pierres, jusqu'à ce qu'il trouve une grande pierre triangulaire. C'est celle-là, celle qu'il a entendu nommer autrefois, la « pierre de la faim ». Son oncle Raïs lui en parlait, il se souvient, il lui montrait la pierre et il riait, et il savait que ça n'était pas une pierre comme les autres. C'était une pierre qui avait un secret, un esprit, quand on la rencontrait sur son chemin.

Tayar défait les boutons de sa chemise-veste réglementaire, et il appuie la pointe de la pierre sur sa peau, là où palpite le nœud de la douleur, tout près de son cœur. Le froid de la pierre le fait tressaillir, mais il serre très fort la pierre entre ses bras, et il appuie. La pointe de la pierre entre dans sa chair. Il serre la pierre si fort qu'il gémit de douleur. Mais ses bras ne s'occupent pas de la douleur.

La pierre est tellement serrée contre son diaphragme que Tayar peut à peine respirer. Il se lève, plié en deux, alourdi, et il recommence à marcher sur le plateau calcaire. Maintenant, la pierre l'aide, elle lui donne sa force froide, elle efface la faim et la douleur.

Quand la nuit commence à tomber, Tayar aperçoit la doline. Au fond, il voit la borie, pareille à un igloo de pierre. Plus loin, il y a l'arête rocheuse des montagnes, et peut-être, plongée dans la nuit déjà, marquée d'étoiles lointaines qui scintillent au fond de l'ombre, la vallée du Loup.

Les bords de la doline sont encore dans la lumière douce du crépuscule. Tayar s'approche de la borie, il regarde la porte basse qui s'ouvre sur l'ombre. Il hésite, parce que cela ressemble à un tombeau de magicien. Ses mains tremblent quand il se penche pour entrer à l'intérieur de la hutte de pierre. Le sol de terre battue est propre, avec les traces d'un feu ancien, dont il ne reste que quelques cendres.

Tayar s'assoit à l'entrée de la borie, penché en avant à cause de la pierre de la faim. Fébrilement, il regroupe quelques bouts de bois, des brindilles, des feuilles, pour faire du feu. Puis il se souvient qu'il n'a plus d'allumettes. On les lui a enlevées quand il est entré en prison. De toute façon, peut-être que le bois était trop humide, à l'intérieur de la borie, et peut-être qu'il ne sait plus comment on fait du feu. Autrefois, dans les cachettes du mont Chélia, son frère rapportait des branchages, des lichens pareils à des cheveux, et il s'accroupissait sur ses talons pour faire le feu.

C'est au fond d'une vallée, non loin des ruines de Timgad. Les bêtes sont en rond autour d'un arbre sec, comme si c'était lui qui était leur véritable maître et non les enfants en haillons qui les ont poursuivies à coups de pierres toute la journée. La nuit noire est arrivée, pleine d'étoiles. On entend le bruit strident des insectes. Le vent froid souffle, comme ici, et c'est à cause de lui que les bêtes se sont rassemblées contre l'écorce du vieil arbre foudroyé.

Quand la flamme jaillit entre les doigts habiles de l'enfant, vibrante, joyeuse, pareille à un animal sauvage, Tayar regarde de toutes ses forces. Il est heureux, d'un bonheur si intense, qu'il ne peut plus bouger, ni parler. Il peut seulement regarder, de toutes ses forces, s'enivrer de la vue du feu. Son frère rit, parle fort. Il jette aux flammes de grosses branches de chêne-vert qui éclatent en faisant des nuées d'étincelles dans la nuit. « Viens, Aazi, dit-il, aide-moi ! » Alors, lui aussi il donne à manger au feu, des brindilles, des herbes sèches, des racines encore couvertes de terre rouge, tout ce qui lui tombe sous la main. Le feu est vorace, il dévore tout très vite, il crache sa fumée qui vacille dans la lumière. Les insectes viennent mourir dans le feu, les longues fourmis volantes qui zèbrent l'air et grillent dans les flammes. Tayar regarde le visage de son frère. Il est brun rouge, couleur de feu aussi, et ses cheveux bouclés ont des reflets de cuivre. Ses yeux surtout sont comme le feu, comme s'il y avait au fond des étincelles qui brillaient dans la nuit. Il court et il danse autour du feu, il lui parle comme si c'était une bête vraiment, il crie de temps en temps de drôles de cris gutturaux : « Naoh ! Narr !... » Ou bien des injures, parce qu'il s'est brûlé en jetant une branche trop près de la flamme.

Puis, quand le feu est grand et fort, qu'il a dévoré toute la provision de branches, les deux enfants s'asseyent devant lui, du côté où ne vient pas la fumée, et ils le regardent mourir lentement, tandis que le froid de la nuit revient peu à peu, dans leur dos, dans leurs cheveux, dans la terre entre leurs doigts.

Tayar rêve du feu, les yeux ouverts sur la nuit. Au fond de la doline, à l'abri du vent, il ne voit que les bords du cratère découpant le ciel clair. Tayar se sent loin des hommes. Il y a si longtemps qu'il n'a ressenti une telle solitude que c'est un vertige. Lentement, sans lâcher la pierre de la faim, Tayar quitte la borie et il marche jusqu'au centre de la doline. Il avance à quatre pattes, comme un chien, la tête rejetée en arrière pour voir le ciel plein d'étoiles. Le fond de la doline est tapissé d'herbe douce qui garde la chaleur du jour comme une toison de bête.

Le vent passe au-dessus du cratère, de grandes rafales qui viennent du fond de l'espace. Il n'y a que le bruit des vagues du vent, et le froid. Tayar reste longtemps recroquevillé, sans bouger, à regarder les étoiles. Il se souvient peu à peu de la place des étoiles, autrefois, il les reconnaît une à une, sans savoir leur nom, ni rien d'elles. Puis vient la lueur du lever de lune, vers l'est, une large tache blanche qui grandit dans le ciel. Il y a si longtemps de tout cela, que Tayar avait oublié comment c'était. Mais c'est plus fort que toute la vie, cela revient en lui, le vide, le purifie comme la faim et la soif.

Tayar ne bouge pas, pour ne pas déplacer la pierre de la faim. Près de la borie en ruine, il y a l'abreuvoir pour les moutons. Tayar marche lentement jusqu'au bassin, il boit à nouveau l'eau noire, souillée de terre. Puis il retourne se coucher au fond de la borie. Ses yeux ne se ferment pas. Ils restent ouverts sur le cercle noir du cratère qui coupe le ciel. Tayar écoute le vent, comme s'il était sur un bateau en route vers l'inconnu.

Quand le soleil est à nouveau dans le ciel sans nuages, Tayar s'assoit au bord du cratère. Il regarde la plaine de rochers qui s'étend jusqu'aux montagnes âpres. Partout, il y a les murs de pierre sèche. Les cratères des autres dolines font des taches sombres de loin en loin.

Le silence est si grand, si lourd, que Tayar n'entend pas le garçon qui vient vers lui. C'est un enfant de douze ou treize ans, fort, avec la peau très brune, et des cheveux noirs emmêlés par le vent. Maintenant il est debout de l'autre côté de la doline, à contre-jour. Il est vêtu d'un anorak de skieur un peu grand pour lui. Il regarde Tayar, sans bouger, les mains dans les poches.

Tayar le voit. Il veut se lever, mais le poids de la pierre serrée contre son estomac le fait retomber. Pendant quelques secondes, Tayar pense qu'il voudrait tuer le garçon qui le regarde. Mais ça n'est plus possible. Il met la main dans la poche de son pantalon, et il sent du bout des doigts le petit couteau à cran d'arrêt que Frank lui a donné, avant qu'il commence sa cavale. C'est un petit couteau avec un manche en plastique et une lame fine et aiguë, et quand il l'a pris, Tayar a pensé à Mariem. Maintenant il sait bien qu'il ne peut plus s'en servir. Il n'a plus de force. Le vent, le froid de la nuit, le silence et la faim lui ont enlevé tout désir de vengeance.

Tayar regarde le jeune garçon qui lui ressemble, debout de l'autre côté de la doline. Il lui dit « Viens, viens ! » avec la main. Le garçon le regarde un bon moment, sans bouger, puis il fait le tour du cratère, sans se presser, les mains dans les poches. Son visage est très brun, ses yeux noirs ont l'éclat du métal.

Tayar le regarde approcher avec angoisse. Il y a si longtemps qu'il n'a pas vu un visage humain. Quand le garçon est à quelques pas de lui, il s'arrête. Il examine Tayar avec curiosité. Il fait celui qui n'a pas peur, les mains dans les poches, mais il est prêt à bondir en arrière à la moindre alerte.

« Comment tu t'appelles ? » dit Tayar. Il parle avec effort, à cause de la pierre de la faim qui appuie sur son diaphragme. Et puis il y a longtemps qu'il n'a plus parlé, et les mots sont desséchés dans sa gorge.

Le garçon ne répond pas. Il dit seulement :

« Vous êtes blessé ? »

« J'ai dormi ici, dit Tayar. Tu n'as rien à manger ? J'ai faim. »

Le garçon regarde la pierre que Tayar tient serrée contre son ventre.

« Pourquoi vous avez ça ? »

« Ce n'est rien », dit Tayar. Il laisse tomber la pierre sur le sol, à côté de lui. « C'est un truc pour ne pas sentir la faim. »

Le garçon ne dit plus rien. Il reste là à le regarder, en penchant un peu son corps de côté, et tout à coup Tayar a très peur du silence, il veut retenir l'enfant auprès de lui. Avec peine, il extirpe le petit couteau au manche de plastique de sa poche, et il le tend au garçon :

« Ecoute, je n'ai plus d'argent, mais je te donne le couteau. Apporte-moi à manger, j'ai très faim. Il y a plusieurs jours que je n'ai rien mangé. »

Le jeune garçon ne bouge pas, ne répond rien. La lumière du soleil découpe sa silhouette contre le ciel, et Tayar ne peut pas voir son visage. D'un seul coup, le garçon s'en va, il s'éloigne de la doline sans se retourner. Tayar crie, et sa voix s'éraille :

« Où vas-tu ? Ohé ! Viens ! »

Le silence revient sur le plateau calcaire. Tayar sent le vertige, et il descend vers le fond de la doline. Peut-être que c'est la douleur qui revient dans son corps, maintenant qu'il a perdu la pierre de la faim.

Tout le jour, Tayar guette le bord du cratère, là où le jeune garçon est apparu. Par instants, il croit voir sa silhouette immobile contre le ciel, avec son visage noirci et ses cheveux couleur d'herbe brillant à la lumière. C'est un enfant maigre, au visage grave, aux yeux sombres cachés par l'ombre des orbites. Ses lèvres minces sont serrées dans une expression de mutisme. Du fond de la doline, Tayar le regarde avec des yeux brûlants de fièvre. Il le connaît bien, il le reconnaît. L'enfant lui ressemble, il est tout à fait comme un reflet de lui-même. Il porte les mêmes habits, la longue tunique de laine effilochée autour du cou, qui flotte sur son corps maigre et dessine la forme de ses jambes. Il est pieds nus sur les pierres aiguës, et ses cheveux bougent dans le vent, noirs et brillants comme l'herbe.

Quand il le reconnaît, Tayar sent une ivresse étrange, qui efface toute douleur. La faim cesse de le ronger, et sa poitrine respire librement, se gonfle d'un très long soupir. Tayar sait qu'il n'a pas besoin de parler, ni de bouger. Sans comprendre comment, il est debout sur le haut-plateau calcaire, il sent le vent puissant sur son visage. Il aperçoit l'autre versant, là où le chemin de chèvres descend en zigzag à travers les éboulis et les broussailles, jusqu'au lit de l'oued.

C'est une immense ouverture dans la montagne, où vibre une lumière qui semble ne jamais devoir finir. Tayar est penché en avant, il regarde le vide de toutes ses forces. Les montagnes de grès rose et de quartz étincellent comme pour une aurore. Le ciel est bleu. Il n'y a pas de bruit, sauf le souffle du vent dans ses oreilles, le crissement du sable qui s'effrite. Rien ne bouge. Pas un oiseau, pas un animal terrestre. La lumière ouvre sa route jusqu'à l'horizon, et c'est sur elle que Tayar avance, glisse. Il se sépare de lui-même. Il touche à tous les points de la vallée, jusqu'à l'horizon. Il voit les pierres rouges des ruines de Timgad, pareilles à des termitières brisées, et les palmiers des oasis, là où flotte la fine vapeur de l'eau, plus légère qu'une fumée.

Encore plus loin, la route de la lumière le guide jusqu'à la maison de boue, au bord de l'oued. Mais la maison est abandonnée. La porte de branchages du corral est jetée à terre ; il n'y a plus de moutons ni de chèvres. Tayar regarde toute cette poussière avec une attention douloureuse, et chaque pierre, chaque parcelle des murs de boue, chaque branche morte réveille en lui une douleur ancienne. Le paysage de pierre autour de la maison s'est écarté à l'infini, le vent froid du désert passe sur le visage de l'homme immobile.

Lentement, heure par heure, le soleil redescend vers l'horizon. La nuit qui vient est très noire d'abord, engloutissant le plateau calcaire dans son froid. En rampant, Tayar est remonté jusqu'au bord de la doline, non loin de la borie. Mais le vent glacé le repousse, et il glisse lentement jusqu'au fond du cratère, il se recroqueville dans l'herbe humide. Il pense encore à la route de lumière qu'il a aperçue, tout à l'heure, celle que lui a montrée le jeune garçon qui lui ressemble. Mais le froid a tout effacé.

Viennent les étoiles, faiblement, puis de plus en plus brillantes. Jamais elles n'ont lui avec tant d'éclat. Tayar, la tête appuyée dans l'herbe, les regarde avec plaisir. Comme la nuit d'avant, il les reconnaît. Il retrouve leur place, leur dessin, jusqu'aux plus petites qui palpitent à peine, tout près de la terre. Cette nuit, il y a autre chose en elles, comme si elles portaient un message inconnu. Comme une musique, qui entre jusqu'au fond de lui et le trouble. Tayar regarde la route d'étoiles qui traverse le ciel noir, il écoute leur chant strident, léger, qui s'éparpille dans le vide. Le ciel contient tout, recouvre tout, et sous lui, le temps s'abolit en un vertige multiple. Sans cesse apparaissent de nouvelles figures, de nouvelles étoiles. Tayar sait qu'il n'a plus de visage, plus de corps, mais qu'il est devenu un point immobile sur la terre froide, dans la nuit. Sans fermer les yeux, il se fige dans un sommeil glacé, qui ralentit son cœur et son souffle. Au-dessus de lui, les étoiles sont vivantes d'une vie intense, éclatante, elles entrecroisent dans la nuit leurs musiques stridentes, pareilles aux appels des insectes.

A l'aube, l'humidité ruisselle sur le visage de Tayar. La première lumière l'éveille de son rêve, et il voit, indistincte-ment d'abord, puis de plus en plus clairement, la silhouette de l'enfant qui lui ressemble. Le jeune garçon est debout, en équilibre sur le bord du cratère, et la lumière du soleil fait paraître son visage plus sombre, presque noir. Ses cheveux ont la couleur de l'herbe brûlée.

Immobile, l'enfant regarde. Tayar voudrait lui dire de venir, lui faire signe, comme hier, mais il ne peut plus bouger. Le froid de la nuit l'a rendu lourd comme la pierre. Seuls ses yeux peuvent regarder, appeler au secours.

En quelques bonds, le garçon est descendu jusqu'à lui, au fond de la doline. De la poche de son anorak, il tire un morceau de pain, une orange et un couteau. Il les pose à côté de Tayar, sans rien dire.

Quand il voit que Tayar ne peut pas bouger, il rompt un peu de pain et il met un morceau dans la bouche de l'homme. Puis il épluche l'orange, et il lui donne un quartier. Le jus coule dans la gorge de Tayar, et peu à peu les forces reviennent dans son corps. Il tremble en essayant de se redresser sur les coudes. Les premiers rayons du soleil éclairent les bords du cratère, les arbustes noirs qui tremblo-tent dans le vent. Tayar mange encore du pain, il suce les quartiers d'orange et recrache la peau.

« Vous avez faim ? »

Tayar hoche la tête en mangeant.

« Vous avez froid ? »

Le garçon enlève son anorak et il le pose sur le buste de Tayar, en passant les manches de chaque côté de son cou.

« Vous êtes blessé ? » demande de nouveau le garçon. Dans sa voix, il n'y a plus de peur, seulement de l'inquiétude. Tayar dit non en secouant la tête. Le jus de l'orange emplit sa bouche, réveille la vie dans son visage, dans ses entrailles.

« Comment tu t'appelles ? »

Tayar essaie de parler, mais sa voix est si faible qu'il est le seul à l'entendre. Le garçon est penché sur lui, ses yeux brillent dans son visage sombre, avec une lueur mystérieuse qui semble venir de l'intérieur. Il ne parle pas, il regarde Tayar seulement, et la lumière de son regard lui donne des forces comme un aliment.

Tayar ferme les yeux, un instant. Il oublie tout, à présent, la cellule aux murs tachés, l'odeur de moisi et d'urine, les bruits de pas qui résonnent dans les longs corridors, au-dessus de sa tête, et sous son lit, partout, les bruits durs des talons qui ne cessent pas de marcher dans les corridors. Cela s'efface, enfin, et aussi le bruit des barres de néon qui grésillent, les grincements des grilles, et le terrible bruit des portes qui résonnent toujours trois fois, comme ceci : pan ! pan-pan ! Bruit du cœur, bruit des portes, bruit des coups. Ici, cela s'efface, dans le soleil doux du matin, en haut du plateau calcaire, sous le regard brillant de l'enfant à genoux à côté de lui. Il ouvre les yeux, il voit la silhouette du garçon immobile, ses cheveux éclairés par le soleil comme de l'herbe. Il dit, faiblement, « Aazi... » et il rit un peu, sans bruit, et sa main s'élève pour prendre la main du garçon. Lui, d'un bond se lève, reste un instant debout, en équilibre, les muscles bandés, prêt à s'enfuir.

Tayar, redressé dans un effort qui fait jaillir la sueur sur son visage, qui brûle l'intérieur de sa poitrine, regarde l'enfant qui court sur le bord du cratère, léger comme un cabri. La silhouette reste un instant sur le tranchant du cratère, comme si l'enfant hésitait. Puis, d'un coup, sans que Tayar ait pu comprendre comment, il a disparu. Il ne reste plus que le ciel immense et vide, la lumière, le bruit du vent.

A côté de lui, en tâtant, Tayar trouve les morceaux de pain, les peaux d'orange humides. Il essaie de prendre un morceau de pain, mais ses doigts n'ont pas de force, et le pain roule dans l'herbe à côté de lui. Malgré l'anorak sur sa poitrine, Tayar sent le froid qui vient en lui, qui l'occupe peu à peu.

En rampant sur le ventre, Tayar essaie de remonter la pente de la doline. Cela dure si longtemps qu'il ne sait plus très bien ce qui s'est passé, avant. Ses yeux embués regardent fixement au-dessus de lui, les pierres aiguës et les branches des buissons d'épines, contre le ciel blanc. Par instants, le monde semble se vider, comme si venait la nuit, une nuit terrible qui ne finirait plus. Ou bien un voile de sang couvre l'espace, fait briller les épines des buissons de lueurs meurtrières. Glissant sur le ventre comme un saurien, Tayar remonte lentement la pente du cratère. Les cailloux déchirent ses avant-bras et ses genoux, meurtrissent sa poitrine et son visage, mais il n'y prend pas garde. Il y a une dernière force en lui, parce qu'il veut voir. L'enfant a disparu, en laissant derrière lui une traînée de lumière. C'est elle que Tayar veut suivre, comme une route qui le conduit au paysage de pierre qu'il connaît bien, la vallée ouverte dans la montagne et qui va jusqu'au bout du monde.

C'est un endroit qu'il n'a jamais quitté, en vérité. Lentement, Tayar se hisse jusqu'au bord du cratère, là où il peut voir la route de lumière. Le plateau calcaire est solitaire sous le ciel bleu, le vent glacé siffle dans les buissons d'épines. Au loin, il y a les hautes montagnes, grises déjà, irréelles. Mû par la même force, Tayar continue d'avancer sur le plateau, loin de l'abri de la doline. Il suit la route de lumière que

l'enfant a tracée à travers les broussailles, jusqu'au bord de
la falaise. Les cailloux écorchent ses mains, déchirent ses
vêtements, mais il ne sent rien. Il traîne son corps, marchant
parfois à genoux, jusqu'à l'autre bout du plateau, là où il y a
toute la lumière du soleil. Il se hâte, parce qu'il sait que la
nuit va venir, bientôt, et qu'il ne supportera plus le froid qui
va tomber sur la terre. Il faut qu'il atteigne le bord de la
falaise avant que le soleil n'ait touché les montagnes, ou bien
il sera trop tard.

Il rampe sur le sol, et l'odeur des excréments des moutons
se mêle à l'odeur des herbes, à la senteur de la fumée qui
vient des fermes au creux des vallées.

Mais le soleil va vite, il descend vers la terre comme un
vaisseau éblouissant. La lumière heurte le front de Tayar,
freine sa progression. Il ferme les yeux, aveuglé. Mais déjà il
est au bord de la falaise. Quand il regarde, il sent un vertige
s'emparer de lui.

Il est là, couché comme autrefois, à plat ventre dans la
pierraille, retenant son souffle. Dans un murmure, la voix de
son oncle dit, peut-être, « Ne bouge pas, Aazi, ne parle
pas... »

Le soleil brûle et éblouit, mais Tayar voit enfin ce qu'il
cherchait, l'immense vallée qui va jusqu'à l'autre bout du
monde, là où chaque caillou, chaque plante, chaque buisson
d'épines brille d'un éclat qui n'existe nulle part ailleurs, car
la lumière vient d'eux et non du ciel.

Tayar sent le bonheur en lui, tandis qu'il contemple la
vallée sans ombre. Ses yeux se mouillent de larmes, et pour
la première fois depuis des jours, il ne sent plus la faim, ni le
froid. La brûlure au centre de sa poitrine rayonne tel un
soleil.

Le silence est grand sur la vallée. Il n'y a pas d'oiseau qui
plane, il n'y a pas d'ombre, ni de peur. « Ne fais pas de

bruit, Aazi, regarde... » Le soleil brûle sa nuque, ses
épaules, à travers ses vêtements déchirés. Il a laissé l'outre
en peau de chèvre dans les rochers, et la besace, pour
pouvoir marcher plus vite. Il doit aller loin, avant la nuit,
sur les pentes du mont Chélia, jusqu'à la grotte où l'attendent son frère et sa sœur Horriya. Il n'y a plus rien d'autre,
plus personne d'autre au monde. La grande vallée ouverte
conduit jusqu'à l'autre bout de la terre, plus loin que
Timgad, plus loin que Lambessa. L'enfant est revenu, pour
lui ouvrir le chemin, pour laisser son signal de lumière.
Maintenant, il n'y a plus qu'à regarder, à se laisser glisser sur
la route étincelante.

Tayar ne voit plus le soleil qui descend vers les montagnes, ni l'ombre qui noie la vallée. La tête appuyée sur la
terre, les cheveux balayés par le vent, il est immobile,
comme s'il dormait. Pourtant, ses yeux sont ouverts et la
sclérotique brille dans la lumière. Il respire lentement, en
faisant de grands efforts.

Alors il ne voit pas les hommes qui avancent sur le
chemin, entre les murs de pierre sèche. Ils ont des uniformes,
et l'un d'eux tient en laisse un grand chien fauve qui flaire les
pierres et s'arrête parfois. Les hommes savent où ils vont,
guidés par un jeune garçon qui marche devant eux en
silence. Ils avancent sur le plateau calcaire, vers la doline
déjà prise par l'ombre. Ils ne parlent pas, ils se hâtent et le
bruit de leurs bottes dérange un instant le silence de la terre.

Ariane

Au bord du fleuve sec, il y a la cité des H.L.M. C'est une véritable cité en elle-même, avec des dizaines d'immeubles, grandes falaises de béton gris debout sur les esplanades de goudron, dans tout le paysage de collines de pierres, de routes, de ponts, avec le lit de galets poussiéreux du fleuve, et l'usine de crémation qui laisse flotter son nuage âcre et lourd au-dessus de la vallée. Ici, on est loin de la mer, loin de la ville, loin de la liberté, loin de l'air même, à cause de la fumée de l'usine de crémation, et loin des hommes, parce que c'est une cité qui ressemble à une ville désertée. Peut-être qu'il n'y a personne en vérité, personne dans ces grands immeubles gris aux milliers de fenêtres rectangulaires, personne dans ces cages d'escalier, dans ces ascenseurs, et personne encore dans ces grands parkings où sont arrêtées les autos ? Peut-être que ces fenêtres et ces portes sont murées, aveuglées, et que plus personne ne peut sortir de ces murs, de ces appartements, de ces caves ? Mais ceux qui vont et viennent entre les grandes murailles grises, hommes, femmes, enfants, chiens parfois, ne sont-ils pas comme des fantômes sans ombre, insaisissables, introuvables, aux yeux vides, perdus dans l'espace sans chaleur, et ils ne peuvent jamais se rencontrer, jamais se trouver, comme s'ils n'avaient pas de vrai nom.

De temps en temps passe une ombre, fuyante entre les murs blancs. On voit le ciel parfois, malgré la brume, malgré l'épais nuage qui descend de la cheminée de l'usine de crémation, à l'ouest. On voit des avions aussi, un instant échappés des nuées, traçant derrière leurs ailes étincelantes de longs filaments cotonneux.

Mais il n'y a pas d'oiseaux par ici, ni de mouches, ni de sauterelles. Parfois il y a une coccinelle égarée sur les grands parkings de ciment. Elle marche sur le sol, puis elle essaie d'échapper, volant lourdement vers les bacs à fleurs pleins de terre craquelée, où il y a un géranium brûlé.

Il y a des enfants aussi, parfois. Arrêtés devant la porte des immeubles, ils ont jeté leurs cartables par terre, et ils jouent, ils crient, ils se battent. Mais cela ne dure pas longtemps. Ils rentrent dans les alvéoles, entre les murs, et on entend les voix des téléviseurs qui grognent, qui ricanent, qui chantonnent. Ou bien, tout d'un coup, quand la nuit tombe, il y a le bruit déchirant des cyclomoteurs, et la troupe passe à toute vitesse en zigzaguant à travers les parkings, en tournant en rond autour des poteaux électriques. Dix, vingt motos peut-être, et tous les garçons portent des masques de plexiglas, des blousons de simili-cuir noir, des casques orange ou tricolores. Le bruit de leurs engins se répercute sur les murs de ciment, rugit dans les couloirs, dans les souterrains, fait aboyer quelques chiens. Puis ils s'en vont, d'un seul coup, et on entend le bruit de leurs moteurs qui décroît, qui s'éteint entre d'autres murs, au fond d'autres boyaux souterrains.

Quelquefois ils vont au-delà de l'usine de crémation, vers le haut du vallon de l'Ariane, ou bien ils remontent les virages qui vont jusqu'au cimetière, ils grimpent le raidillon de la Lauvette. C'est un bruit étrange comme celui d'un troupeau de bêtes sauvages, qui crie et rugit dans la nuit, fait rouler des échos au fond des ravins obscurs. C'est un bruit qui fait naître la peur, parce qu'il vient de tous les côtés à la fois, incompréhensible, presque surnaturel.

La nuit, l'air froid souffle sur les immeubles et sur les parkings, comme sur des plateaux de pierres. Le ciel est noir, sans étoiles, sans lune, avec la lumière aveuglante des grands pylônes de fer qui fait ses plaques sur le goudron. Le jour, la lumière du soleil se réverbère sur les murs couleur de ciment, prisonnière des nuées lourdes, et le silence qui est à l'intérieur de cette lumière est sans fin. Il y a des reflets, il y a des ombres. Il y a des passages d'autos sur la grande route qui longe le fleuve, et, plus bas, sur l'autopont. Les moteurs vibrent et roulent sans cesse, entre les hautes falaises, camions des cimenteries, camions de bois, d'essence, de briques, camions de viandes ou de lait. Les autos vont vers les supermarchés, ou en reviennent, aveugles, comme si personne vraiment ne les conduisait.

Aujourd'hui, lundi de Pâques, la grande cité des H.L.M. est encore plus vide, encore plus vaste. Le ciel est gris, il y a un vent froid qui souffle le long du fleuve sec, qui remonte entre les murs des digues, entre les hautes falaises des immeubles. La lumière blanche des nuages brille sur les fenêtres, jusqu'au seizième étage, elle fait des sortes d'éclairs qui bougent, des sortes de reflets. Il y a des ombres pâles sur les grands parkings vides.

Les hommes ne sont pas là, aujourd'hui, ils ont disparu. Il n'y a que les carcasses des voitures immobiles, pareilles à celles des grands cimetières de voitures, là-bas, un peu plus en amont du fleuve. C'est un jour pour elles, un jour de carcasses abandonnées, sans moteurs, sans portières, sans roues, phares crevés, glaces brisées, capots béants qui montrent le vide noir d'où les culasses ont été arrachées.

Dans les rues vides, il y a quelques enfants qui courent

après un ballon blanc et noir, il y a quelques femmes qui sont arrêtées au bord du trottoir, et qui parlent. Parfois, il y a de la musique. Elle sort d'une fenêtre grande ouverte malgré le vent froid : une musique lourde, aux accents traînants, avec une drôle de voix aiguë qui chevrote interminablement, et les mains des hommes qui applaudissent en cadence. Pour qui chante cette voix ? Le silence, au-delà, est si grand, si long ! Le silence vient des montagnes rases, dont la courbe se perd dans les nuages, le silence vient des routes, du lit du fleuve sec, et, de l'autre côté, au loin, de la grande autoroute sur ses piliers géants. C'est un silence âpre et froid, un silence crissant de poussière de ciment, épais comme la fumée sombre qui sort des cheminées de l'usine de crémation. C'est un silence d'au-delà des grondements des moteurs. En haut des collines, du côté du cimetière, il vit, ce silence, mêlé à l'odeur âcre de la fumée de l'usine de crémation, et il descend lourdement sur le fond de la vallée, sur les parkings des H.L.M., il va jusqu'au fond des caves sans lumière.

Ici marche Christine, le long des hauts immeubles, sans regarder, sans s'arrêter. Elle est grande et svelte, surtout avec son jean de velours noir et ses bottes courtes à talons très hauts. Elle porte aussi une veste de plastique blanc sur un pull rayé rouge et blanc. Ses cheveux blonds sont noués en queue de cheval, et elle a des boucles en métal doré qui pincent les lobes de ses oreilles. Le vent froid balaie la rue sans fin, venu de la mer, là-bas, de l'autre côté des collines, et qui remonte la vallée du fleuve en soulevant des poussières. C'est encore un vent d'hiver, et Christine se serre dans sa veste de plastique, elle ferme le col avec sa main droite, tandis qu'elle enfonce sa main gauche dans la poche arrière du pantalon, sur sa fesse.

Il y a tant de silence qu'elle entend le bruit de ses talons résonner à travers tous les dédales des parkings, sur tous les murs des grands immeubles, et même jusqu'au fond des caves. Mais c'est peut-être le froid qui l'empêche d'entendre autre chose. Ses talons cognent sur le ciment du trottoir, en faisant un bruit métallique, dur, insistant, qui résonne beaucoup à l'intérieur de son corps, dans sa tête.

Tandis qu'elle marche, de temps en temps elle cherche à se voir, dans les vitres des camionnettes arrêtées, ou bien dans les rétroviseurs extérieurs des gros camions. Elle cherche à se voir, avec un peu d'anxiété, en penchant un peu la tête, les yeux plissés. Dans les petits miroirs convexes, comme au milieu d'une brume bleue, elle voit alors sa silhouette noire et blanche qui avance comme en dansant, longues jambes, longs bras, corps évasé aux hanches, et petit visage en tête d'épingle entouré par ses cheveux couleur d'or. Puis le visage grandit, grossit, jusqu'à se déformer un peu, long nez, yeux noirs écartés comme ceux d'un poisson, bouche couleur cerise qui sourit et montre ses dents très blanches. Autrefois, Christine aurait ri à chaque fois, devant son reflet déformé. Mais maintenant l'anxiété est trop forte, et elle cherche à refaire son vrai visage, son vrai corps, à partir de l'image grotesque, tout en fermant les yeux, lorsqu'elle a dépassé le miroir.

Elle ne sait pas pourquoi elle a tellement besoin de se voir. C'est au-dedans d'elle, cela poigne et fait mal presque, et quand elle a marché longtemps dans la rue sans rien trouver d'autre que son reflet gris dans les vitrines, ou son visage déformé dans les rétroviseurs des autos, elle cherche un miroir, un vrai miroir, n'importe où, dans une entrée d'immeuble, dans les toilettes d'un bar, devant un salon de coiffure. Elle va à lui, elle s'arrête, et elle se regarde longuement, avidement, sans bouger, presque sans respirer, ses yeux fixés dans les yeux de l'autre, jusqu'au vertige.

On ne voit pas le soleil à cause des nuages gris, mais Christine sent qu'il doit être tard. La nuit va venir maintenant, pas trop vite, en remontant le long de la vallée du fleuve, avec le vent. Mais Christine ne veut pas rentrer chez elle. Chez elle, c'est l'appartement aux murs étroits tachés, avec l'odeur lourde de la cuisine qui l'écœure, avec le bruit du poste de télévision, avec les cris des voisins, avec les bruits de la vaisselle, les bruits qui résonnent dans les escaliers de ciment, la porte de l'ascenseur qui grince et cogne, d'étage en étage. Christine pense à son père aussi, à son père assis devant le poste de télévision, les joues mal rasées, les cheveux hirsutes ; elle pense à sa sœur cadette, à son visage pâle aux yeux cernés, à son regard sournois de petite fille de dix ans. Elle pense à elle si fort qu'elle fronce les sourcils et qu'elle murmure quelques mots, sans bien savoir quoi, une insulte peut-être, ou bien seulement, comme cela, « Va-t'en ! » Elle pense aussi à sa mère, avec son visage fatigué, ses cheveux teints, ses membres et son ventre lourd, son silence lourd aussi, comme s'il y avait des tas de choses qui s'y étaient accumulées comme une mauvaise graisse.

Christine ne pense pas vraiment à tout cela, mais elle le perçoit, très vite, images, odeurs, sons qui se bousculent avec tellement de force et de précipitation que cela occulte un instant le paysage des grands parkings et des murs aux trois cents fenêtres identiques. Alors elle s'arrête, elle ferme les yeux, devant ce pays de trop grande blancheur, cette nappe de sel, de neige.

Le vent froid la reprend. Devant elle, en bas de l'immeuble géant, il y a le Milk Bar. C'est là que Christine aime bien aller, pour faire passer le temps, quand elle sort de l'école, avant de rentrer dans l'appartement étroit où il y a son père, sa mère silencieuse, et le regard sournois de sa sœur. Elle monte les marches gaiement, elle pousse la porte de verre, et elle sent avec plaisir l'odeur qu'elle aime, l'odeur de vanille, de café, de cigarette. Aujourd'hui, il n'y a personne dans le Milk Bar. Tout le monde est allé se promener en ville, au bord de la mer, ou bien en moto dans la montagne. Il n'y a que le patron du Milk Bar, un gros homme avec des lunettes, qui est assis derrière le comptoir et qui lit le journal. Il est penché sur le journal, et il lit chaque ligne avec tellement d'attention qu'il ne prête même pas garde à Christine quand elle entre, et qu'elle s'assoit près de la fenêtre à une table de matière plastique.

Qu'est-ce qu'il peut lire avec une pareille attention ? Mais Christine n'y pense même pas, ça lui est égal. Elle aime bien être assise là, les deux coudes sur la table de plastique, à regarder dehors, à travers la vitre.

Maintenant, la nuit est en train de tomber. Dans la rue vide, sous le ciel gris, l'ombre avance lentement, s'installe. De temps en temps, il y a quelqu'un qui passe, à pied, et qui regarde vers l'intérieur du Milk Bar, puis continue sa route. Christine voudrait bien savoir l'heure, mais elle n'ose pas la demander au patron qui continue à lire son journal mot par mot, comme s'il n'arrivait pas à comprendre ce qu'il lisait.

Et puis Cathie est passée devant le Milk Bar, et elle a reconnu Christine. Elle a fait de grands gestes, et elle est entrée en trombe dans le café, en parlant si fort que le patron s'est même réveillé. Cathie est plus grande et plus forte que Christine, avec un visage plein de taches de rousseur et des cheveux noirs frisés. Elle est plus âgée aussi, elle doit avoir seize ou dix-sept ans, mais Christine réussit à avoir l'air d'être du même âge, à cause de ses vêtements, des talons hauts, et du fard. Le patron du Milk Bar s'est levé de son tabouret et il est venu devant les deux filles :

« Qu'est-ce que vous prenez ? »

« Un café noir », dit Cathie.

« Et un crème pour moi », dit Christine.

Le patron les a regardées encore, attendant qu'elles disent autre chose. Puis il a grommelé :

« Bon, mais je vais fermer dans dix minutes. »

Cathie est toujours comme ça : elle parle trop, trop vite, en faisant trop de gestes, et ça saoule un peu Christine, surtout qu'elle n'a pas mangé depuis ce matin, et qu'elle a marché toute la journée dehors, dans les rues vides, le long des places, au bord de la mer. Et puis Cathie dit du mal de tout le monde, c'est une véritable langue de vipère, et ça aussi, ça fait tourner la tête, comme un manège qui va trop vite.

Heureusement qu'il fait nuit dehors, maintenant. En dépit de son avertissement, le patron du Milk Bar ne semble pas avoir envie de fermer tout de suite. Il lit toujours son journal, mais avec moins d'attention, en relevant souvent la tête pour regarder les filles. Christine jette un coup d'œil de son côté, et elle surprend son regard brillant attaché sur elle. Elle rougit, et elle tourne la tête brusquement vers la vitre.

« Viens ! » dit-elle soudain à Cathie. « On s'en va ! »

Et sans attendre, elle paie le café-crème sur la table de plastique, et elle sort. Cathie la rejoint au bas de l'escalier.

« Qu'est-ce que tu as ? Tu veux rentrer ? »

« Non, rien », dit Christine. Mais maintenant qu'elle est dehors, elle se rend compte qu'il faut penser à nouveau à l'appartement au mur taché, à la télévision qui parle toute seule, au visage buté de son père, au corps fatigué de sa mère, au regard de sa sœur.

« Bon, allez, salut, moi je vais rentrer », dit Cathie. Elle a l'air de s'ennuyer tout à coup. Christine voudrait bien la retenir, elle fait un geste.

« Ecoute, est-ce que — »

Mais elle ne sait pas quoi dire. La nuit est froide, le vent souffle. Cathie relève le col de sa veste bleue, et elle fait un geste de la main, et elle s'en va en courant. Christine la regarde entrer dans l'immeuble en face, allumer la minute-rie. Elle attend un instant devant une porte du rez-de-chaussée, puis la porte s'ouvre, se referme. Cathie a disparu.

Christine fait quelques pas dans la rue, jusqu'à l'angle du parking. Elle s'abrite contre le mur, dans une tache d'ombre. Le froid de la nuit la fait frissonner, après la chaleur parfumée du Milk Bar. Devant elle, le ciel gris est devenu rose et luminescent du côté de la ville, avec la barre lourde qui traîne encore au-dessus des cheminées de l'usine de crémation. Il n'y a pas de bruit, c'est-à-dire, pas de bruit signifiant. Seulement le gondement sourd des autos et des camions, là-bas, sur le pont de l'autoroute, et les bruits des hommes et des enfants dans les appartements, ou les voix nasillardes des postes de télévision.

Elle ne veut pas entrer chez ses parents, pas encore. Elle veut rester là, immobile, le dos appuyé contre le mur froid, à regarder la nuit, le ciel gris et vague, les grands murs blancs où les centaines de fenêtres sont éclairées. Et les autos immobiles dans le parking, sous les taches des réverbères, les camions arrêtés dans la rue, les lumières de la ville qui s'allument comme des étoiles ternes. Elle veut écouter les bruits confus de la vie dans les appartements, les écouter tous à la fois, et sentir le froid de la nuit. Elle reste longtemps comme cela, immobile contre le mur, jusqu'à ce que le froid ankylose ses jambes, ses bras, ses épaules. Les gouttes d'humidité luisent sur sa veste de plastique blanc, sur ses bottes.

Alors elle recommence à marcher, dans les rues vides, en faisant le tour des blocs d'immeubles. Elle ne sait pas trop où elle va. D'abord vers le bâtiment de l'école, puis elle traverse le petit jardin d'enfants en contrebas de la route, et elle remonte les ruelles où il y a les petites maisons délabrées dans leurs jardins pelés. Elle fait aboyer les roquets contre les grilles, et il y a des chats noirs qui courent sous les voitures arrêtées, devant elle.

Quand elle retrouve les blocs des immeubles, pareils à des géants debout au milieu des terrains et des parkings, elle sent de nouveau la lumière froide et humide des réverbères, et ça la fait frissonner.

Alors le bruit des motocyclettes vient très vite vers elle. Elle l'entend éclater entre les immeubles, sans savoir d'où il vient exactement. Où aller ? Christine voudrait se cacher, parce qu'elle est debout au milieu de la grande rue, et que la lumière des réverbères l'éclaire brutalement. Elle se met à courir vers l'immeuble le plus proche, et elle se plaque le dos au mur à l'instant où le groupe des motards passe à toute allure dans la rue. Ils sont six ou sept, masqués par leurs casques, vêtus de vinyle noir, avec des motos Trial pleines de boue. Christine les regarde tourner au carrefour, elle écoute le bruit des moteurs qui s'éloigne, qui s'éteint.

Tout à coup, elle sent la peur. Elle ne sait pas bien de quoi elle a peur, mais c'est là, en elle, comme un frisson, et aussi autour d'elle, dans le silence des grandes rues vides, des immeubles géants aux centaines, aux milliers de fenêtres, dans la lumière orangée des réverbères, dans le vent froid qui remonte le long de la vallée en portant l'odeur âcre des fumées et la rumeur de l'autoroute. C'est une peur étrange, imprécise, qui serre la gorge de Christine et mouille de sueur son dos et ses paumes, malgré le froid.

Elle marche vite maintenant, en essayant de ne penser à rien. Pourtant, soudain, elle se souvient du regard aigu du patron du Milk Bar, et son cœur se met à battre plus vite, comme si elle sentait encore ce regard sur elle, en train de l'épier, dans l'ombre. Peut-être est-il là, vraiment. Elle se souvient qu'il allait fermer sa boutique, et il l'a regardée après qu'elle est sortie du Milk Bar, quand elle était debout dans la rue.

Et tout d'un coup, à nouveau, les motards sont là. Cette fois, elle ne les a pas entendu venir, ils sont arrivés en même temps que le bruit de leurs motos. Peut-être qu'ils sont venus à petite vitesse, en tournant et en zigzaguant à l'intérieur du parking de l'immeuble, en se faufilant entre les autos arrêtées, pour la surprendre.

Maintenant, Christine est immobile dans le parking, sous la lumière jaune du réverbère qui brille sur ses cheveux blonds, sur sa veste de plastique blanc et sur ses bottes, tandis que les motos tournent lentement autour d'elle. Les motards ont leurs visages masqués par la visière de leurs casques, et aucun d'eux ne semble la regarder, mais simplement ils tournent autour d'elle, en donnant de petits coups d'accélérateur qui font tressauter leurs motos, et bouger la lumière de leurs phares et de leurs feux rouges. A mesure qu'ils tournent, ils rétrécissent leur cercle, et maintenant, ils passent si près d'elle qu'elle peut sentir le souffle chaud des pots d'échappement. Christine reste figée sur place, le cœur battant, les jambes toutes faibles. Elle regarde autour d'elle, vers les grands immeubles, mais les murs sont si hauts, et il y a tellement de fenêtres éclairées, et sur le grand parking, il y a tellement d'autos arrêtées, aux carrosseries pleines de reflets ! Le bruit lent et profond des motos qui tournent fait vibrer le sol, fait vibrer tout son corps, emplit sa tête. Elle sent ses jambes trembler sous elle, et une sorte de vertige s'empare d'elle. Alors, soudain, avec un cri, elle s'élance en avant et elle se met à courir aussi vite qu'elle peut, droit devant elle, à travers le parking.

Mais les motos sont toujours derrière elle, puis tournent

autour des autos arrêtées, et reviennent vers elle, en l'aveuglant avec leurs phares, en donnant des coups d'accélérateur qui font retentir les rugissements des moteurs.

Christine ne s'arrête pas. Elle traverse un parking puis elle court le long des grandes avenues, elle longe les murs des immeubles, elle traverse les terre-pleins couverts d'herbe rase. Elle court si vite qu'elle ne peut presque plus respirer, et que le vent froid fait couler des larmes sur ses joues. A force de courir, elle ne sait plus où elle est, elle ne voit autour d'elle, à perte de vue, que les grandes murailles blanches des immeubles tous pareils, les centaines, les milliers de fenêtres identiques, les parkings qui s'ouvrent, avec leurs autos arrêtées, les rues éclairées par les réverbères orange, les terre-pleins d'herbe sale. Puis, comme ils sont venus, les motards ont disparu. A nouveau, le silence lourd, le froid, le vide s'emparent de la cité des H.L.M. et Christine peut entendre à nouveau la rumeur lointaine des autos qui roulent là-bas, sur le grand pont qui traverse le fleuve.

Elle voit où elle est. Sans savoir comment, ses jambes en courant l'ont conduite jusque devant l'immeuble où elle habite. Elle lève les yeux, elle cherche les fenêtres de l'appartement où il y a son père, sa mère et sa petite sœur. Il y a déjà cinq mois qu'ils habitent là, mais elle doit toujours regarder aussi longtemps avant de reconnaître les trois fenêtres, à côté de celles où il y a des pots de géraniums. Les deux fenêtres de la grande chambre sont éclairées, parce que c'est là que son père est assis dans son fauteuil, en train de regarder la télévision en mangeant. Maintenant, Christine est bien fatiguée, et elle est presque contente à l'idée de rentrer dans l'appartement étroit, de sentir l'odeur lourde de la nourriture, d'entendre la voix nasillarde du poste de télévision.

Elle monte les marches de l'escalier, elle pousse la porte

d'entrée de l'immeuble, elle met la main sur le bouton de la minuterie. Alors elle les voit. Ils sont là qui l'attendent, tous, avec leurs blousons de vinyle noir et leurs casques aux visières rabattues qui luisent dans la lumière de l'escalier.

Elle ne peut pas crier, parce que quelque chose se bloque dans sa gorge, et ses jambes ne peuvent plus bouger. Ils se sont approchés. L'un d'eux, un grand qui a un blouson d'aviateur, et un casque orange avec une visière en plexiglas fumé, s'approche tout près d'elle, il la prend par le bras. Elle cherche à se dégager, elle ouvre la bouche, elle va crier. Alors il la frappe, de toutes ses forces, avec son poing, dans le ventre, là où le corps se plie en deux, et la respiration s'arrête. Ils l'entraînent vers la porte qui est à côté de l'ascenseur, et ils descendent l'escalier de ciment qui résonne. On entend les bruits des téléviseurs au rez-de-chaussée, les bruits de la vaisselle, les cris des enfants. Sous terre, la lumière est grise, elle vient de deux ou trois ampoules au milieu des tuyaux et des conduits d'égout. Les motards avancent vite, ils tirent le corps de Christine, ils la portent presque. Ils ne disent rien. Ils ouvrent une porte. C'est une cave, à peine quatre ou cinq mètres carrés, du ciment gris, des caisses, et par terre, il y a un vieux matelas. Ils jettent Christine par terre, et l'un des motards allume une bougie, au fond de la cave, en équilibre sur une vieille assiette. La cave est si petite qu'ils sont debout les uns contre les autres. Dehors, la lumière de la minuterie s'éteint, et il n'y a plus que la lueur de la bougie qui vacille. Christine reprend son souffle. Les larmes coulent sur ses joues, barbouillent le rimmel et le fond de teint. Elle claque des dents.

« Déshabille-toi. »

La voix du grand a résonné dans la cave étroite, une voix dure et rauque que Christine ne connaît pas. Comme elle ne bouge pas, il se penche sur elle, et il tire sur sa veste, déchire le col. Alors Christine a peur, et elle pense à ses habits qui vont être déchirés. Elle enlève sa veste, la pose par terre. Elle va à l'autre bout de la cave, tout près de la bougie, et elle ôte son tricot rayé, elle défait la fermeture des bottes, elle fait glisser son pantalon, puis son slip et son soutien-gorge. Elle grelotte nue dans le froid de la cave, l'air efflanquée et maigrichonne, ses dents claquent si fort qu'elle sait qu'elle ne pourrait même pas crier ; elle pleure un peu, en geignant, et les larmes continuent à souiller ses joues de rimmel et de fard. Puis le garçon s'approche d'elle, il défait sa ceinture. Il la pousse sur le matelas et s'étend sur elle, sans ôter son casque. Les autres s'approchent et elle voit leurs visages penchés sur elle, elle sent leur haleine sur sa peau. Interminablement, l'un après l'autre, ils l'ouvrent, ils la déchirent, et la douleur est si grande qu'elle ne sent plus la peur ni le froid, mais seulement le vertige qui se creuse en elle, qui l'écrase plus loin que son ventre , plus bas, comme si le matelas mouillé tombait au fond d'un puits glacé et noir brisant ses reins. Cela dure si longtemps qu'elle ne sait plus ce qui s'est passé. Chaque fois qu'un garçon entre en elle, en forçant, la douleur grandit dans son corps et l'entraîne au fond du puits. Les mains écrasent ses poignets contre le sol, écartent ses jambes. Les bouches s'appliquent sur sa bouche, mordent ses seins, étouffent sa respiration.

Puis la bougie tremble un peu plus et se noie dans sa cire. Alors tout s'arrête. Il y a un silence, et le froid est si terrible que Christine se roule en boule sur le matelas, elle s'évanouit.

Quand la lumière électrique revient, elle voit la porte de la cave ouverte, et les motards sont debout dans le couloir. Elle sait que c'est fini. Elle se lève, elle s'habille, elle sort de la cave en titubant. Son ventre brûle et saigne, ses lèvres sont gonflées, tuméfiées. Les larmes ont séché sur ses joues avec le rimmel et le fard.

Ils la poussent devant eux dans l'escalier de ciment. Dans l'entrée, seul reste le grand, avec son casque et son blouson d'aviateur. Avant de s'en aller, il se penche sur Christine, sa main se pose sur son cou.

« Salaud ! » dit Christine, et sa voix tremble de rage et de peur. Mais lui fait peser sa main sur son épaule.

« Si tu parles, on te tue. »

Christine s'assoit dehors, sur les marches de l'escalier. Elle reste longtemps là, sans bouger, pour que le froid la rende insensible, pour que le noir de la nuit l'enveloppe et calme la douleur de son ventre et les meurtrissures de ses lèvres. Puis elle cherche, dans le parking, une voiture arrêtée avec un grand rétroviseur extérieur, et lentement, avec une application de petite fille, elle essuie le rimmel de ses yeux, et elle étale le fond de teint de ses joues bleuies.

Villa Aurore

Depuis toujours, Aurore existait, là, au sommet de la colline, à demi perdue dans les fouillis de la végétation, mais visible tout de même entre les hauts fûts des palmiers et des lataniers, grand palais blanc couleur de nuage qui tremblait au milieu des ombres des feuillages. On l'appelait la villa Aurore, bien qu'il n'y ait jamais eu de nom sur les piliers de l'entrée, seulement un chiffre gravé sur une plaque de marbre, qui a disparu bien avant que j'aie pu me souvenir de lui. Peut-être qu'elle portait ce surnom à cause de sa couleur de nuage justement, cette teinte légère et nacrée pareille au ciel du premier matin. Mais tout le monde la connaissait, et elle a été la première maison dont je me souvienne, la première maison étrangère qu'on m'ait montrée.

C'est aussi à cette époque-là que j'ai entendu parler de la dame de la villa Aurore, et on a dû me la montrer peut-être, parfois, en train de se promener dans les allées de son jardin, coiffée de son grand chapeau de jardinier, ou bien en train de tailler les rosiers, près du mur d'entrée. Mais je garde d'elle un souvenir imprécis, fugitif, à peine perceptible, tel que je ne peux être tout à fait sûr de l'avoir réellement vue, et que je me demande parfois si je ne l'ai pas plutôt imaginée. J'entendais souvent parler d'elle, dans des conver-

sations (entre ma grand-mère et ses amies, principalement)
que j'écoutais distraitement, mais où elle ne tardait pas à
faire figure d'une personne étrange, une sorte de fée peut-
être, dont le nom même me semblait plein de mystères et de
promesses : la dame de la villa Aurore. A cause de son nom,
à cause de la couleur nacrée de sa maison entraperçue au
milieu des broussailles, à cause du jardin aussi, si grand, si
abandonné, où vivaient des multitudes d'oiseaux et de chats
errants, chaque fois que je pensais à elle, chaque fois que
j'approchais de son domaine, je ressentais un peu le frisson
de l'aventure.

Plus tard, j'appris avec d'autres garnements la possibilité
d'entrer dans son domaine, par une brèche dans le vieux
mur, du côté du ravin, à l'ubac de la colline. Mais à cette
époque-là, nous ne disions plus la dame de la villa Aurore, ni
même la villa Aurore. Nous en parlions avec une périphrase
qui avait été certainement inventée pour exorciser le mystère
de la première enfance, et pour justifier notre entrée : nous
disions : « Aller au jardin des chats errants », ou bien
« passer par le trou du mur ». Mais nous restions prudem-
ment dans la partie abandonnée du jardin, celle où vivaient
les chats, et leurs portées miraculeuses de chatons aveugles,
et deux ou trois statues de plâtre abandonnées à la végétation. C'est à peine si, lors de ces jeux de cache-cache et ces
expéditions de reconnaissance à travers la jungle des acanthes et des lauriers-sauces, j'apercevais parfois, très loin,
comme irréelle, la grande maison blanche aux escaliers en
éventail entourée des fûts des palmiers. Mais pas une fois je
n'entendis la voix de la propriétaire, pas une fois je ne la vis
sur les marches de l'escalier, dans les allées de gravier, ni
même derrière le carreau d'une fenêtre.

Pourtant, c'est une chose étrange aussi quand je pense à
cette époque, c'est comme si nous savions tous que la dame

était là, qu'elle habitait dans cette maison, qu'elle y régnait. Sans jamais la voir, sans la connaître, sans même savoir quel était son vrai nom, nous étions conscients de sa présence, nous étions ses familiers, ses voisins. Quelque chose d'elle vivait alors dans ce quartier, en haut de la colline, quelque chose que nous ne pouvions pas voir vraiment, mais qui existait dans les arbres, dans les palmiers, dans la silhouette de la maison blanche, dans les deux piliers de pierre de l'entrée et dans la grande grille rouillée fermée par une chaîne. C'était un peu comme la présence de quelque chose de très ancien, de très doux et de lointain, la présence des vieux oliviers gris, du cèdre géant marqué par la foudre, des vieux murs qui entouraient le domaine comme des remparts. C'était aussi dans l'odeur chaude des lauriers poussiéreux, dans les massifs de pittospores et d'orangers, dans les haies sombres de cyprès. Jour après jour, tout cela était là, sans bouger, sans changer, et on était heureux sans le savoir, sans le vouloir, à cause de la présence de la dame qui était au cœur du domaine.

Les chats aussi, on les aimait bien. Quelquefois il y avait des garnements qui les chassaient devant eux à coup de pierres, mais quand ils franchissaient la brèche du mur, ils cessaient leur poursuite. Là, dans le jardin, à l'intérieur des murs, les chats errants étaient chez eux, et ils le savaient. Ils vivaient par meutes de centaines, accrochés aux rochers de l'ubac, ou bien à demi cachés dans les creux du vieux mur, se chauffant au soleil pâle de l'hiver.

Je les connaissais bien, tous, comme si j'avais su leurs noms : le chat blanc borgne, aux oreilles déchirées par les combats, le chat roux, le chat noir aux yeux bleu ciel, le chat blanc et noir aux pattes toujours sales, la chatte grise aux yeux dorés, et tous ses enfants, le chat à la queue coupée, le chat tigré au nez cassé, le chat qui ressemblait à un petit tigre, le chat angora, la chatte blanche avec trois petits blancs comme elle, affamés, tous, apeurés, aux pupilles agrandies, au poil taché ou hérissé, et tous ceux qui s'en allaient vers la mort, les yeux larmoyants, le nez coulant, si maigres qu'on voyait leurs côtes à travers leur fourrure, et les vertèbres de leur dos.

Eux vivaient dans le beau jardin mystérieux, comme s'ils étaient les créatures de la dame de la villa Aurore. D'ailleurs, quelquefois, quand on s'aventurait près des allées, du côté de la maison blanche, on voyait de petits tas de nourriture disposés sur des bouts de papier ciré, ou bien dans de vieilles assiettes émaillées. C'était elle qui leur donnait à manger, et ils étaient les seuls êtres qui pouvaient l'approcher, qui pouvaient lui parler. On disait que c'était de la nourriture empoisonnée qu'elle leur donnait pour mettre fin à leurs souffrances, mais je crois que ce n'était pas vrai, que c'était seulement une légende de plus inventée par ceux qui ne connaissaient pas Aurore, et qui avaient peur d'elle. Alors nous, nous n'osions pas aller trop près des allées ou des murs, comme si nous n'étions pas de la même espèce, comme si nous devions toujours rester des étrangers.

Les oiseaux aussi, je les aimais, parce que c'étaient des merles au vol lourd, qui bondissaient d'arbre en arbre. Ils sifflaient de drôles d'airs moqueurs, perchés sur les hautes branches des lauriers, ou bien dans les couronnes sombres de l'araucaria. Quelquefois je m'amusais à leur répondre, en sifflant, parce qu'il n'y avait que là qu'on pouvait se cacher dans les broussailles et siffler comme un oiseau, sans que personne ne vienne. Il y avait des rouges-gorges aussi, et de temps en temps, vers le soir, quand la nuit tombait sur le jardin, un rossignol mystérieux qui chantait sa musique céleste.

Il y avait aussi quelque chose de curieux dans ce grand

jardin abandonné : c'était une sorte de temple circulaire, fait de hautes colonnes sur lesquelles reposait un toit orné de fresques, avec un mot mystérieux écrit sur l'un des côtés, un mot étrange qui disait :

ΟΥΡΑΝΟΣ

Longtemps je restais là à regarder le mot étrange, sans comprendre, à moitié caché dans les hautes herbes, entre les feuilles de laurier-sauce. C'était un mot qui vous emportait loin en arrière, dans un autre temps, dans un autre monde, comme un nom de pays qui n'existerait pas. Il n'y avait personne dans le temple, sauf quelquefois des merles qui sautillaient sur les marches de marbre blanc, et les herbes folles et les lianes qui envahissaient peu à peu les colonnes, qui s'entortillaient, qui faisaient des taches sombres. A la lumière du crépuscule, il y avait quelque chose d'encore plus mystérieux dans cet endroit, à cause des jeux de l'ombre sur les marches de marbre, et du péristyle du temple où brillaient les lettres magiques. Je croyais en ce temps-là que le temple était vrai, et quelquefois j'y allais avec Sophie, avec Lucas, Michel, les autres enfants du voisinage, sans faire de bruit, en rampant dans l'herbe, pour observer le temple. Mais aucun de nous n'aurait osé s'aventurer sur les marches du temple, de peur de rompre le charme qui régnait sur ce lieu.

Plus tard, mais déjà à ce moment-là je n'allais plus au jardin d'Aurore, plus tard un type m'a dit ce que c'était que le temple, construit par un cinglé qui se croyait revenu au temps des grecs, et il m'a même expliqué le mot magique, il m'a dit comment ça se prononçait, ouranos, et il m'a dit que ça voulait dire « ciel », en grec. Il avait appris cela en classe et il en était sûrement très fier, mais déjà ça m'était égal, je veux dire, tout était déjà enfermé dans ma mémoire, et on ne pouvait pas le changer.

Les journées étaient longues et belles, en ce temps-là, dans le jardin de la villa Aurore. Il n'y avait rien d'autre d'intéressant dans la ville, ni les rues, ni les collines, ni même la mer, qu'on voyait au loin, entre les arbres et les palmiers. L'hiver, le jardin était sombre et dégouttant de pluie, mais c'était bien quand même, par exemple de s'asseoir, le dos contre le tronc d'un palmier, et d'écouter la pluie faire son tambourinage sur les grandes palmes et sur les feuilles des lauriers. Alors l'air était immobile, glacé, et on n'entendait pas un cri d'oiseau, pas un bruit d'insecte. La nuit venait vite, lourde, chargée de secrets, portant avec elle un goût âcre de fumée, et l'ombre mouillée faisait frissonner la peau, les feuilles des arbres, comme un souffle sur l'étang.

Ou bien le soleil apparaissait, à la veille de l'été, dur et aigu, entre les hautes branches, brûlant les minuscules clairières près des eucalyptus. Lorsque la chaleur était haute, j'allais en rampant comme un chat, jusqu'à la porte, dans les broussailles, d'où je pouvais voir le temple. C'était à ce moment-là que c'était le plus beau : le ciel bleu, sans nuage, et la pierre blanche du temple, si intense que je devais fermer les yeux, ébloui. Alors je regardais le nom magique, et je pouvais m'en aller rien que sur ce nom, comme dans un autre monde, comme si j'entrais dans un monde qui n'existait pas encore. Il n'y aurait rien d'autre que ce ciel nu, et cette pierre blanche, ces hauts fûts de marbre blanc, et le bruit crissant des insectes d'été, comme s'ils étaient le bruit même de la lumière. Je restais assis des heures, à l'entrée de ce monde, sans vouloir y aller vraiment, seulement regardant ces lettres qui disaient le mot magique, et sentant le pouvoir de la lumière et l'odeur. Encore aujourd'hui je la perçois, l'odeur âcre des lauriers, des

écorces, des branches cassées qui cuisaient à la chaleur du
soleil, l'odeur de la terre rouge. Elle a plus de force que le
réel, et la lumière que j'ai amassée à cet instant, dans le
jardin, brille encore à l'intérieur de mon corps, plus belle et
plus intense que celle du jour. Les choses ne devraient pas
changer.

*

Ensuite, il y a comme un grand vide dans ma vie,
jusqu'au moment où, par hasard, j'ai retrouvé le jardin de la
villa Aurore, son mur, sa porte grillée, et la masse des
broussailles, les lauriers-sauces, les vieux palmiers. Pourquoi, un jour, avais-je cessé d'entrer par la brèche du mur,
et de me faufiler à travers les ronces en guettant les cris des
oiseaux, les formes fuyantes des chats errants ? C'était
comme si une longue maladie m'avait séparé de l'enfance,
des jeux, des secrets, des chemins, et qu'il n'avait plus été
possible de faire la jonction entre les deux morceaux séparés.
Celui qui avait disparu en moi, où était-il ? Mais pendant des
années, il ne s'était pas rendu compte de la rupture, frappé
d'amnésie, rejeté à jamais dans un autre monde.

Il ne voyait plus le jardin, il n'y pensait plus. Le mot
magique écrit au fronton du faux temple s'était absolument
effacé, avait disparu de sa mémoire. C'était un mot qui ne
voulait rien dire, un mot simplement pour ouvrir la porte de
l'autre monde à celui qui le regardait, à demi caché dans le
mur des branches et des feuilles, immobile dans la lumière
comme un lézard. Alors, quand on cessait de le voir, quand
on cessait d'y croire, le mot s'effaçait, il perdait son pouvoir,
il redevenait semblable à tous les autres mots qu'on voit sans
les voir, les mots écrits sur les murs, sur les feuilles des
journaux, étincelants au-dessus des vitrines.

Alors à ce moment-là, le type qui étudiait le grec, un jour me disait comme cela, en passant, que ça voulait dire « ciel », et ça n'avait plus aucune importance. C'était tout juste devenu un sujet de conversation, si vous voyez ce que je veux dire. Un sujet de conversation, du vent, du vide.

J'ai quand même recherché à tout revoir, un samedi après-midi, peu de temps avant les examens (c'était l'époque où je commençais des études de droit). Il y avait si longtemps que j'avais quitté le quartier que j'ai eu du mal à retrouver la rue, celle qui grimpait tout en haut de la colline, jusqu'au mur de la villa Aurore. Les grands immeubles étaient maintenant partout, ils avaient poussé en désordre sur la colline, jusqu'au sommet, serrés les uns contre les autres sur leurs grandes plates-formes de goudron. Les arbres avaient presque tous disparu, sauf un ou deux par-ci par-là, oubliés sans doute par le ravage qui était passé sur la terre : des oliviers, des eucalyptus, quelques orangers qui, maintenant perdus dans cette mer de goudron et de béton, semblaient chétifs, ternes, vieillis, près de leur mort.

Je marchais dans les rues inconnues, et peu à peu mon cœur se serrait. Il y avait une drôle d'impression qui venait de tout, comme de l'angoisse, ou bien une peur très sourde, sans motif réel, l'impression de la mort. Le soleil ruisselait sur les façades des immeubles, sur les balcons, allumait des étincelles sur les grands panneaux vitrés. Le vent tiède de l'automne agitait les feuilles des haies, et le feuillage des plantes d'agrément dans les jardins des résidences, car c'étaient maintenant des plantes sages aux couleurs voyantes, aux noms bizarres que je connaissais depuis peu, poinsettias, begonias, strelitzias, jacarandas. Il y avait bien, de temps en temps, comme autrefois, des merles moqueurs qui criaient sur mon passage, qui sautillaient dans le gazon des ronds-points, et des cris d'enfants, et des aboiements de chiens. Mais la mort était derrière tout cela, et je sentais qu'on ne pouvait pas l'éviter.

Elle venait de tous les côtés à la fois, elle montait du sol, elle traînait le long des rues trop larges, sur les carrefours vides, dans les jardins nus, elle se balançait dans les palmes grises des vieux palmiers. C'était une ombre, un reflet, une odeur peut-être, un vide qui était maintenant dans les choses.

Alors je me suis arrêté un moment pour comprendre. Tout était tellement différent ! Les villas avaient disparu, ou bien elles avaient été repeintes, agrandies, transformées. Là où il y avait autrefois des jardins protégés par de hauts murs décrépis, maintenant s'élevaient les immeubles très blancs de dix, huit, douze étages, immenses sur leurs parkings tachés de cambouis. Ce qui était inquiétant surtout, c'est que je ne parvenais plus à retrouver mes souvenirs à présent. Ce qui existait aujourd'hui avait effacé d'un seul coup tous mes souvenirs d'enfance, laissant seulement la sensation douloureuse d'un vide, d'une mutilation, un malaise vague, aveugle, qui empêchait mes sentiments d'autrefois de se rejoindre avec ceux du présent. Dépossédé, exilé, trahi, ou peut-être seulement exclu, alors il y avait pour moi ce goût de mort, ce goût de néant. Le béton et le goudron, les hauts murs, les terre-pleins de gazon et de soucis, les murettes au grillage nickelé, tout cela avait une forme, était plein d'une lueur d'angoisse, chargé d'un sens mauvais. Je venais de comprendre qu'en m'éloignant, en cessant de garder mon regard fixé sur mon monde, c'était moi qui l'avait trahi, qui l'avait abandonné à ses mutations. J'avais regardé ailleurs, j'avais été ailleurs, et pendant ce temps, les choses avaient pu changer.

Où était Aurore, maintenant ? Avec hâte, je marchais le long des rues vides, vers le sommet de la colline. Je voyais les noms des immeubles, écrits en lettres dorées sur leurs frontons de marbre, des noms prétentieux et vides, qui étaient pareils à leurs façades, à leurs fenêtres, à leurs balcons :

« La Perle »

« L'Age d'or »

« Soleil d'or »

« Les Résédas »

« Les Terrasses de l'Adret »

Je pensais alors au mot magique, au mot que je ne prononçais jamais, ni personne, au mot qu'on pouvait seulement voir, gravé au sommet du faux temple grec en stuc, le mot qui emportait dans la lumière, dans le ciel cru, au-delà de tout, jusqu'à un lieu qui n'existait pas encore. Peut-être que c'était lui qui m'avait manqué, pendant toutes ces années d'adolescence, quand j'étais resté loin du jardin, loin de la maison d'Aurore, loin de tous ces sentiers. Maintenant, mon cœur battait plus vite, et je sentais quelque chose m'oppresser, appuyer au centre de moi-même, une douleur, une inquiétude, parce que je savais que je n'allais pas retrouver ce que je cherchais, que je ne le retrouverais jamais plus, que cela avait été détruit, dévoré.

Partout, il y avait ces jardins éventrés, ces ruines, ces plaies béantes creusées dans la terre, en haut de la colline. Sur les chantiers les hautes grues étaient immobiles, mena-çantes, et les camions avaient laissé des traînées de boue sur la chaussée. Les immeubles n'avaient pas encore fini de pousser. Ils grandissaient encore, mordant dans les vieux murs, abrasant la terre, étendant autour d'eux ces nappes de goudron, ces aires nues de ciment éblouissant.

Je fermais à demi les yeux, luttant contre la réverbération du soleil couchant sur toutes les façades blanches. Il n'y avait plus d'ombres à présent, plus de secrets. Rien que les garages souterrains des immeubles, ouvrant leurs larges portes noires, montrant les couloirs brumeux de leurs fondations.

Par instants, je croyais reconnaître une maison, un mur, ou bien même un arbre, un vieux laurier qui avait survécu à la destruction. Mais c'était pareil à un reflet, cela s'allumait et s'éteignait aussitôt, avant même que j'aie pu le savoir, et il ne restait plus rien alors que la surface vide de l'asphalte, et les hauts murs qui interdisaient le ciel.

J'ai erré longtemps au sommet de la colline, à la recherche de quelque trace, d'un indice. Le soir commençait à tomber, la lumière devenait trouble et faible, les merles volaient lourdement entre les immeubles, à la recherche d'un lieu pour dormir. Ce sont eux qui m'ont guidé jusqu'à la villa Aurore. Tout d'un coup je l'ai vue. Je ne l'avais pas reconnue, parce qu'elle était en contrebas de la grande route circulaire, tellement enfoncée sous le mur de soutènement, au creux du virage, que je ne voyais que son toit-terrasse et ses cheminées. Comment avais-je pu l'oublier pareillement ? Le cœur battant, j'ai traversé la route, en courant entre deux voitures, je me suis approché du grillage. C'était bien elle. Je ne l'avais jamais vue de si près, et surtout, je n'avais jamais imaginé à quoi elle pouvait ressembler, vue d'en haut, comme d'un pont. Alors elle m'est apparue, triste, grise, abandonnée, avec ses hautes fenêtres aux volets fermés, et le plâtre taché de rouille et de suie, les stucs rongés par la vieillesse et le malheur. Elle n'avait plus cette couleur légère, nacrée, qui la faisait paraître irréelle autrefois, quand je la guettais entre les branches basses des lauriers. Elle n'avait plus sa couleur d'aurore. Maintenant, elle était d'un blanc-gris sinistre, couleur de maladie et de mort, couleur de bois de cave, et même la lueur douce du crépuscule ne parvenait pas à l'éclairer.

Pourtant, il n'y avait plus rien qui la cachait, qui la protégeait. Les arbres avaient disparu autour d'elle, sauf deux ou trois troncs d'oliviers, déjetés et tordus, grimaçants, qui poussaient en contrebas de la route, de chaque côté de la vieille maison. En regardant avec attention, je découvrais peu à peu chaque arbre ancien, les palmiers, les eucalyptus, les lauriers, les citronniers, les rhododendrons, chaque arbre que j'avais connu, qui avait été pour moi aussi proche qu'une personne, dans le genre d'un ami géant que je n'aurais pas approché. Oui, ils étaient là, encore, c'était vrai, ils existaient.

Mais comme la villa Aurore, ils n'étaient plus que des formes vides, des ombres, très pâles et légers, comme s'ils étaient vides à l'intérieur.

Je suis resté là un bon moment, immobile sur la grand-route, à regarder le toit de la vieille maison, les arbres, et le bout de jardin qui subsistait. Alors je voyais au-delà, vers l'image de mon enfance, et j'essayais de faire renaître ce que j'avais aimé autrefois. Cela venait, puis s'en allait, revenait encore, hésitant, trouble, peut-être douloureux, une image de fièvre et d'ivresse, qui brûlait mes yeux et la peau de mon visage, qui faisait trembler mes mains. La lumière du crépuscule vacillait, en haut de la colline, couvrant le ciel, puis se retirant, faisant surgir les nuages de cendres. La ville, tout autour, était immobilisée. Les voitures ne roulaient plus dans leurs ornières, les trains, les camions sur les nœuds des autoroutes. La grand-route derrière moi, franchissait ce qui avait été autrefois le jardin de la villa Aurore, en faisant un long virage, presque suspendue en plein ciel. Mais pas une voiture ne passait sur la route, personne. La dernière lumière du soleil, avant de disparaître, avait fasciné le monde, le tenait en suspens, pour quelques minutes encore. Le cœur battant, le visage brûlant, j'essayais d'arriver le plus vite possible jusqu'au monde que j'avais aimé, de toutes mes forces, j'essayais de le voir apparaître, vite, tout cela que j'avais été, ces creux d'arbres, ces tunnels sous le feuillage sombre, et l'odeur de la terre humide, le chant des criquets, les chemins secrets des chats sauvages, leurs tanières sous les lauriers, le mur blanc, léger comme un nuage, de la villa Aurore, et surtout le temple, lointain, mystérieux comme une montgolfière, avec au front ce mot que je pouvais voir, mais que je ne pouvais pas lire.

Un instant, l'odeur d'un feu de feuilles est venue, et j'ai cru que j'allais pouvoir entrer, que j'allais retrouver le jardin, et avec le jardin le visage de Sophie, la voix des enfants qui jouaient, mon corps enfin, mes jambes et mes bras, ma liberté, ma course.

Mais l'odeur est passée, la lumière du crépuscule s'est ternie, quand le soleil a disparu derrière les nuages accrochés aux collines. Alors tout s'est défait. Même les autos ont recommencé de rouler sur la grand-route, en prenant le virage à toute vitesse, et le bruit de leurs moteurs qui s'éloignaient me faisait mal.

J'ai vu le mur de la villa Aurore, maintenant si proche que j'aurais presque pu le toucher en tendant le bras, s'il n'y avait pas eu le grillage de fil de fer sur le petit mur de la route. J'ai vu chaque détail du mur, le plâtre écaillé, rayé, les taches de moisissure autour des gouttières, les éclats de bitume, les blessures qu'avaient laissées les machines, quand on avait fait la route. Les volets des hautes fenêtres étaient fermés, à présent, mais fermés comme ceux qu'on n'aura plus jamais besoin d'ouvrir, fermés à la manière de paupières serrées d'aveugle. Sur la terre, autour de la maison, parmi le gravier, les mauvaises herbes avaient poussé, et les massifs d'acanthe débordaient de toutes parts, étouffant la vigne vierge et les vieux orangers. Il n'y avait pas un bruit, pas un mouvement dans la maison. Mais ce n'était pas le silence d'autrefois, chargé de magie et de mystère. C'était un mutisme pesant, difficile, qui m'étreignait le cœur et la gorge, et me donnait envie de fuir.

Pourtant, je ne parvenais pas à m'en aller. Je marchais maintenant le long du grillage, cherchant à percevoir le moindre signe de vie dans la maison, le moindre souffle. Un peu plus loin, j'ai vu l'ancien portail peint en vert, celui que j'avais regardé autrefois avec une sorte de crainte, comme s'il avait défendu l'entrée d'un château. Le portail était le même, mais les piliers qui le soutenaient avaient changé. Maintenant ils étaient au bord de la grand-route, deux piliers de ciment déjà gris de suie. Il n'y avait plus le beau chiffre gravé sur sa plaque de marbre. Tout semblait étriqué, triste, réduit par la vieillesse. Il y avait un bouton de sonnette avec un nom écrit au-dessous, sous un couvercle de matière plastique encrassé. J'ai lu le nom :

Marie Doucet

C'était un nom que je ne connaissais pas, parce que personne n'avait jamais parlé de la vieille dame autrement qu'en disant, la dame de la villa Aurore, mais j'ai compris, rien qu'en voyant le nom écrit, sous la sonnette inutile, que c'était elle, celle que j'aimais, celle que j'avais guettée longtemps sans la voir jamais, depuis mes cachettes sous les lauriers.

D'avoir vu son nom, et de l'avoir aimé tout de suite, ce beau nom qui s'accordait si bien avec mes souvenirs, j'ai été assez heureux, et le sentiment d'échec et d'étrangeté que j'avais ressenti en marchant dans mon ancien quartier avait presque disparu.

Un instant, j'ai eu envie d'appuyer sur la sonnette, sans penser, sans raisonner, simplement pour voir apparaître le

visage de la dame que j'avais aimé si longtemps. Mais cela
ne se pouvait pas. Alors, je suis parti. J'ai redescendu les
rues vides, entre les grands immeubles aux fenêtres allu-
mées, aux parkings pleins d'autos. Il n'y avait plus d'oiseaux
dans le ciel, et les vieux chats errants n'avaient plus de place
pour vivre. Moi aussi, j'étais devenu un étranger.

*

C'est un an plus tard que j'ai pu retourner en haut de la
colline. Je n'avais pas cessé d'y penser, et malgré toutes les
activités et toutes les futilités de la vie d'étudiant, restait au
fond de moi cette inquiétude. Pourquoi ? Je crois que, dans
le fond, je n'avais jamais pu m'habituer tout à fait à n'être
plus celui que j'avais été, l'enfant qui entrait par la brèche
du mur, et qui avait trouvé ses cachettes et ses chemins, là,
dans le grand jardin sauvage, au milieu des chats et des cris
des insectes. C'était resté au fond de moi, vivant au fond de
moi, malgré tout le monde qui m'avait séparé.

Maintenant, je savais que je pouvais aller jusqu'à la villa
Aurore, que j'allais appuyer sur le bouton de sonnette, au-
dessus du nom de Marie Doucet, et que j'allais enfin pouvoir
entrer dans la maison blanche aux volets fermés.

Etrangement, maintenant que j'avais une bonne raison de
sonner à la porte de la villa, avec cette fameuse annonce par
laquelle Mlle Doucet offrait une « chambre à un étudiant(e)
qui accepterait de garder la maison et de la protéger » —
maintenant plus encore j'appréhendais d'y aller, de forcer
cette porte, d'entrer pour la première fois dans ce domaine
étranger. Qu'allais-je dire ? Pourrais-je parler normalement
à la dame de la villa Aurore, sans que ma voix ne tremble et
que mes paroles ne s'emmêlent, sans que mon regard ne
révèle tout mon trouble, et surtout, mes souvenirs, la crainte

et le désir de mon enfance ? Je marchais lentement le long
des rues, vers le sommet de la colline, sans penser, de peur
de faire naître trop de doutes. Les yeux fixés sur des choses
sans importance, les feuilles mortes dans les caniveaux, les
marches du raccourci semées d'aiguilles de pin, les fourmis,
les mouches qui sommeillent, les négots abandonnés.

Quand je suis arrivé en dessous de la villa Aurore, j'ai été
encore étonné du changement. Depuis quelques mois, on
avait fini de construire de nouveaux immeubles, on avait
entrepris quelques chantiers, démoli quelques anciennes
villas, éventré des jardins.

Mais c'est surtout la grand-route, qui fait son virage
autour de la villa Aurore, qui me donnait une impression
encore plus terrible de vide, d'abandon. Les autos glissaient
vite sur l'asphalte, en sifflant un peu, puis s'éloignaient,
disparaissaient entre les grands immeubles. Le soleil étince-
lait partout, sur les murs trop neufs des buildings, sur le
goudron noir, sur les coques des voitures.

Où était la belle lumière d'autrefois, celle que j'apercevais
sur le fronton du faux temple, entre les feuilles ? Même
l'ombre n'était plus pareille, à présent : grands lacs sombres
au pied des résidences, ombres géométriques des réverbères
et des grillages, ombres dures des voitures arrêtées. Je
pensais alors à l'ombre légère qui dansait entre les feuilles,
l'ombre des arbres enchevêtrés, des vieux lauriers, des
palmiers. Tout d'un coup je me souvenais des taches rondes
que faisait le soleil en traversant les feuilles d'arbre, et aux
nuages gris des moustiques. C'était cela que je cherchais
maintenant sur le sol nu, et mes yeux brûlaient à cause de la
lumière. Cela qui était resté au fond de moi, durant toutes
ces années, et qui, à présent, dans la nudité terrible, dans la
brûlure de la lumière du présent, faisait comme un voile
devant mes yeux, un vertige, un brouillard : l'ombre du

jardin, l'ombre douce des arbres, qui préparait l'apparition éclatante de la belle maison couleur de nacre, entourée de ses jardins, de ses mystères et de ses chats.

Je n'ai sonné qu'une fois, brièvement, souhaitant peut-être au fond de moi que personne ne vienne. Mais au bout d'un instant, la porte de la villa s'est ouverte, et j'ai vu une vieille femme, vêtue comme une paysanne, ou comme une jardinière ; elle se tenait devant la porte, les yeux plissés à cause de la réverbération de la lumière, et elle cherchait à me voir. Elle ne me demandait pas ce que je voulais, ni qui j'étais, alors, entre les barreaux de la grille, je le lui ai dit, en parlant fort :

« Je suis Gérard Estève, je vous ai écrit, pour l'annonce, pour la chambre... »

La vieille femme continuait à me regarder sans répondre ; puis elle a un peu souri, et elle a dit :

« Attendez, je vais prendre la clé, j'arrive... »

Avec sa voix douce et fatiguée, et j'ai compris que je n'avais pas besoin de crier.

Je n'avais jamais vu la dame de la villa Aurore et pourtant, maintenant, je savais bien que c'était ainsi que j'avais toujours dû l'imaginer. Une vieille femme au visage cuit par le soleil, avec des cheveux blancs coupés court, et des habits qui avaient vieilli avec elle, des habits de pauvresse ou de paysanne, fanés par le soleil et par le temps. C'était comme son beau nom, Marie Doucet.

Avec elle je suis entré dans la villa Aurore. J'étais intimidé, mais aussi inquiet, parce que tout était si vieux, si fragile. J'avançais lentement dans la maison, précédé de la vieille dame, sans dire un mot, retenant presque mon souffle. Je longeais un corridor obscur, puis s'ouvrait la porte du salon éclatant de lumière dorée, et, à travers les vitres des portes-fenêtres, je voyais les feuilles des arbres et les palmes immobiles dans la belle lumière, comme si le soleil ne devait jamais disparaître. Et tandis que j'entrais dans la grande salle vétuste, il me semblait que les murs s'écartaient à l'infini, et que la maison grandissait, s'étendait sur toute la colline, effaçant tout ce qui était alentour, les immeubles, les routes, les parkings déserts, les gouffres de béton. Alors je retrouvais ma taille ancienne, celle que je n'aurais jamais dû perdre, ma stature d'enfant, et la vieille dame de la villa Aurore grandissait, éclairée par les murs de sa demeure.

Le vertige était si fort que je devais m'appuyer contre un fauteuil.

« Qu'avez-vous ? » dit Marie Doucet. « Vous êtes fatigué ? Voulez-vous boire du thé ? »

Je secouais la tête, un peu honteux de ma faiblesse, mais la vieille dame s'en allait tout de suite, en répondant elle-même :

« Si, si, justement, j'ai de l'eau sur le feu, je reviens tout de suite, asseyez-vous là... »

Puis nous bûmes le thé en silence. L'étourdissement m'avait quitté, mais le vide était resté en moi, et je ne pouvais rien dire. Seulement j'écoutais la vieille dame qui parlait, qui racontait l'aventure de la maison, la dernière aventure qu'elle était en train de vivre, sans doute.

« Ils sont venus, ils reviendront, je le sais, c'est pour cela que je voulais une aide, enfin, quelqu'un comme vous, pour m'aider à — Je voulais une jeune fille, je pensais que ça serait mieux, pour elle et pour moi, mais enfin, vous savez, il y en a deux qui sont venues ici, elles ont regardé la maison, elles m'ont dit poliment au revoir, et je ne les ai jamais revues. Elles avaient peur, elles ne voulaient pas rester ici. Je les comprends, même si tout a l'air tranquille maintenant, moi je sais qu'ils reviendront, ils viendront la nuit, et ils taperont sur les volets avec leurs barres de fer, et ils lanceront des cailloux, et ils pousseront leurs cris sauvages. Depuis des années, ils font cela pour me faire peur, comprenez-vous, pour que je m'en aille d'ici, mais où est-ce que j'irais? J'ai toujours vécu dans cette maison, je ne saurais pas où aller, je ne pourrais pas. Et puis ensuite, il y a l'entrepreneur qui vient, le lendemain même, il sonne à ma porte, comme vous. Mais c'est vous qui le recevrez, vous lui direz que vous êtes mon secrétaire, vous lui direz... Mais non, au fond, ce n'est pas la peine, je sais bien ce qu'il veut, et lui il sait bien comment l'obtenir, ça ne changera rien. Ils ont pris le terrain pour la route, pour l'école, et puis ils ont loti ce qui était en trop, ils ont construit les immeubles. Mais il y a encore cette maison, c'est cela qu'ils veulent maintenant, ils ne me laisseront pas en repos tant qu'ils n'auront pas eu la maison, pour quoi faire? Pour construire encore, encore. Alors, je sais qu'ils reviendront, la nuit. Ils disent que ce sont les enfants de la maison de redressement, ils disent cela. Mais je sais ce n'est pas vrai. Ce sont eux, eux tous, l'architecte, l'entrepreneur, le maire et les adjoints, eux tous, il y a si longtemps qu'ils guignent ces terres, ils en ont envie depuis si longtemps. Ils ont construit la route juste là, derrière, ils pensaient que j'allais partir à cause de cela, mais j'ai fermé les volets, je ne les ouvre plus, je reste du côté du jardin... Je suis si fatiguée, quelquefois je pense que je devrais m'en aller vraiment, partir, leur laisser la maison, pour qu'ils finissent leurs immeubles, pour que tout soit fini. Mais je ne peux pas, je ne saurais pas où aller, vous voyez, il y a si longtemps que je vis ici je ne connais plus rien d'autre... »

Elle parlait comme cela, avec sa voix douce qu'on entendait à peine, et moi je regardais la belle lumière qui bougeait imperceptiblement dans la grande chambre aux meubles anciens, parce que le soleil descendait le long de sa courbe, dans le ciel vide. Je pensais aux journées d'autrefois, là, caché dans les broussailles du jardin, quand la ville n'était encore qu'une rumeur étouffée par les arbres au pied de la colline. Plusieurs fois, j'ai été tenté de lui dire ce qui s'était passé autrefois, quand je jouais dans le jardin, en entrant par la brèche du mur, et que les chats sauvages détalaient dans les taillis. Je voulais lui parler de la grande tache claire qui jaillissait entre les palmiers, soudain, éblouissante, pareille à un nuage, pareille à une plume. J'ai même commencé à lui dire :

« Je me souviens, madame, je... »

Mais la phrase est restée en suspens, et la vieille dame m'a regardé tranquillement, avec ses yeux clairs, et je ne sais pourquoi, je n'ai pas osé continuer. Et puis mes souvenirs d'enfance semblaient dérisoires, maintenant que la ville moderne avait rongé la villa Aurore, car rien ne pouvait cacher la plaie, la douleur, l'angoisse qui régnaient maintenant ici.

Alors, tout d'un coup, j'ai compris que je ne pourrais pas rester dans la maison. J'ai compris cela comme un frisson, c'est venu en moi d'un seul coup. Les forces destructrices de la ville, les autos, les autocars, les camions, les bétonneuses, les grues, les marteaux pneumatiques, les pulvérisateurs, tout cela viendrait ici, tôt ou tard, entrerait dans le jardin endormi, et puis dans les murs de la villa, feraient éclater les vitres, ouvriraient des trous dans les plafonds de plâtre, feraient écrouler les canisses, renverseraient les murs jaunes, les planchers, les chambranles des portes.

Quand j'ai eu compris cela, le vide est entré en moi. La vieille dame ne parlait plus. Elle restait un peu penchée en avant, au-dessus de la tasse de thé qui refroidissait, et elle regardait vers la fenêtre la lumière qui décroissait. Ses lèvres tremblaient un peu, comme si elle allait encore dire quelque chose. Mais elle ne parlerait plus.

Il y avait un tel silence en elle, et ici, dans cette villa qui mourait. Il y avait si longtemps que plus personne ne venait. Les entrepreneurs, les architectes, même l'adjoint du maire, celui qui était venu annoncer la décision d'expropriation, pour cause d'utilité publique, avant qu'on ne construise l'école et la route, plus personne ne venait, plus personne ne parlait. Alors c'était le silence à présent qui enserrait la vieille maison, qui la faisait mourir.

Je ne sais pas comment je suis parti. Je crois que j'ai dû me sauver lâchement, comme un voleur, comme auparavant s'étaient enfuies les deux jeunes filles qui cherchaient une chambre au pair. La vieille dame est restée seule, au centre de sa grande maison abandonnée, seule dans la grande salle décrépie où la lumière du soleil était couleur d'ambre. J'ai redescendu les rues, les avenues, vers le bas de la colline. Les autos fonçaient dans la nuit, phares allumés, feux rouges en fuite. En bas, dans les rainures des boulevards, les moteurs grondaient tous ensemble, avec leur bruit plein de menace et de haine. Peut-être que c'était ce soir, le dernier soir, quand tous ils allaient monter à l'assaut de la maison Aurore, et les jeunes garçons et les jeunes filles de la maison de redressement, le visage barbouillé de suie, allaient entrer dans le jardin plein de sommeil, avec leurs couteaux et leurs chaînes. Ou bien ils glisseraient sur leurs motocyclettes, le long du grand tournant qui enserre la vieille villa comme un anneau de serpent, et quand ils passeraient, ils lanceraient sur le toit plat leurs bouteilles de Coca-Cola vides, et peut-être que l'une d'elles contiendrait de l'essence enflammée... Tandis que j'entrais dans la foule des voitures et des camions, entre les hauts murs des immeubles, il me semblait que j'entendais très loin les cris sauvages des hommes de main de la ville, qui étaient en train de faire tomber l'une après l'autre les portes de la villa Aurore.

Le jeu d'Anne

Il monte dans la vieille Ford pour aller rejoindre Anne. Quand il met le moteur en marche et qu'il sort du garage, il aperçoit sa mère qui est debout sur le gravier. La vieille dame cligne des yeux à cause de la lumière de midi ; elle met sa main en visière au-dessus de ses lunettes, comme si elle cherchait à reconnaître celui qui conduit la voiture. Pourtant, il n'y a que lui dans la villa, et cela lui fait une impression étrange, un peu de vide dans son cœur, quelque chose de lointain, d'incompréhensible. Alors il détourne les yeux. L'auto roule sur les gravillons du jardin, et les pneus descendent sur la chaussée. C'est peut-être la lumière qui cause cette impression d'étrangeté, la lumière qui brillait sur les cheveux blancs de sa mère, sur le mur blanc de la villa, sur les gravillons, comme un regard qui scrute avec insistance.

Quand l'auto roule le long de la rue, vers la place, il descend les glaces et sent l'air chaud sur son visage. Un souffle sec et chaud d'été, qui s'engouffre dans la manche de sa chemise et la fait gonfler dans le dos. Les pneus font un bruit mouillé sur le goudron, et il pense que le soleil a fait fondre le revêtement de la chaussée. Il aime bien ce bruit, et la chaleur de l'été, surtout ce grand ciel bleu aveuglant au-dessus de la montagne.

Tandis qu'il commence à monter vers le haut de la colline, il regarde le paysage qu'il aime bien. Il le connaît bien, il sait tout ce qu'il y a, à chaque instant du jour et de la nuit : chaque arbre, chaque creux de rocher, et les toits des maisons qui s'étalent au-dessous, les rues pareilles à des fractures, les jardins, les grandes esplanades grises.

Il pense à tout cela tandis que l'auto monte l'avenue, virage après virage, jusqu'en haut de la colline. Le ciel est éblouissant, et les immeubles de béton accrochés aux pentes sont plus blancs que jamais, leurs murs semblent chauffés au soleil. Anne aime plutôt la mer, la plage, les pins parasols et les voiles blanches des bateaux, lorsqu'il y a des régates. Elle se méfie de la montagne. Elle dit que c'est un paysage trop dur, trop sec.

Lui, il aime la montagne. Depuis son enfance, c'est les pierres qu'il a aimées, les ravins gris, les broussailles sèches qui griffent les jambes, l'odeur de musc et de plante qui monte des crevasses, et surtout, le silence du vent. Il se souvient du temps où il accompagnait son père à la chasse, le dimanche, à l'automne, dans le maquis, sur les plateaux, ou bien sur les flancs dénudés des montagnes. Il ne sait plus comment était son père, ni s'il l'aimait, il ne sait de lui que cela : les marches interminables dans le fond des vallons, au soleil pâle de l'aube, sous le ciel bleu, dans le silence des pierres, et puis l'envol brusque d'une perdrix, ou la course d'un lièvre, et à cet instant, un seul coup de feu qui roulait jusqu'au fond des vallées comme le tonnerre.

C'est à cela qu'il pense, tandis que l'auto puissante tourne le long du grand virage bordé d'immeubles. Le soleil brille une fraction de seconde sur chaque baie vitrée, allumant une étincelle aveuglante. En bas, la mer est durcie, les vagues sont immobiles, rides fines qui tracent un filet sur le resplendissement de lumière.

Il sent alors un étrange vertige, d'avoir plongé dans le plus lointain de ses souvenirs. Cela creuse un trou douloureux au fond de lui-même, et en même temps cela le soulage et l'apaise, comme chaque fois qu'il échappe, qu'il se souvient du temps où il ne connaissait pas encore Anne. Son cœur bat vite et fort, et ses mains transpirent sur le volant. Il doit les essuyer à son pantalon, l'une après l'autre. Il ralentit un peu, se met tout à fait à droite de la chaussée.

Devant lui, la grande avenue est bien droite. Il n'y a pas beaucoup de circulation, comme toujours entre midi et deux heures. Des camions, de temps à autre, des poids lourds qui viennent d'Italie, avec leur chargement de bois, ou bien des camions-citernes d'essence.

Au bout de l'avenue, il y a encore un virage, d'où l'on voit la chaîne des montagnes, nette et dure dans le ciel sans nuage. Puis on entre dans la zone d'ombre, juste avant le chemin qui conduit à l'Observatoire. Antoine connaît tellement la route qu'il pourrait presque la faire les yeux fermés, c'est ce qu'il a dit un jour à Anne. Pourtant, aujourd'hui, il y a quelque chose de différent. C'est comme s'il venait ici pour la première fois. Chaque détail, chaque arbre, pylône, borne, chaque mur, chaque maison, tandis qu'il passe, surgit avec une clarté douloureuse, s'inscrit au fond de lui pour toujours. Peut-être qu'il ne les avait jamais regardés comme aujourd'hui, avec cette attention fiévreuse. Il y a la peur, aussi, au fond des choses. Les lignes glissent, haies rapides, poteaux, talus jonchés de papiers blancs et d'éclats de verre. C'est la route qui avance, pas la voiture. C'est la terre qui se déroule autour de la cabine hermétique de l'auto de fer, qui lance ses objets, ses images, ses souvenirs. Il voudrait fermer les yeux, il sent une sorte de lassitude au fond de lui, mais son regard reste fixé sur la route, et tout son corps répond automatiquement aux nécessités de la conduite : petits gestes des bras sur le volant, pression du pied droit sur la pédale de l'accélérateur, coup d'œil dans le rétroviseur, ou vers le tableau de bord.

Du coin de l'œil, il voit passer l'embranchement du chemin de l'Observatoire, mais son corps ne réagit pas. Ou plutôt, il réagit en se durcissant, en maintenant son attention douloureuse, la vitesse, la route, les talus qui filent vers l'arrière. Il ne veut pas se souvenir, il ne le veut pas, comme si c'était un mauvais rêve qui, à l'instant même où il s'abandonnerait de nouveau au sommeil, le reprendrait, le ferait souffrir davantage.

Pourtant cela vient, malgré lui. Ce sont les feuillages des arbres qui font clignoter le soleil, comme une pluie d'étincelles sur le pare-brise. L'air doit être doux et léger dehors, pour ceux qui peuvent s'arrêter, pour ceux qui peuvent s'allonger sur le tapis d'aiguilles de pin, et respirer, en regardant le ciel bleu. Il y a l'odeur d'Anne qui flotte, partout. Il la sent, malgré la coque de la voiture aux vitres fermées, malgré l'odeur d'essence qui vient du tapis de sol crevé. Il sent l'odeur douce et forte, l'odeur des cheveux d'Anne, l'odeur de son corps. Ils s'étaient allongés dans le jardin de l'Observatoire, pour manger. Il ne sait plus ce qu'ils avaient mangé, peut-être un bol de salade qu'Anne avait préparé, avec des concombres et du maïs, elle aimait cela. Ils avaient bu du vin rosé, cela il s'en souvient. Anne avait allumé une cigarette, une américaine, elle changeait tout le temps de marque. Mais ils ne disaient rien, ils ne se parlaient presque pas, à voix basse, comme s'ils se faisaient des confidences, pour ne rien dire, des bribes, des demi-paroles que le vent chassait avec la fumée de la cigarette, dans la lumière. C'étaient les grillons qui parlaient, en été.

Maintenant, la route est au plus haut de la montagne. A gauche, il voit les fonds des vallées, brumeux, sombres, comme du haut d'un avion. Il n'y a presque plus personne sur la route, à cause de l'heure. Mais lui ne sent pas la faim, ni la fatigue. Il sait où il va, où il doit aller. Il n'a même pas besoin de faire d'effort pour se souvenir. C'était comme cela, tout à fait comme cela que tout devait se passer.

La ville était devenue une flaque grise semée d'éclats de lumière, étendue dans le creux de la vallée, au pied des montagnes, et devant la mer. Peut-être qu'ils avaient cherché à apercevoir la maison d'Anne, là-bas, perdue dans le nœud des artères. Ou bien l'immeuble des assurances, qui la nuit portait des signes de néon bleu. Peut-être qu'ils s'étaient allongés de nouveau dans le petit bois, sur le tapis d'aiguilles dures, et qu'il avait goûté là ses lèvres pour la première fois. Il pense au goût léger, le goût du tabac blond mêlé à l'air venu du profond de son corps, et son cœur se met à battre plus fort, son front et ses joues transpirent un peu. Il n'aurait pas dû penser à cela, il n'aurait pas dû laisser cela revenir, il sait qu'il va être malade. Il arrête l'auto sur le bord du talus, non loin de la courbe où il y a le poste d'essence Agip. Il ne l'avait jamais vu avec tant de netteté : le grand auvent de ciment, appuyé sur les trois poteaux gris où sont accrochés des panneaux qui brinquebalent dans les rafales du vent. Il y a un grand chien-loup couché sur le sol, entre les pompes. Quand l'auto s'est arrêtée, il a dressé ses oreilles, mais il n'a pas bougé.

Avec peine, il sort de l'auto, il titube dans le vent. C'est moins pour respirer l'air froid que pour entendre le chien aboyer, enfin, parce qu'il veut entendre quelque chose, quelqu'un, pour éteindre le silence qui s'est mis en lui. Au-dessus de la route, il voit les pierres et les broussailles du grand plateau que balaye le vent. Il ne comprend pas bien pourquoi il s'est arrêté là, juste devant le plateau. C'est là que les types de la ville amènent leurs filles, le soir, après avoir bu et dansé dans les boîtes. Autrefois, quand il était au Lycée, tous ils parlaient du plateau, ils se racontaient leurs histoires, avec les filles. Même une fois, un type qui s'appelait Caroni, qui avait une vieille 2 CV, lui avait proposé d'aller dans les boîtes, et après d'emmener deux filles sur le plateau, pour s'amuser. Lui avait refusé avec une sorte de fureur, et cela avait fait le tour du Lycée, et il y avait des types qui se moquaient de lui.

De penser à cela, c'est comme un vertige encore, parce que c'est très loin d'Anne, un autre temps. Pourtant, c'est à cause de cela qu'il escalade le talus, et qu'il commence à monter vers le plateau, à travers la caillasse et les broussailles. Il ne sait pas bien ce qu'il cherche ; il fuit, penché en avant, à travers le plateau désert. Le vent souffle par grandes rafales, le vent froid, qui fait pleurer les yeux. Ici la lumière est belle, très dure. Le ciel bleu est immense, marqué de traits blancs étranges laissés par les avions de la stratosphère.

Il suit une sorte de chemin étroit qui sinue à travers les broussailles, qui ne va nulle part. Le silence est très dense ici, à cause du vent, de la lumière, du ciel bleu immense. Il avance, un peu penché en avant. Il sent les épines des buissons qui griffent son pantalon, l'odeur âcre du maquis l'enivre. C'est ici, pense-t-il, c'est ici, c'est ici... Ici quoi ? Il ne sait pas. L'enfance, l'adolescence peut-être, quand il réalise ce qu'il n'a pas osé faire, courir à travers les broussailles avec une fille, puis rouler tous deux sur la terre brûlée, odorante, parmi les arbustes qui déchirent les vêtements, qui font jaillir les perles de sang sur la peau. Caresser le corps chaud qui se dérobe, arrêter la voix avec sa bouche, boire le rire au fond de la gorge.

Mais le plateau est silencieux et désert, il n'y a que le vent et le ciel bleu, la lumière éblouissante. C'est comme s'il voulait fuir son ombre. Cela ne se peut pas.

Il s'est assis dans un creux du sol, là où il y a une sorte de clairière, et la terre rouge est nue. Le vent souffle au-dessus de lui, par rafales qui font bouger les branches des arbustes, mais dans le creux il ne le sent pas. Il sent seulement la brûlure du soleil sur son visage, sur ses mains. Les jambes lui font mal, et il s'aperçoit tout à coup que son pantalon est déchiré, peut-être par une ronce, et que la peau de ses tibias est arrachée. Cela brûle aussi. Il a marché longtemps à travers le plateau, sans s'en rendre compte, alors il pense aux journées dans la garrigue, quand il marchait derrière son père, sans faire de bruit, à l'affût d'un envol de perdrix, ou d'un lièvre. Son père n'avait pas de chien avec lui, jamais, même lorsqu'il allait chasser seul. Il disait que les chiens font du bruit et sentent fort, et que cela fait peur au gibier. C'est sa mère qui lui a raconté cela, bien sûr, parce qu'il ne se souvient même pas d'avoir entendu son père prononcer une parole.

Il marchait derrière lui, sans faire de bruit, en s'efforçant de mettre ses pieds exactement là où son père les avait posés. Il avait peur, quelquefois, si peur qu'il en tremblait et que ses dents claquaient. Il avait peur comme si c'était lui que son père allait tuer avec son fusil à double canon. Mais il aimait marcher loin dans la montagne, escalader les pentes cailouteuses, ou bien avancer sans bruit au fond d'un ravin, comme quand on a la tête rentrée entre les épaules.

C'était bien. Et puis son père est mort. Alors il n'est plus allé dans la montagne, plus jamais. Aujourd'hui, c'est la première fois, mais ça n'est pas vraiment la montagne, parce qu'ici, c'est un paysage sexuel. Partout ici, la nuit, ils viennent. Ils arrêtent leurs autos en bas, sur la route, à côté du poste d'essence Agip, et le grand chien-loup doit aboyer en tirant furieusement sur sa chaîne. Ils viennent en courant à travers les broussailles. Il y a le rire excité, un peu effrayé peut-être, des filles que les types font semblant de perdre dans les broussailles. Ils tombent par terre, ils se roulent là, contre les buissons. Ils déchirent leurs vêtements dans les épines, et les cheveux des filles sont pleins de terre et de brindilles. L'été, la nuit retentit de criquets, cela fait un bruit de scie qui enivre.

A nouveau le vertige. Il se lève, il titube à travers le maquis. Le chant des insectes s'élève, ondoie, tantôt devant lui, tout près, tantôt loin en arrière. La chaleur du soleil a fait jaillir la sueur sur son visage, sur son corps, la chemise colle à son dos, sous ses bras. Il enlève la veste de son complet, il la tient serrée dans sa main droite comme un chiffon, et elle s'accroche et se déchire sur les épines des arbustes. Puis le vent souffle, froid, presque glacé, et il frissonne. Il erre longtemps sur le plateau, au hasard, en regardant toutes les clairières où les broussailles et la terre rouge portent la marque des corps de la nuit passée.

C'est un vertige, comme dans un piège, parce qu'il sait qu'il n'y a qu'ici, sur le plateau, que l'ombre d'Anne n'est pas. Elle ne peut pas venir, c'est un endroit plein de haine et de violence, un endroit âpre et solitaire, comme la lande sur laquelle marche le vieil homme avec son fusil à double canon.

Ailleurs, elle est là, elle attend. Ailleurs, c'est sa lumière, son ciel, son soleil, ses arbres, ses pierres. Il pense à la mer, et tout d'un coup, le vertige cesse, et la violence, la fureur, la haine se résorbent. Il reste debout, immobile, tourné vers l'ouest, là où commence à descendre le soleil. Il y a la ville immense, aux artères qui grondent, aux feux qui clignotent. Il y a la mer, d'un bleu presque noir, dure comme du métal, silencieuse et infinie.

Presque en courant, il traverse toute l'étendue du plateau crissant d'insectes, jusqu'à la route. La voiture est immobile au soleil, sa coque noire brille avec des éclats brûlants. Quand il s'assoit, il sent la chaleur étouffante. Il ouvre la glace, il met le moteur en marche, il passe en première, il avance. La route est longue, maintenant, mais il sait où il va. Il ne pourra plus l'oublier maintenant. La ville, derrière lui, qui s'éloigne, est solitaire comme le maudit plateau où souffle le vent. C'est un endroit pour la haine, pour le plaisir et la peur, qui sont tout un.

Il n'y a plus de maison pour lui là-bas. Les chambres ne veulent pas de lui, elles le serrent de leurs murs, elles lui tendent les pièges de leurs papiers peints, fers de lance, faisceaux d'aiguilles, volutes, irisations angulaires des noyaux du platine. Tous les soirs, il a changé d'hôtel, comme un qui serait poursuivi par les flics, mais rien n'y a fait. Tous les soirs, tous les jours. Dans la maison de sa mère, c'est plus terrible encore, et cela fait des jours et des jours qu'il n'a pas pu s'asseoir pour manger. Elle est si vieille, avec ses cheveux blancs et ses yeux bleu délavé derrière ses lunettes. La lumière sur ses cheveux blancs et sur les verres de ses lunettes fait bondir son cœur, fait monter un frisson douloureux le long de sa colonne vertébrale. Est-ce qu'il a peur ? Non, ce n'est pas cela, c'est plutôt la peur qui est en lui, et qui se répand au-dehors, en longs frissons.

Maintenant, il roule lentement sur la route, en plein soleil. A droite, il y a la mer, comme vue par un oiseau, si haut que les vagues semblent arrêtées en cercles concentriques autour de la tache du soleil. C'est cela qu'Anne aime par-dessus tout, quand il n'y a rien qui s'interpose entre elle et l'horizon, et qu'on voit la grande ligne courbe sur laquelle repose le ciel. Elle peut rester des heures assise sur un rocher à regarder la mer, immobile comme un pêcheur. Il lui a dit cela un jour, et elle s'est mise à rire. Elle lui a dit qu'elle allait à la pêche autrefois, avec les garçons, elle fabriquait elle-même ses hameçons avec des épingles volées à sa mère. Mais elle n'a jamais rien pris d'autre que des touffes de varech.

Il est entré dans la zone de paix, maintenant, il est revenu dans le domaine d'Anne. Son cœur s'est calmé, et il ne pense plus à rien d'autre qu'à elle. La voiture suit tranquillement sa route, celle que la jeune femme a tracée il y a exactement un an. En quittant l'Observatoire, Anne a roulé vers l'Italie, pour voir la mer. C'était une journée exceptionnelle, le ciel était immense et vide, et la mer était d'un bleu sombre plein d'étincelles, et les montagnes éclairées par le soleil. L'auto d'Anne roule lentement, lentement, dans l'ouverture de la lumière. Sur la carrosserie vert sombre, les reflets glissent, font des étoiles. Peut-être qu'elle écoute la radio à cet instant, la musique des Bee Gees, ou bien une chanson brésilienne qui dit : *Mulher rendeira !*

Mais il y a le bruit du vent qui souffle contre le pare-brise, qui siffle dans les trous de la voiture. Parfois il y a un poids lourd qui peine le long de la côte, et l'auto le double sans difficulté. La lumière est plus chaude maintenant, à l'ouest, quand les virages permettent de les voir, les montagnes font des silhouettes d'ombre immobiles au-dessus de la mer gris de fer.

C'est le crépuscule bientôt. Le jour a glissé vite vers l'autre côté de l'horizon, sans un nuage, sans rien qui freine le temps. Le jour a glissé comme vers le passé, entraînant ceux qui vivent vers ceux qui sont morts. Aujourd'hui, c'est le même jour qu'il y a un an. L'auto vert sombre roule sur la route chaude, suspendue entre la mer et le ciel. La lumière fait une ouverture immense, ou bien étend son dôme étincelant, pareil à deux ailes d'ange.

Il ne peut plus rien y avoir de violent, de cruel. Elle l'a décidé ainsi, pour toujours, et elle tient serrée très fort la main de l'homme qu'elle aime. Lui sent son cœur battre dans sa paume, il sent le goût de ses lèvres, l'odeur obsédante de ses cheveux, odeur d'herbe, odeur de chair. Les larmes salées coulent lentement, sans douleur, humectant le coin de ses lèvres.

Alors la lumière devient plus douce, trouble un peu, comme à l'approche du crépuscule. Le vent siffle sur le pare-brise, dans les roues, en faisant sa musique lointaine. La route conduit vers le grand virage, d'où l'on voit la côte de l'Italie, au loin, pareille à une île de hautes montagnes sous l'aile d'un avion.

La voiture vert sombre d'Anne roule vite vers la courbe, sans la voir, parce qu'à cet instant il y a une explosion de lumière sur la carrosserie d'un poids lourd ; elle ferme les yeux, longtemps, les mains accrochées désespérément au volant, tandis que dans un bruit de tôle qui se déchire, l'auto arrache la balustrade de ciment et plonge vers le ravin. Plus tard, le chauffeur du poids lourd dit, il répète sans s'arrêter, sans comprendre : « Elle est tombée comme une pierre et elle a explosé en bas ; comme une boule de feu. Comme une boule de feu. »

Mais il n'y a plus de violence maintenant. Il n'y a plus de destin qui mord, qui ronge le centre du corps, qui hante les jours et les nuits. La mort ne peut plus briller dans les cheveux trop blancs de sa mère, ni sur les visages figés des passants. Rien ne subsiste, ne résiste. C'est une musique, qui est dans le vent, la lumière, le ciel, qui murmure à l'intérieur de l'oreille. Elle dit : « Viens, viens aussi... » Elle trace ses signes sur les routes, des flèches, des chiffres, des dessins qui indiquent le trésor.

Au milieu du virage, on ne peut pas se tromper. Il y a un

an, jour pour jour. La balustrade de ciment n'a même pas été réparée. On a mis un grillage de poulailler, fixé par des poteaux de fer. L'auto noire frappe l'un des poteaux à cent kilomètres à l'heure, elle souffle le grillage comme si c'était un simple rideau de gaze. Un instant elle reste suspendue en l'air, planant, brûlée de reflets, avec le ciel droit devant elle et grand ouvert. Puis elle retombe, elle tombe vers le fond du ravin, elle tombe comme une pierre, et en touchant la terre, elle explose, tout à fait comme une boule de feu.

La grande vie

Elles s'appellent Pouce et Poussy, enfin, c'est le petit nom qu'on leur a donné, depuis leur enfance, et pas beaucoup de gens savent qu'en réalité elles s'appellent Christèle et Christelle, de leur vrai nom. On les a appelées Pouce et Poussy parce qu'elles sont comme des sœurs jumelles, et pas très grandes. Pour dire vrai, elles sont même petites, assez petites. Et très brunes toutes les deux, avec un drôle de visage enfantin, et un bout de nez, et de beaux yeux noirs qui brillent. Elles ne sont pas belles, pas vraiment, parce qu'elles sont trop petites, et un peu trop minces aussi, avec de petits bras et des jambes longues, et des épaules carrées. Mais elles ont du charme, et tout le monde les aime bien, surtout quand elles se mettent à rire, un drôle de rire aigu qui résonne comme des grelots. Elles rient souvent, partout, dans l'autobus, dans la rue, dans les cafés, lorsqu'elles sont ensemble. Elles sont d'ailleurs presque toujours ensemble. Quand elles sont l'une sans l'autre (ça arrive, à cause des cours, ou bien quand il y en a une qui est malade), elles ne s'amusent plus. Elles deviennent tristes, on n'entend pas leur rire.

Il y en a qui disent que Pouce est plus grande que Poussy, ou que Poussy a un visage plus fin que Pouce. C'est possible.

Mais la vérité, c'est que c'est très difficile de les différencier, et sans doute personne n'aurait pu le faire, d'autant plus qu'elles s'habillent de la même façon, qu'elles marchent et parlent de la même façon, et qu'elles ont toutes les deux le même rire, dans le genre de grelots qu'on agite.

C'est probablement comme cela qu'elles ont eu l'idée de se lancer dans cette grande aventure. A l'époque, elles travaillaient toutes les deux dans un atelier de confection, où elles cousaient des poches et des boutonnières pour des pantalons qui portaient la marque Ohio, U.S.A. sur la poche arrière droite. Elles faisaient cela huit heures par jour et cinq jours par semaine, de neuf à cinq avec une interruption de vingt minutes pour manger debout devant leur machine. « C'est le bagne », disait Olga, une voisine. Mais elle ne parlait pas trop fort parce que c'était défendu de parler pendant le temps de travail. Celles qui parlaient, qui arrivaient en retard, ou qui se déplaçaient sans autorisation devaient payer une amende au patron, vingt francs, quelquefois trente, ou même cinquante. Il ne fallait pas qu'il y ait de temps mort. Les ouvrières s'arrêtaient à cinq heures de l'après-midi exactement, mais alors il fallait qu'elles rangent les outils, qu'elles nettoient les machines, et qu'elles apportent au fond de l'atelier toutes les chutes de toile ou les bouts de fil usés, pour les jeter à la poubelle. Alors, en fait, le travail ne finissait pas avant cinq heures et demie. « Personne ne reste », disait Olga. « Moi je suis là depuis deux ans, c'est parce que j'habite à côté. Mais je ne resterai pas une troisième année. » Le patron, c'était un petit homme d'une quarantaine d'années, avec des cheveux gris, la taille épaisse et la chemise ouverte sur une poitrine velue. Il se croyait beau. « Tu vas voir, il te fera sûrement du gringue », avait dit Olga à chacune des jeunes filles. Et une autre fille avait ricané. « C'est un coureur ce type-là, c'est un salopard. » Pouce s'en fichait. Quand il était venu, la première fois, pendant le travail, les mains dans les poches, cambré dans son complet-veston d'acrylique beige, et qu'il s'était approché d'elles, les deux amies ne l'avaient même pas regardé. Et quand il leur avait parlé, au lieu de lui répondre, elles avaient ri de leur rire de grelots, toutes les deux ensemble, si fort que toutes les filles s'étaient arrêtées de travailler pour regarder ce qui se passait. Lui, avait rougi très fort, de colère ou de dépit, et il était parti si vite que les deux sœurs riaient encore après qu'il avait refermé la porte de l'atelier. « Il va vous chercher des crosses, il va essayer de vous faire chier », avait annoncé Olga. Mais il n'y avait pas eu de suite. Le contremaître, un nommé Philippi, avait seulement surveillé un peu plus la rangée où les deux sœurs travaillaient. Le patron, lui, à partir de là, avait évité d'approcher trop près d'elles. Elles avaient un rire vraiment un peu dévastateur.

A l'époque, Pouce et Poussy habitaient un petit deux pièces avec celle qu'elles appelaient maman Janine, mais qui était en réalité leur mère adoptive. A la mort de sa mère, Janine avait recueilli Pouce chez elle, et peu de temps après, elle avait pris aussi Poussy, qui était à l'Assistance. Elle s'était occupée des deux fillettes parce qu'elles n'avaient personne d'autre au monde, et qu'elle-même n'était pas mariée et n'avait pas d'enfants. Elle travaillait comme caissière dans une Superette Cali et n'était pas mécontente de son sort. Son seul problème, c'étaient ces filles qui étaient unies comme deux sœurs, celles que dans tout l'immeuble, et même dans le quartier, on appelait les deux « terribles ». Pendant les cinq ou six années qu'avait duré leur enfance, il ne s'était pas passé de jour qu'elles ne soient ensemble, et c'était la plupart du temps pour faire quelque bêtise, quelque farce. Elles sonnaient à toutes les portes, changeaient de

place les noms sur les boîtes aux lettres, dessinaient à la craie
sur les murs, fabriquaient de faux cafards en papier qu'elles
glissaient sous les portes, ou dégonflaient les pneus des
bicyclettes. Quand elles avaient eu seize ans, elles avaient
été renvoyées de l'école, ensemble, parce qu'elles avaient jeté
un œuf du haut de la galerie sur la tête du proviseur, et
qu'elles avaient été prises, en plein conseil de classe, de leur
fameux fou rire en forme de grelots, ce jour-là particulière-
ment inextinguible. Alors, maman Janine les avait placées
dans une école de couture, où elles avaient, on se demandait
comment, obtenu ensemble leur C.A.P. de mécaniciennes.
Depuis, elles entraient régulièrement dans les ateliers, pour
en sortir un mois ou deux plus tard, après avoir semé la
pagaille et manqué faire brûler la baraque.

C'est comme cela que le jour de leurs dix-neuf ans, elles
étaient encore dans l'atelier Ohio Made in U.S.A., à coudre
des poches et à faire des boutonnières, pour le compte de
Jacques Rossi, le patron. Quand elles étaient entrées là-
dedans, Pouce avait promis à maman Janine d'être raisonna-
ble, et de se comporter en honnête ouvrière et Poussy avait
fait la même promesse. Mais quelques jours plus tard,
l'atmosphère de bagne de l'atelier avait eu raison de leurs
résolutions. Entre elles et Rossi, c'était la guerre. Les autres
filles ne parlaient pas, et s'en allaient très vite dès que le
travail était fini, parce qu'elles avaient un fiancé, qui venait
les chercher en voiture pour les amener danser. Pouce et
Poussy, elles, n'avaient pas de fiancé. Elles n'aimaient pas
trop se séparer, et quand elles sortaient avec des types, elles
s'arrangeaient pour se retrouver et passer la soirée ensemble.
Il n'y avait pas de garçon qui résiste à cela. Pouce et Poussy
s'en fichaient. Elles allaient ensemble au Café-Bar-Tabacs
du coin de la rue, à côté de l'Atelier, et elles buvaient de la

bière en fumant des cigarettes brunes, et en se racontant des
tas d'histoires entrecoupées de leur rire en cascades.

Elles racontaient toujours la même histoire, une histoire
sans fin qui les entraînait loin de l'Atelier, avec ses barres de
néon, son toit de tôle ondulée, ses fenêtres grillagées, le bruit
assourdissant de toutes les machines en train de coudre
inlassablement les mêmes poches, les mêmes boutonnières,
les mêmes étiquettes Ohio Made in U.S.A. Elles s'en allaient
déjà, elles partaient pour la grande aventure, à travers le
monde, dans les pays qu'on voit au cinéma : l'Inde, Bali, la
Californie, les îles Fidji, l'Amazonie, Casablanca. Ou bien
dans les grandes villes où il y a des monuments magiques,
des hôtels fabuleux avec des jardins sur le toit, des jets
d'eau, et même des piscines avec des vagues, comme sur la
mer : New York, Rome, Munich, Mexico, Marrakech, Rio
de Janeiro. C'était Pouce qui racontait le mieux l'histoire
sans fin, parce qu'elle avait lu tout cela dans des livres et
dans des journaux. Elle savait tout sur ces villes, sur ces
pays : la température en hiver et en été, la saison des pluies,
les spécialités de la cuisine, les curiosités, les mœurs des
habitants. Ce qu'elle ne savait pas, elle l'inventait, et c'était
encore plus extraordinaire.

Poussy l'écoutait, et elle ajoutait des détails, ou bien elle
faisait des objections, comme si elle corrigeait des souvenirs,
rectifiait des inexactitudes, ou bien ramenait au réel des faits
exagérés. Elles racontaient l'histoire sans fin partout, n'importe quand, à midi au moment de la pause, ou bien le matin
de bonne heure, en attendant l'autobus qui les menait à
l'atelier. Quelquefois les gens écoutaient, un peu étonnés, et
ils haussaient les épaules. François, le petit ami de Pouce,
essayait de placer une blague, mais au bout d'un instant, il
s'en allait, excédé. Mais Poussy aimait bien quand Marc
venait s'asseoir avec elles au Café-Bar-Tabacs, parce qu'il

jouait très bien le jeu. Il racontait des choses invraisemblables, quand il avait voyagé dans le Trans Europ Express, la nuit, sans ticket, ou bien quand il avait habité plusieurs jours dans la Maison de la Radio, en mangeant avec les appariteurs, et en téléphonant à ses amis dans les bureaux inoccupés. Mais lui, ce qu'il racontait, était peut-être vrai, ça se voyait dans ses yeux qui brillaient, et Poussy aimait bien l'écouter parler. Marc n'était pas son petit ami, il était fiancé à une fille très belle mais un peu bête qui s'appelait Nicole, mais que les autres avaient surnommée Minnie, on ne savait pas bien pourquoi.

C'est comme cela qu'elles ont commencé à parler de la grande vie. Au début, elles en ont parlé, sans y prendre garde, comme elles avaient parlé des autres voyages qu'elles feraient, en Equateur, ou bien sur le Nil. C'était un jeu, simplement, pour rêver, pour oublier le bagne de l'atelier et toutes les histoires, avec les autres filles, et avec le patron Rossi. Et puis, peu à peu, ça a pris corps, et elles ont commencé à parler pour de vrai, comme si c'était quelque chose de sûr. Il fallait qu'elles partent, elles n'en pouvaient plus. Pouce et Poussy ne pensaient plus à rien d'autre. Si elles attendaient, elles deviendraient comme les autres, vieilles et tout aigries, et de toute façon, elles n'auraient jamais d'argent. Et puis, à supposer que le patron Rossi ne les mette pas à la porte, elles savaient bien qu'elles ne tiendraient plus très longtemps maintenant.

Alors, un jour, elles sont parties. C'était la fin du mois de mars, et il pleuvait sur la ville, toute grise et sale, il pleuvait une petite pluie froide qui mouillait tout, même les cheveux, même les pieds dans les bottes, même les draps de lit.

Au lieu d'aller à l'atelier, les deux filles se sont retrouvées devant la grande gare, à l'abri de l'auvent, avec un seul billet de train aller première classe pour Monte-Carlo. Elles

auraient bien voulu aller à Rome, ou à Venise, pour
commencer, mais elles n'avaient pas assez d'argent. Le billet
de première classe pour Monte-Carlo avait déjà mangé la
plus grande partie de leurs économies.

Pour maman Janine, elles avaient préparé une carte
postale, sur laquelle il y avait écrit : Nous partons en
vacances. Ne t'inquiète pas. Baisers. Et ensemble, en riant,
elles ont mis la carte postale dans la boîte aux lettres.

Quand elles se sont retrouvées dans le beau train, assises
sur les banquettes neuves recouvertes de feutre gris, avec le
tapis bleu marine sous leurs pieds, leur cœur battait très vite,
plus vite qu'il n'avait jamais battu. Alors le train s'est
ébranlé, a commencé à rouler à travers la banlieue laide,
puis à toute vitesse le long des talus. Pouce et Poussy
s'étaient installées tout contre la vitre, et elles regardaient le
paysage tant qu'elles pouvaient, au point qu'elles en
oubliaient de parler, ou de rire. C'était bien de partir, enfin,
comme ça, sans savoir ce qui se passerait, sans même savoir
si on reviendrait. Elles n'avaient pas pris de bagages, pour
ne pas effrayer maman Janine, juste un sac de voyage avec
quelques affaires, sans rien pour manger ou pour boire.
Jusqu'à Monte-Carlo, le voyage était long, et elles n'avaient
plus beaucoup d'argent. Mais c'est à peine si l'une d'elles
ressentait, de temps à autre, une légère inquiétude. De toute
façon, cela faisait partie du plaisir. Pouce regardait Poussy,
de temps en temps à la dérobée, et elle se sentait aussitôt rassurée. Poussy, elle, ne quittait pas des yeux le paysage vert qui dé-
filait à l'envers, sillonné de gouttes écrasées par le vent du train.

Il faisait chaud dans le compartiment, et le bruit des
trolleys sur les rails résonnait régulièrement dans leur tête,
alors Pouce s'est endormie, pendant que sa sœur faisait le
guet. Après Dijon, il fallait faire attention aux contrôleurs,
et Poussy a réveillé Pouce. Leur plan était simple : elles

devaient se séparer chacune dans un wagon. La première qui verrait le contrôleur prendrait le billet, puis le rapporterait à l'autre, et elles se feraient passer ainsi l'une pour l'autre. Le contrôleur était un jeune homme avec une petite moustache, et il a regardé davantage la poitrine de Pouce que son billet. Quand il l'a revue, un peu plus loin, il lui a dit simplement : « vous êtes mieux ici ? » A partir de là, Pouce et Poussy ont compris qu'elles voyageraient tranquilles.

Le train a roulé tout le jour, puis, quand la nuit est tombée, Pouce et Poussy ont vu la mer Méditerranée pour la première fois, les grandes flaques couleur de métal dans l'échancrure des montagnes noires.

« C'est beau ! » disait Pouce.

Poussy respirait l'air froid qui soufflait par la vitre entrouverte.

« Regarde, des usines. »

Les grandes cheminées crachaient des flammes dans la lueur du crépuscule. C'était comme si la mer alimentait ces feux.

« C'est beau ! » disait Pouce. « Je voudrais aller là ! » Elle pensait qu'elle pourrait marcher au bord du lac d'acier, entre les tanks et les cheminées. C'était la solitude au bord de la mer. Le ciel était absolument pur, couleur d'eau et de feu.

Après Marseille, le train s'est enfoncé dans la nuit. Tout éclairé de lumières, les glaces fermées de reflets. Pouce et Poussy avaient faim, et soif, et sommeil. Elles ont tiré les rideaux du compartiment, et elles se sont allongées sur les banquettes. Elles ont eu peur quand le contrôleur a ouvert la porte. Mais ce n'était pas le même et il a seulement demandé :

« On vous a déjà contrôlées ? »

Et il est reparti sans écouter la réponse.

Tard dans la nuit, le train s'est immobilisé dans la gare de

Nice, et les deux jeunes filles ont baissé la vitre pour regarder au-dehors, l'immense voûte de fer forgé sous laquelle se hâtaient les voyageurs frileux. Le vent froid soufflait dans la gare, et Pouce et Poussy étaient très pâles de fatigue ; elles grelottaient.

Puis le train est reparti, plus lentement. A chaque gare, elles croyaient que ça y était, et elles se penchaient au-dehors pour lire les noms : Beaulieu, Cap d'Ail.

Enfin le train s'est arrêté à Monte-Carlo, et elles sont descendues sur le quai. Il était tard, dix heures passées. Les gens les regardaient avec des yeux bizarres, les hommes surtout, engoncés dans leur pardessus. Pouce a regardé Poussy, l'air de dire : « Qu'est-ce que tu en dis, hein ? » Mais elles étaient si fatiguées qu'elles n'avaient même plus la force de rire.

Dans le taxi qui les conduisait à l'hôtel (« le plus bel hôtel, d'où on voit bien la mer, et où il y a un bon restaurant ») elles se sont chuchoté des idées pour manger. Du poisson, du homard, des crevettes, et du champagne ; ce n'était pas le moment de boire de la bière.

Le taxi payé il ne restait plus grand-chose dans la pochette de Poussy, de quoi aller au Casino le lendemain, et distribuer quelques bons pourboires. Devant l'hôtel, Poussy est descendue d'abord, et elle est allée se cacher derrière un massif de fleurs, pendant que Pouce allait prendre la chambre. (« Un grand lit, et la vue sur la mer. ») Un instant après, clé en main, c'est Poussy qui allait voir la chambre numéro 410. Quand elle est redescendue, elle s'est déclarée satisfaite, sauf pour la vue sur la mer, parce qu'il fallait sortir sur le balcon, et pour la salle de bains qui était un peu petite. Mais Pouce lui a donné une bourrade, et elles ont ri très fort. Elles avaient oublié leur fatigue. Elles avaient hâte de manger. Pouce disait qu'elle était prête à dévorer. Elles se

sont séparées pour monter jusqu'à la chambre, Pouce trois
minutes avant Poussy, qui avait pris l'escalier au fond du
hall. L'hôtel était plein de gens très chics, messieurs en
complets-veston, en pardessus clairs, écharpes, et dames en
robe lamée, ou en pantalon de satin blanc. Le pantalon et le
pull bleu marine des deux amies passaient inaperçus. Quand
elles se sont retrouvées dans la grande chambre blanche,
elles ont eu un moment de vertige. Elles ont crié, elles ont
chanté même, n'importe quoi, ce qui leur passait par la tête,
jusqu'à ce que la voix leur manque. Puis Pouce est allée
s'installer sur la terrasse, malgré le vent froid, tandis que
Poussy commandait à dîner par téléphone. Il était trop tard
pour manger du poisson ou du homard, mais elle put obtenir
des sandwiches chauds et une bouteille de champagne, que
le garçon d'étage a apportés sur une petite table roulante. Il
n'a même pas regardé la silhouette de Pouce debout devant
la fenêtre et quand Poussy lui a donné un bon pourboire, son
visage s'est éclairé. « Bonne nuit, mademoiselle », a-t-il dit
en refermant la porte.

Les deux amies ont mangé et bu, et le champagne leur a
fait tourner la tête ; puis leur a donné tout d'un coup mal à la
tête. Alors elles ont éteint la lumière et elles se sont couchées
tout habillées sur le grand lit frais. Elles se sont endormies
tout de suite.

Le lendemain, et les jours suivants, ç'a a été comme une
fête. D'abord, il y avait le lever du soleil. Dès le point du
jour, Pouce sortait du lit. Elle allait dans la salle de bains
prendre une longue douche très chaude, en savourant
l'odeur un peu poivrée de la savonnette jaune toute neuve.
Après le bain, il y avait aussi la grande serviette-éponge
blanche dans laquelle elle s'enveloppait, en se regardant
dans le miroir accroché à la porte. Alors Pouce sortait toute
frissonnante d'humidité, et elle ouvrait les rideaux beige

pour regarder le jour se lever. Un instant après, elle entendait le bruit de l'eau dans la salle de bains, et Poussy venait la rejoindre, emmitouflée dans le peignoir en tissu-éponge rose. Ensemble elles regardaient la mer grise, couleur de perle, qui s'éclairait peu à peu, tandis que le beau ciel pur s'allumait à l'est, du côté des caps sombres. Il n'y avait pas de bruit, et l'horizon vide paraissait immense, comme le bord d'une falaise. Quand le soleil était près d'apparaître, il y avait des vols de goélands au-dessus de la mer. Ils passaient en planant dans le vent, à la hauteur de l'étage où se trouvaient les jeunes filles, et même plus haut encore, et ça donnait un drôle de vertige, comme un bonheur.

« C'est beau... », répétait Pouce, et elle se serrait contre le peignoir de bain de Poussy, sans quitter des yeux la mer illuminée.

Plus tard, à tour de rôle, elles téléphonaient au restaurant de l'hôtel, pour qu'on leur apporte à manger sur la petite table roulante. Elles demandaient n'importe quoi, au hasard, sur la carte, en faisant semblant de s'étonner quand on leur disait que, pour le homard à l'américaine, c'était trop tôt, et toujours elles commandaient une bonne bouteille de champagne. Elles aimaient bien tremper leur lèvre supé-rieure dans la coupe légère, et sentir le pétillement des bulles qui piquait l'intérieur de leur bouche et leurs narines. Le jeune garçon revenait souvent, maintenant, c'était lui qui apportait la nourriture et le champagne, et les journaux du matin, pliés cérémonieusement sur le plateau de la petite table roulante. Peut-être qu'il aimait bien les pourboires généreux que lui donnaient les jeunes filles, ou alors peut-être qu'il aimait bien les voir, parce qu'elles n'étaient pas comme les autres clients de l'hôtel, elles riaient et elles avaient l'air de s'amuser tout le temps.

Même, c'est lui qui leur avait montré comment on règle le mélangeur de la douche, et comment on fait marcher le store électrique, en appuyant sur le bouton pour faire tourner les lattes de plastique. Il avait des cheveux bruns bouclés et des yeux verts, et il s'appelait Eric. Mais elles ne lui avaient pas dit leur nom, parce qu'elles se méfiaient de lui tout de même un peu.

Les premiers jours, elles n'avaient pas fait grand-chose. Dans la journée, elles étaient allées se promener dans les rues, pour regarder les vitrines des magasins, puis au bord de la mer, au port, pour regarder les bateaux.

« Ça serait bien de partir », disait Pouce.

« Tu voudrais aller sur un bateau ? » demandait Poussy.

« Oui, pour aller loin, loin... En Grèce, ou en Turquie, ou en Egypte, même. »

Alors elles avaient marché sur les quais, et le long des pannes, pour choisir le bateau sur lequel elles auraient voulu s'en aller. Mais c'était encore l'hiver, le vent froid soufflait en faisant claquer les agrès et gémir les amarres. Il n'y avait personne sur les bateaux.

Finalement, elles en ont trouvé un qui leur plaisait bien. C'était une grosse barque bleue, avec un mât en bois et un habitacle à peine grand comme une niche. Il s'appelait « Cat », et ça aussi, ça leur plaisait bien comme nom. Elles sont même montées dessus, Pouce à l'avant, couchée contre la pointe de l'étrave, pour regarder l'eau sombre, et Poussy debout près de l'habitacle, à surveiller si personne ne venait.

Ensuite, il s'était mis à pleuvoir, et elles étaient allées s'abriter sous les portiques des restaurants fermés. Elles avaient regardé les gouttes tomber dans l'eau du port, en parlant et en riant. Il n'y avait vraiment personne, ou presque, de temps en temps une voiture qui roulait lentement le long de la promenade, et qui remontait vers le haut de la ville.

Après, les deux jeunes filles rentraient à l'hôtel, l'une après l'autre, comme toujours, l'une par l'ascenseur, l'autre par l'escalier, et elles commandaient au téléphone des tas de choses à manger, du poisson, des crustacés, des fruits, des gâteaux. Mais elles ne buvaient plus de champagne, parce que ça leur donnait vraiment mal à la tête. Elles demandaient de la limonade, ou des jus de fruits, ou du Coca-Cola.

C'étaient les premiers jours. Après, Pouce en a eu assez de manger dans la chambre d'hôtel, et de se cacher dans la salle de bains chaque fois qu'on frappait à la porte de peur que ce ne soit pas le même garçon. D'ailleurs, elles en avaient assez de l'hôtel, et les gens commençaient à les regarder bizarrement, parce qu'elles ne changeaient jamais de vêtements, peut-être, et puis il y avait des gens qui les avaient vues ensemble et Poussy disait que ça finirait par se savoir.

Par une belle matinée ensoleillée, elles sont parties toutes les deux, l'une après l'autre. Poussy est sortie la première, comme si elle allait se promener dans le jardin après le petit déjeuner, du côté de la piscine. Pouce lui a lancé par la fenêtre le sac de voyage avec leurs affaires, et, quelques minutes plus tard, elle est descendue à son tour pour sortir sur l'avenue ; au bout du pâté de maisons, elle a retrouvé Poussy avec le sac. Elles ont marché en parlant et en riant, et elles ont décidé, comme elles n'avaient presque plus d'argent, de faire du stop.

Pouce voulait aller vers Nice, et Poussy vers l'Italie ; alors elles ont joué à pile ou face, et c'est Poussy qui a gagné. Avant de partir, Pouce a quand même voulu appeler chez elle, pour dire que tout allait bien. Elle a mis une pièce dans l'appareil, et quand maman Janine a décroché à l'autre bout, elle a dit très vite, juste avant que la communication ne soit coupée :

« C'est Christèle. Tout va bien, ne t'inquiète pas, je t'embrasse. »

Poussy a dit que ça ne valait sûrement pas la peine de téléphoner si peu de temps, et que d'ailleurs, maman Janine penserait peut-être qu'elles avaient été kidnappées, et qu'on l'avait obligée à parler très vite.

« Tu crois ? » a dit Pouce. Ça a eu l'air de l'inquiéter un instant, et puis elle n'y a plus pensé. Plus tard, Poussy a dit : « On va lui envoyer une carte postale de Monte-Carlo. Quand elle arrivera, on sera en Italie, on ne risquera plus rien. »

Dans un bureau de tabac, elles ont choisi une carte postale qui représentait le Rocher, le Palais du Prince ou quelque chose de ce genre, et, en empruntant un crayon à bille, elles ont écrit toutes les deux : « A bientôt, baisers » et elles ont signé : Christèle, Christelle. Elles ont mis l'adresse de maman Janine, et elles ont glissé la carte dans une boîte aux lettres.

Pour le stop, elles se sont installées à un feu rouge, sur la promenade du bord de mer. Il faisait très beau, et elles n'ont pas attendu longtemps. Une Mercedes s'est arrêtée, conduite par un homme d'une cinquantaine d'années, vêtu comme un play-boy, et qui sentait la savonnette. Pouce est montée derrière, et Poussy s'est installée à côté du conducteur.

« Où allez-vous ? »

« En Italie », a dit Poussy.

L'homme a mis un doigt au milieu de ses lunettes de soleil.

« Moi, je vais jusqu'à Menton seulement. Mais l'Italie, c'est juste à côté. »

Il conduisait vite, et ça donnait un peu mal au cœur à Poussy. Ou bien c'était peut-être l'odeur de la savonnette. Il glissait de temps en temps un coup d'œil de côté, pour regarder la jeune fille.

« Vous êtes jumelles ? »

« Oui », dit Poussy.

« Ça se voit », dit l'homme. « Vous vous ressemblez comme deux gouttes d'eau. »

Il s'irritait parce que les deux jeunes filles ne voulaient pas parler. Alors il a allumé une cigarette. Il doublait n'importe comment, dans les virages, et il klaxonnait avec rage quand on ne lui laissait pas le passage.

Et puis il a dit, tout d'un coup :

« Vous savez que c'est risqué de faire de l'auto-stop comme ça, pour deux jolies filles comme vous ? »

« Ah bon ? » a dit Poussy.

L'homme avait un petit rire de gorge.

« Oui, parce que si je vous emmenais faire un tour, là où il n'y a personne, qu'est-ce que vous pourriez faire ? »

« On sait bien se défendre, vous savez. »

L'homme a ralenti.

« Qu'est-ce que vous feriez ? »

Après avoir réfléchi, Poussy a dit tranquillement :

« Eh bien, moi je vous donnerai un coup de manchette sur la pomme d'Adam, ça fait très mal, et pendant ce temps, ma collègue vous claquerait des deux sur les oreilles pour faire péter vos tympans. Et si ça ne suffisait pas, avec une épingle que j'ai sur moi, je vous donnerai un bon coup dans les parties. »

Pendant un instant, l'homme a conduit sans rien dire. Poussy voyait qu'il avalait péniblement sa salive. Alors l'auto est entrée dans la ville de Menton, et l'homme a donné un coup de frein, sans avertir. Il s'est penché, il a ouvert la porte par-dessus Poussy, et il a dit avec une drôle de voix méchante :

« Allez, vous êtes arrivées. Foutez-moi le camp. »

Les deux jeunes filles sont descendues sur le trottoir. L'homme a fait claquer la portière, et la Mercedes a disparu à toute vitesse au bout de la rue.

« Qu'est-ce qui lui a pris ? » demandait Poussy.

« Je crois bien que tu lui as fait peur », a dit Pouce. Et elles ont ri un bon moment.

Elles ont décidé de marcher. Elles ont traversé la petite ville, avec ses rues éclairées par le soleil. Dans une épicerie, pendant que Poussy demandait quelque chose à la marchande, Pouce s'emparait de deux pommes et d'une orange, qu'elle fourrait dans le sac de voyage. Plus loin, elles se sont assises au bord de la mer pour se reposer, en mangeant les deux pommes et l'orange. La mer était belle sous le vent froid, bleu profond, frangée d'écume. C'était bien de la regarder sans rien dire, en mordant dans les pommes vertes. On oubliait tout le monde, on devenait très lointain, comme une île perdue dans la mer. C'était à cela que pensait Poussy, à cela : comme c'était facile de partir, et d'oublier les gens, les lieux, d'être neuf. C'était à cause du soleil, du vent, et de la mer.

Les oiseaux blancs planaient au-dessus des vagues, en criaillant quand Pouce jetait une peau d'orange sur la plage de galets, les oiseaux s'abattaient, criaient, puis se séparaient, et recommençaient à flotter dans le vent.

« C'est bien, ici », dit Pouce.

Elle se tournait vers Poussy, elle la regardait. Son beau visage anguleux était déjà bruni par ces journées de soleil, et ses cheveux noirs étaient brillants de sel et de lumière. Pouce, elle, était plus rouge, surtout sur le nez qui commençait à peler.

« Si on restait ici, quelques jours ? »

Poussy dit :

« Jusqu'à demain, d'accord. »

Elles ont trouvé un hôtel sur la promenade du bord de mer, un vieil hôtel tout blanc, avec un jardin à l'arrière. C'était moins luxueux qu'à Monte-Carlo, mais elles ont décidé de prendre une chambre pour deux, cette fois. Quand elle remplissait le livre des arrivées, Poussy demandait : « Il faut payer tout de suite ? » Et, naturellement, la réceptionniste disait « quand vous voudrez, en partant c'est mieux ». Ça mettait les gens en confiance. La chambre était belle et claire, et on voyait la mer entre les palmiers, lointaine, confondue avec le ciel.

C'est le soir surtout qui était beau, quand le vent s'arrêtait, comme un souffle suspendu, et que la belle lumière jaune faisait briller les maisons ocre, blanches et roses, et découpait la silhouette de la vieille ville sur le ciel pâle. C'était comme d'être au bout du monde, « comme à Venise » disait Poussy. « On ira ? On va aller à Venise, après ? » demandait Pouce, avec une intonation presque enfantine, et Poussy souriait et la serrait contre elle.

Une fois, après le dîner, elles sont montées en haut d'une des collines, en suivant les chemins qui serpentaient entre les villas et les jardins, pour regarder le soleil se coucher derrière la ville, il y avait des chats errants sous les autos arrêtées et en haut des murs, qui les observaient avec leurs pupilles arrondies. Là, il n'y avait presque pas de vent, et l'air était doux et tiède comme en été, chargé de l'odeur des mimosas. C'était bien, ici, c'était un endroit pour oublier. Pouce et Poussy se sont installées sur un talus, tout à fait en haut de la colline, là où il y avait un petit bois de pins. Des chiens aboyaient, prisonniers dans les jardins des villas. Le soir est tombé petit à petit, sans ombre, en éteignant seulement les couleurs, les unes après les autres. C'était comme de la cendre. C'était très doux, avec les fumées qui montaient par endroits, et les nuages qui traînaient jusqu'à l'horizon, couleur d'or et de feu. Puis, quand la nuit s'est installée, les lumières ont commencé à briller un peu partout, sur le toit des maisons, dans les parallélépipèdes des immeubles. Il y avait des lumières sur la mer aussi, les feux rouges des balises, les réverbères de la jetée, et, peut-être, au large, les lumières à peine visibles d'un grand cargo qui allait vers Gênes.

Les jeunes filles regardaient toutes les lumières qui s'allumaient, en bas, le long de la côte, dans les creux des vallons, les dessins des routes sur les collines. Elles regardaient aussi les phares des autos, les petits points jaunes qui avançaient si lentement, comme des insectes phosphorescents. Ils étaient si loin, si petits, ça n'avait plus tellement d'importance, quand on les regardait d'ici, du haut de la colline.

« On est bien, ici », chuchotait Pouce, et elle appuyait sa tête sur l'épaule de son amie, comme si elle allait s'endormir. Mais Poussy sentait quelque chose de bizarre en elle, comme quand quelqu'un vous regarde dans le dos, ou comme quand on sent qu'il va se passer quelque chose de mal. Son cœur battait vite et fort, et cela faisait de grands coups dans sa tête, dans sa gorge, des douleurs. Et elle frissonnait par moments, le long de ses bras, le long de son dos, un drôle de picotement qui se nouait sur sa nuque. C'était peut-être aussi le froid de la nuit. Mais elle ne disait rien à Pouce, pour ne pas l'empêcher de rêver. Elle retenait sa respiration, et au bout d'un instant, son souffle s'échappait avec un grand soupir.

« Qu'est-ce que tu as ? » disait Pouce.

« Rien... Viens, on s'en va », disait Poussy, et elle commençait à descendre la colline, vers la ville, vers toutes

les lumières qui bougeaient et brillaient, pareilles à des
insectes laborieux.

Pour manger, ça n'était pas toujours facile. L'hôtel où
étaient descendues les jeunes filles ne faisait pas restaurant le
soir, et quand elles avaient faim, il fallait qu'elles se
débrouillent. Un soir elles sont allées manger dans un grand
restaurant au bord de la mer, et au moment de payer, elles se
sont éclipsées l'une après l'autre par la fenêtre des W.-C.
C'était une lucarne étroite, mais elles étaient très minces, et
elles n'ont pas eu trop de mal à se glisser au-dehors, puis elles
ont couru tant qu'elles ont pu, jusqu'à l'hôtel. Le lendemain,
elles ont fait la même chose dans un café, au centre de la
ville. Elles se sont contentées de sortir, de marcher tranquillement, et de se perdre chacune dans une direction. Elles
s'étaient donné rendez-vous sur le port, et comme à chaque
fois, elles ont parlé de tout cela en riant, contentes d'avoir
échappé. « Si l'une de nous est prise, on jure que l'autre fera
tout ce qu'elle peut pour la faire évader », disait Pouce. « Je
le jure », répondait Poussy.

Mais après cela, il fallait changer de ville, parce que ça
devenait trop risqué. Pour aller en Italie, Pouce a décidé
qu'elles devaient changer leur garde-robe. Dans un grand
magasin, elles ont laissé leurs pantalons bleus et leurs
T-shirts et elles sont parties avec des ensembles blancs :
Pouce avec un bermuda et un pull, et un blouson en nylon,
Poussy avec une jupe droite et une veste en laine. Dans le
rayon des souvenirs, Poussy a choisi pour elle un serre-tête
en perles avec des motifs indiens d'Amérique, et pour son
amie une paire de bracelets en matière plastique couleur
d'ivoire. Et dans le rayon des chaussures, Pouce et Poussy
ont laissé leurs souliers qui commençaient à être un peu
fatigués, contre des bottes courtes, style western, en skaï
blanc.

Quand elles ont eu changé de costumes, elles sont parties pour l'Italie, sans même aller chercher leur sac à l'hôtel. Comme cela, il n'y avait pas de problème pour payer l'addition, et de toute façon, ce qu'elles avaient dans leur sac ne valait pas la peine de faire un détour. « D'ailleurs », avait dit Pouce, « c'est plus commode pour faire du stop de n'avoir rien dans les mains. » Poussy avait gardé son aumônière avec les cartes d'identité, et un peu d'argent qui leur restait. Pouce, elle, n'avait même pas un tube de rouge à lèvres.

Elles auraient préféré partir en train, mais maintenant, elles n'avaient plus assez d'argent pour prendre un billet. Alors elles sont sorties de la ville, et elles ont fait signe aux voitures qui passaient. Elles n'ont pas attendu très longtemps. C'était un Italien dans une Alfa Romeo blanche, et comme d'habitude, Poussy est montée devant et Pouce derrière. L'homme avait la quarantaine, des joues tachées de barbe, et des yeux d'un bleu très vif. Il parlait mal le français, et les jeunes filles ne parlaient pas du tout l'italien. Mais ils plaisantaient quand même, et chaque fois que l'homme disait un bout de phrase de travers, elles riaient aux éclats, et lui aussi riait bien.

Au moment de passer la frontière, tout le monde est redevenu sérieux, mais il n'y a pas eu de problème. Le douanier italien a regardé les cartes d'identité des jeunes filles, et il a dit quelque chose au conducteur de la voiture, et ils ont éclaté de rire. Puis ils sont repartis à toute vitesse sur la route du bord de mer qui tournait entre les villas et les jardins, qui longeait les caps et les baies, dans la direction d'Alassio.

Ils sont arrivés dans la ville vers la fin de l'après-midi. Il y avait du monde dans les rues, sur les trottoirs, et la chaussée était sillonnée de vespas qui zigzaguaient entre les trolleybus et les voitures en faisant siffler leurs moteurs suraigus. Pouce et Poussy regardaient tout avec des yeux émerveillés. Elles n'avaient jamais vu tant de monde, tant d'agitation, de couleurs, de lumière. L'homme à l'Alfa Romeo s'est garé sur une grande place entourée d'arcades et de palmiers. Il a laissé sa belle voiture neuve n'importe où, sans se soucier des signes des agents de police. Il a montré aux jeunes filles un grand café avec des tables couvertes de nappes blanches et il les a entraînées là, dehors, en plein soleil. L'homme a dit quelque chose au garçon qui est revenu quelques instants après avec deux énormes glaces nappées de crème et de chocolat fondu. Lui, il s'est contenté d'un café très noir dans une minuscule tasse. Les glaces leur ont fait pousser des cris, et elles ont ri si fort que les gens se retournaient sur la place. Mais ils n'avaient pas l'air gêné, ni même curieux ; ils riaient aussi de voir deux jolies filles vêtues de blanc, la peau couleur de cuivre, les cheveux frisés par la mer et le soleil, attablées devant ces deux glaces qui ressemblaient à des mottes de neige.

Elles ont mangé toute leur glace, et après cela, elles ont bu un grand verre d'eau fraîche. L'homme a regardé sa montre et il a dit : « Me vono » plusieurs fois. Il attendait peut-être qu'elles repartent avec lui. Mais Poussy a secoué la tête, et elle lui a montré tout cela, la ville, les maisons à arcades, la place où les autos et les vespas tournaient sans cesse comme les figures d'un manège, et elle n'a rien dit, et il a compris tout de suite. Mais il n'avait pas l'air déçu, ni en colère. Il a payé les glaces et le café au garçon, puis il est revenu, et il les a regardées un instant avec ses yeux bleus qui brillaient dans son visage sombre. Il s'est penché vers elles, l'une après l'autre, en disant « Bacio, bacio ». Poussy et Pouce l'ont embrassé sur la joue, en respirant un instant le parfum un peu piquant de sa peau. Puis il est parti vers son Alfa Romeo, et il a démarré. Elles l'ont regardé tourner autour de la place, se joindre au ballet des autos et des vespas, et disparaître dans la grand-rue.

Il commençait à être un peu tard, mais les deux jeunes filles ne se souciaient pas du tout de l'endroit où elles allaient dormir. Comme elles n'avaient plus de bagage encombrant, juste l'aumônière en skaï bleu marine de Poussy, elles ont commencé à flâner dans la ville, en regardant les gens, les maisons, les rues étroites. Il y avait toujours beaucoup de monde, de plus en plus de monde, parce que pour les Italiens, ça n'était pas la fin de la journée, mais une nouvelle journée qui commençait avec le soir. Les gens sortaient de toutes les maisons, des hommes habillés de complets noirs, avec des chaussures brillantes, des femmes, des enfants ; même les vieux sortaient dans la rue, quelquefois en tirant une chaise de paille pour s'asseoir au bord du trottoir.

Tous, ils parlaient, ils s'interpellaient, d'un bout à l'autre des rues, ou bien ils parlaient avec le klaxon de leurs autos et de leurs vespas. Il y avait des jeunes gens qui marchaient à côté de Pouce et Poussy, un de chaque côté, et ils parlaient aussi, sans arrêt, en leur prenant le bras et en se penchant vers elles ; ils racontaient tellement d'histoires dans leur langue que ça faisait tourner la tête.

Mais ça les faisait rire aussi, c'était comme une ivresse, tous ces gens, dans la rue, ces femmes, ces enfants qui couraient, les premières lumières des magasins, le salon de coiffure d'homme avec un fauteuil d'acier et de cuir rouge où un gros homme allongé, le visage couvert de mousse, se faisait raser en regardant la rue. Les garçons qui marchaient à côté de Pouce et de Poussy se lassaient, s'en allaient, étaient remplacés par deux autres garçons bruns de visage et de cheveux, avec des dents très blanches. Ils essayaient de leur parler en français, en anglais, puis ils recommençaient leur bavardage en italien, en fumant de fausses cigarettes américaines qui sentaient la feuille morte. Pouce et Poussy entraient dans les magasins de mode, ou chez le marchand de chaussures, et elles essayaient des robes et des sandales qui ressemblaient à des cothurnes, sans regarder les deux garçons restés au dehors qui leur faisaient des signes et des grimaces à travers la vitrine.

« Ils m'énervent », disait Pouce.

« Laisse-les. Ne les regarde pas », disait Poussy.

Mais ça n'était pas facile de faire des affaires avec de tels pitres dans les parages. Les gens s'arrêtaient devant le magasin, cherchaient à voir ce qu'il y avait à l'intérieur en plissant leurs yeux. Même il y a eu un policier tout à coup, et Poussy et Pouce ont senti leur cœur battre plus vite, mais il était là comme les autres, par curiosité. Puis il s'est senti vexé d'être surpris à baguenauder, alors il est entré dans le magasin et il a dit quelque chose, et la vendeuse qui parlait français a traduit :

« Il vous demande si les garçons vous ennuient. »

« Oui, non », ont dit Pouce et Poussy. Elles étaient un peu gênées.

Mais quand elles sont sorties du magasin, les garçons avaient décampé, et plus personne ne s'est approché d'elles, comme si tout le monde avait été au courant de l'intervention du policier.

Vers la fin de l'après-midi, Pouce a commencé à traîner la jambe et à souffler. Quand Poussy l'a regardée, elle a été un peu effrayée de la voir si pâle, malgré le hâle.

« Qu'est-ce que tu as ? »

Pouce a haussé les épaules.

« Je suis fatiguée... J'ai froid, c'est tout. »

Alors elles se sont mises à chercher un hôtel. Mais c'était partout pareil. Quand elles entraient dans le hall, les gens de la réception les regardaient bizarrement, avec un regard en dessous, et tout de suite ils demandaient à Poussy de payer la nuit d'avance. C'était lassant, et elles auraient bien payé si elles avaient eu suffisamment d'argent, mais l'aumônière de Poussy était maintenant presque vide. Alors elles faisaient semblant d'être venues juste pour le renseignement, et Poussy disait : « Merci, on vous téléphonera plus tard pour réserver. » Et elles s'en allaient très vite, de peur que les gens de l'hôtel n'aient l'idée d'alerter la police.

« Alors, qu'est-ce qu'on fait ? » a dit Pouce.

Elles étaient un peu fatiguées par tout le monde, et, en plus, elles n'avaient rien pu prendre dans les magasins à cause du policier. Alors elles sont retournées jusqu'à la place Partigiani, et de là, elles sont allées sur la plage. C'était le soir, il n'y avait pas de vent sur la mer. Le ciel était immense et rose, couleur de perle, et les grandes vieilles maisons debout dans le sable de la plage ressemblaient à des vaisseaux échoués. Jamais Pouce et Poussy n'avaient rien imaginé de plus beau.

« Tu crois que c'est comme ça, à Venise ? » a dit Pouce.

Les oiseaux de mer volaient lentement au ras de la mer, sautant légèrement par-dessus les vagues. Il y avait l'odeur profonde et lointaine, le goût du sel, et cette lumière rose du ciel sur l'eau grise, sur les façades couleur de vieil or.

« Je voudrais ne jamais m'en aller d'ici », a dit encore Pouce.

Elles se sont assises sur le sable, tout près de la frange d'écume, pour regarder la nuit venir.

Elles ont dormi là, sur la plage, protégées des regards et du vent froid par un vieil escalier qui conduisait à une porte murée, et par la carcasse d'une barque abandonnée. Mais le sable était doux et léger, et il gardait un peu de la chaleur dorée de la dernière lumière du soleil. C'était bien de dormir en plein air, entouré par le bruit lent de la mer, et par l'odeur puissante du sel. C'était comme si elles avaient été à l'autre bout du monde, et que tout ce qu'elles avaient connu autrefois, depuis leur enfance, était effacé, oublié.

Dans la nuit, Poussy s'est réveillée. Elle avait froid, et elle n'avait plus sommeil. Sans faire de bruit, elle a marché sur la plage, jusqu'à la mer. La lune brillait dans le ciel noir, éclairait les vagues et faisait briller l'écume très blanche. Aussi loin qu'on pouvait voir, il n'y avait personne sur la plage. Les silhouettes des vieilles maisons étaient sombres, avec leurs volets fermés contre le vent de la mer.

La jeune fille a écouté un long moment le bruit de la mer, les longues vagues qui s'écroulaient mollement sur le sable, et jetaient vers ses pieds les franges d'écume phosphorescente. Au bout de la baie, il y avait le phare de Capo Mele, et, plus loin encore, la lueur d'Albenga dans le ciel, au-dessus des collines.

Poussy aurait bien aimé se plonger dans l'eau sombre, pleine d'étincelles de lumière de la lune, mais elle avait froid, et un peu peur aussi. Elle a seulement enlevé ses bottes, et elle a marché pieds nus dans l'écume. L'eau était glacée, légère, tout à fait comme la lumière de la lune dans le ciel noir.

Ensuite elle s'est assise auprès de Pouce qui continuait de dormir. Et pour la deuxième fois depuis le début de leur voyage, elle a ressenti ce grand vide, presque un désespoir, qui déchirait et trouait l'intérieur de son corps. C'était si profond, si terrible, ici dans la nuit, sur la plage déserte avec le corps de Pouce endormi dans le sable et ses cheveux bougeant dans le vent, avec le bruit lent et impitoyable de la mer et de la lumière de la lune, c'était si douloureux que Poussy a un peu gémi, pliée sur elle-même.

Qu'est-ce que c'était? Poussy ne le savait pas. C'était comme d'être perdue, à des milliers de kilomètres, au fond de l'espace, sans espoir de se retrouver jamais, comme d'être abandonnée de tous, et de sentir autour de soi la mort, la peur, le danger, sans savoir où s'échapper. Peut-être que c'était un cauchemar qu'elle faisait, depuis son enfance, quand autrefois elle se réveillait la nuit couverte d'une sueur glacée, et qu'elle appelait : « Maman ! Maman ! » en sachant qu'il n'y avait personne qui répondait à ce nom-là, et que rien ne pourrait apaiser sa détresse, ni surtout la main de maman Janine qui se posait sur son bras, tandis que sa voix étouffée disait : « Je suis là, n'aie pas peur », mais elle, de tout son être, jusqu'aux plus infimes parties de son corps, protestait en silence : « Ce n'est pas vrai ! Ce n'est pas vrai ! »

Le désespoir et la solitude de Poussy étaient si intenses, en cet instant, que cela a dû réveiller Pouce. Elle s'est relevée, le visage bouffi de sommeil, les cheveux bouclés pleins de sable et d'algues séchées. Elle a dit :

« Qu'est-ce qui se passe ? »

D'une voix si drôle, et son visage avait une telle expression endormie, que Poussy a senti son angoisse fondre d'un seul coup, et qu'elle a éclaté de rire. Pouce l'a regardée sans comprendre, et elle s'est mise à rire elle aussi. Cela a fini de réveiller Pouce, et toutes les deux, elles ont décidé de marcher un peu sur la plage pour se réveiller.

Elles sont allées tout à fait au bout de la ville, longeant les vieux immeubles debout sur la plage qui ressemblaient tout à fait à des carcasses de bateaux échoués depuis des siècles. Parfois, comme elles passaient, un chien aboyait quelque part, ou bien elles voyaient les ombres furtives des rats qui couraient sur la plage.

Elles se sont assises au bout de la plage, près de l'estuaire du fleuve. Elles ont allumé une cigarette américaine, et elles ont fumé sans rien dire, les yeux fixés sur l'horizon noir et sur la tache scintillante de la lumière de la lune. Il n'y avait presque plus de vent, à présent, comme c'est toujours, juste avant l'aube. Mais l'air était froid et humide, et les jeunes filles se sont serrées l'une contre l'autre pour avoir moins froid. Peut-être que Poussy a pensé à ce moment-là à faucher une couverture, ou un parka, dans un grand magasin. Si elle y a pensé, ça n'est pas tant à cause du froid qu'elle ressentait, que parce que Pouce avait commencé à tousser cette nuit-là. Il y avait la fatigue de toutes ces journées de voyage, trop de soleil et trop de vent, peut-être, et les repas pris n'importe quand, n'importe comment, et puis cette longue nuit sur la plage humide, enveloppée de vent et d'embrun. Maintenant Pouce frissonnait, et sa main brûlait dans la main de son amie.

« Tu ne vas pas être malade ? »

Pouce a dit :

« Non, ça va aller, dans un moment. »

« Le soleil va se lever, on va aller dans un café. »

Mais la respiration de Pouce sifflait déjà, et sa voix était rauque, étouffée.

Elles sont tout de même restées là, assises sur des cailloux à côté de l'embouchure du fleuve, à regarder l'horizon et le ciel, jusqu'à ce que la première lueur du jour apparaisse à l'est, une tache grise qui grandissait peu à peu au-dessus des terres. Quand le soleil est apparu, dans le ciel clair et pur, les jeunes filles sont allées se coucher de nouveau dans le sable, près des murs des vieilles maisons, et elles se sont endormies, peut-être en rêvant de leurs voyages qui n'en finiraient jamais.

Quand le soleil a été bien haut dans le ciel, Poussy s'est réveillée. Sur la grande plage, il n'y avait que quelques silhouettes de pêcheurs, au loin, en train de s'occuper de leurs barques échouées, ou bien qui faisaient sécher les filets avant de les réparer. Poussy commençait à avoir faim, et soif. Elle a regardé un bon moment Pouce allongée à côté d'elle, avant de comprendre qu'elle ne dormait pas. La jeune fille avait le visage très pâle, et ses mains étaient glacées. Mais ses yeux brillaient d'un éclat inquiétant.

« Tu es malade ? » a demandé Poussy.

Pouce a répondu par un grognement. Sa respiration sifflait un peu plus fort que tout à l'heure. Quand Poussy a pris son bras pour l'aider à s'asseoir, elle a vu sur sa peau tous les petits poils hérissés, comme quand on a la chair de poule.

« Ecoute », a dit Poussy. « Attends-moi ici. Je vais aller en ville pour essayer de trouver une valise, comme ça on pourra aller à l'hôtel. Et puis je vais te chercher quelque chose à manger, et à boire. Du thé, ça te ferait du bien, avec du citron. »

Comme Pouce ne disait ni oui ni non, Poussy est partie tout de suite. Elle a longé la plage jusqu'à ce qu'elle trouve une rue, et elle a cherché un grand magasin.

Pouce est restée seule sur la plage, assise dans le sable, le dos appuyé contre le vieux mur décrépi que le soleil du matin commençait à chauffer un peu. Elle regardait la mer et le ciel, devant elle, avec des yeux troubles, comme s'il y avait de la fumée qui l'entourait et la séparait du réel. Elle respirait à toutes petites goulées, pour ne pas avoir mal au fond de ses poumons, et cette respiration saccadée la fatiguait et lui donnait une sorte de vertige très lent. Maintenant, il y avait du bruit sur la plage, des cris d'enfants, des voix de femmes, des voix d'hommes, peut-être même les échos brouillés d'un poste de radio. Mais Pouce ne faisait guère attention à eux. Elle les percevait comme s'ils venaient du bout d'un très long corridor, hachés, déformés, incompréhensibles.

« Como ti chiama ? »

Le son de la voix la fit sursauter. Elle tourna la tête, et elle vit un jeune garçon debout devant elle, qui l'examinait avec insistance.

« Como ti chiama ? » répéta-t-il. Sa voix était aiguë, mais pas désagréable. Il regardait avec étonnement la jeune fille, son visage cuivré, ses habits blancs froissés par la nuit, ses cheveux emmêlés et pleins de sable, et ses bracelets en matière plastique.

Pouce a compris la question, et elle a dit son nom, en montrant le pouce de sa main.

« Pollice ? » a dit le garçon. Et il s'est mis à rire, et Pouce riait aussi, tandis qu'il répétait :

« Pollice... Pollicino ! Pollicino ! »

Et puis il a montré sa poitrine avec son index, et il a dit : « Sono Pietropaolo. Pietropaolo. »

Pouce a répété son nom, et ils ont recommencé à rire. Elle avait complètement oublié le mal dans ses poumons, et les frissons de fièvre. Elle ressentait seulement une ivresse bizarre, comme quand on est resté longtemps sans manger et sans dormir, une faiblesse pas désagréable.

Pietropaolo s'est assis à côté d'elle, le dos appuyé à la muraille, et il a sorti un vieux paquet de Chesterfield tout froissé, duquel il a extrait deux cigarettes tordues, presque cassées. Pouce a pris la cigarette. La fumée douce lui a fait du bien, au moins pendant les premières bouffées, puis elle s'est mise à tousser si fort que le garçon s'est mis à genoux devant elle, l'air un peu effrayé.

« J'ai mal là », a dit Pouce, en montrant sa poitrine.

« Male », a dit le garçon. « E non hai un medicamento p'ciò ? »

« Non, non », a dit Pouce.

La toux l'avait fatiguée. De petites gouttes de sueur

164 *La grande vie*

perlaient sur son front, sur les côtés de son nez, et elle sentait son cœur battre très vite, à cause de la brûlure au fond de sa poitrine.

Le soleil était haut dans le ciel, maintenant, à sa place d'environ onze heures. Pietropaolo et Pouce restaient assis sans bouger, sans parler, à regarder les vagues tomber sur la plage.

Ensuite Poussy est revenue. Elle portait sur le bras une grosse veste imperméable de couleur kaki, et une bouteille de bière. Elle s'est assise en soufflant sur le sable, comme quelqu'un qui a beaucoup couru. Pouce était appuyée contre le mur, le visage fatigué, les yeux brillants de fièvre.

« Qui est-ce ? » a demandé Poussy.

« C'est Pietropaolo... », a dit Pouce.

Le garçon a fait un large sourire.

« Pietropaolo. Ete ? »

« Poussy », a dit Poussy.

« Poussy ? »

Pouce a miaulé, pour lui faire comprendre.

« Ah ! Il Gatto ! Gattino ! »

Il s'est mis à rire, et les deux jeunes filles ont ri avec lui. Ensemble ils on bu de la bière, en essuyant le goulot entre chaque gorgée. Puis Poussy a montré la veste à Pouce et elle lui a raconté ce qu'elle avait fait.

« C'est pour toi. Pas moyen d'avoir une valise. Partout elles sont attachées avec des chaînes. J'ai failli me faire piquer avec la veste. J'ai dû courir pendant je ne sais combien de temps avec ce truc au bout du bras, et le vendeur qui criait « ladra ! ladra ! » derrière moi. Heureusement il était gros, et il s'est fatigué avant moi. »

« Ladra ! Ladra ! » a répété Pietropaolo, et ils ont éclaté de rire.

Poussy a aidé Pouce à enfiler la veste.

« Elle est un peu grande, mais ça te tiendra chaud. »

« Et la bière ? » a demandé Pouce.

« Oh, elle était dans un carton, devant un magasin fermé. Je n'ai eu qu'à la prendre. »

Ils buvaient encore de la bière, à tour de rôle, puis Pietropaolo a ressorti son fameux paquet de Chesterfield tout froissé, et il l'a tendu vers les jeunes filles.

Pouce a secoué la tête, et Poussy a refusé elle aussi. Elle lui a dit :

« J'ai faim. »

Le garçon la regardait sans comprendre. Alors elle a montré sa bouche, en faisant claquer ses mâchoires.

« Ah si. Vorresti mangiare. »

Il s'est levé d'un bond, et il a disparu en courant dans une des rues qui donnaient sur la plage.

Elles l'ont attendu, sans parler, sans bouger, le dos appuyé contre la vieille muraille, en regardant la mer. Le vent froid soufflait par rafales, il y avait des nuages sombres dans le ciel. Poussy pensait à tout cela, qui était si loin maintenant, l'atelier, les rues grises de la banlieue, la chambre obscure et la cuisine où maman Janine était assise, et pour la première fois depuis des jours elle n'y pensait plus avec angoisse, mais avec une sorte d'indifférence, comme si elle avait vraiment décidé que plus jamais elle ne retournerait dans cette maison. Elle regardait Pouce du coin de l'œil, son visage enfantin, l'expression presque obstinée de ses lèvres, et le front bombé où le vent agitait les boucles des cheveux. Emmitouflée dans la veste kaki, Pouce semblait avoir retrouvé sa chaleur, sa respiration était plus régulière, elle sifflait moins, et les joues étaient moins pâles. La jeune fille regardait fixement la mer et le sable de la plage vide, comme si elle dormait les yeux ouverts.

« On va rentrer », a dit Poussy tranquillement, si calme-

ment que Pouce a tourné son visage vers elle et l'a regardée
avec désarroi.

« On va s'en aller, maintenant. On va rentrer », a dit
encore une fois Poussy. Pouce n'a rien dit, mais elle a
recommencé à regarder la plage et la mer fixement. Seulement les larmes ont perlé entre ses cils, puis ont glissé sur ses
joues, et le vent les chassait un peu en arrière. Quand Poussy
s'est rendue compte que la jeune fille pleurait en silence, elle
l'a serrée contre elle en l'embrassant ; elle lui a dit :

« Ça n'est pas seulement à cause de ça, tu sais, moi aussi
j'aurais pu tomber malade, mais c'est parce que — » Mais
elle n'a pas pu continuer parce qu'elle ne trouvait pas de
bonne raison.

« Moi aussi, je voulais qu'on aille jusqu'à Venise, et même
à Rome, et en Sicile, et puis après en Grèce, mais pas comme
ça, pas comme ça... »

Tout à coup, Pouce s'est mise en colère. Elle a repoussé
son amie, et elle a essayé de se lever. Elle tremblait et sa voix
était rauque.

« Dégonflée ! Dégonflée ! Tu dis ça, mais c'est parce que tu
as peur. Tu as peur d'aller en prison, c'est pour ça, dis-le ! »

Poussy regardait la jeune fille à genoux dans le sable, ses
yeux brillants de larmes, ses cheveux emmêlés par le vent, et
le parka trop grand dont les manches couvraient le bout de
ses doigts.

« Je dis ça parce que c'est vrai. On ne peut plus continuer,
on est au bout du chemin. On va rentrer, on ne peut plus
continuer, on va renter maintenant. »

Sa voix était calme, et c'est pour cela que la colère de
Pouce est retombée tout de suite. Elle s'est rassise dans le
sable, et elle a laissé aller sa tête en arrière, contre le mur.

A ce moment-là, le garçon est revenu. Il portait un gros
pain et un sac d'oranges. Il s'est arrêté devant les jeunes

files, il s'est accroupi et il leur a tendu les provisions. Il souriait gentiment et ses yeux clairs brillaient dans son visage sombre. Poussy a pris le pain et les oranges, et elle l'a remercié. Puis ils ont commencé à manger, sans parler. Les mouettes, attirées par le repas, tournoyaient autour de leurs têtes en criaillant. Quand elle a eu fini de manger son orange, Poussy est allée se laver les mains et la figure dans la mer en prenant un peu d'eau et d'écume dans ses mains. Elle a apporté de l'eau de mer pour Pouce, lui a passé ses paumes fraîches sur le front, sur les yeux.

« On s'en va, maintenant », a dit Poussy. Elle a montré l'autre bout de la plage, la direction du soleil couchant. « On s'en va chez nous, maintenant. » Pouce s'est levée aussi. Elle était si faible qu'elle a dû s'appuyer sur l'épaule de Poussy pour ne pas tomber.

« Dove ? Dove ? » demandait le jeune garçon. Sa voix était tout à coup pleine d'anxiété. Il marchait à côté des jeunes filles, les yeux fixés sur leur visage, comme un muet qui cherche à lire dans les yeux et sur les lèvres. « Dove ? Dove ? »

Il a buté sur un bout de bois qui affleurait, il a fait la grimace en sautillant, et ça a fait rire un peu les jeunes filles. Mais lui ne riait pas. Il a dit, et sa voix était rauque parce qu'il était en train de comprendre :

« Andro... Andro con voi stessi. Per favore, andro... accompagnaré voi stessi... »

Mais quand elles ont quitté la plage, pour entrer dans la ville, il est resté immobile sur le sable, les bras le long du corps, les yeux fixés sur elles. Avant de tourner dans une ruelle déserte, Poussy s'est retournée pour lui faire un signe, et elle l'a vu, au loin, tout petit sur l'étendue blanche de la plage, immobile comme un bout de bois devant la mer. Elle n'a pas bougé la main, et avec Pouce elle s'est enfoncée dans la ville sombre, au milieu des bruits des familles en train de déjeuner.

Sur la route, à une station d'essence, elles ont trouvé un camion arrêté où il y avait marqué T I R. Poussy a demandé au routier de les emmener, et, après une hésitation, il a dit oui.

Quelques instants plus tard, le gros semi-remorque T I R roulait vers la France, avec Pouce et Poussy qui dormaient à moitié dans la cabine. Le chauffeur ne s'occupait pas d'elles. Il fumait des cigarettes en écoutant la radio italienne à tue-tête. Quand ils sont arrivés à la frontière, les policiers ont regardé les papiers des jeunes filles avec attention. L'un d'eux leur a dit simplement : « Vous allez venir avec nous. » Dans la salle du poste de police, il y avait un inspecteur en civil, un homme d'une quarantaine d'années, un peu chauve, avec un regard dur. Quand elles sont entrées, accompagnées du policier en uniforme, l'homme a eu un petit rire, et il a dit quelque chose comme : « Voilà donc nos deux amazones. » Il n'a peut-être pas dit « amazones », mais Poussy n'écoutait pas. Elle regardait le profil entêté de Pouce, et elle ne pensait pas à ce qui allait suivre, aux longues attentes dans des corridors poussiéreux et dans des cellules sans jour. Elle pensait seulement au temps où elles allaient repartir, loin, repartir, cette fois, pour ne plus jamais revenir.

Le passeur

Quand Tartamella arrête le moteur de la camionnette bâchée, c'est le lever du jour sur la rivière Roïa. Il s'est arrêté en contrebas de la route, sur la plage de galets, devant le courant de l'eau rare, couleur de ciel. Il allume une cigarette, et il entend les voix des hommes qui s'ébrouent à l'arrière de la camionnette, avant de descendre. Il leur crie encore une fois, de sa voix enrouée :

« Terminus ! Terminus ! »

Les hommes descendent un à un de l'arrière de la camionnette, sans se presser, comme s'ils avaient peur de faire trop de mouvements, après ces heures passées à rouler sur l'autoroute. Ils sont nombreux, huit, dix peut-être. De toutes les nationalités, Grec, Turc, Egyptien, Yougoslave, Tunisien. Il y en a de grands maigres, et des petits, des gros, des bruns, des roux avec des yeux verts, ou jaunes. Ils sont habillés de toutes les façons, tricots épais, pardessus d'hiver, blousons de faux aviateurs, ou complets-veston élimés, et ils parlent toutes sortes de langues. Mais quand Tartamella les regarde, il les reconnaît bien, parce qu'ils sont tous semblables par la pauvreté, l'inquiétude, la faim. Tarta- mella est debout devant eux, sur la plage de galets. Il les regarde, puis il regarde le ciel, du bleu pâle et froid des aubes d'hiver. Pour mettre les hommes à l'aise, il fait circuler un paquet de cigarettes américaines. Chacun prend une cigarette en silence et attend le feu.

Miloz ne fume pas. Il regarde Tartamella comme s'il pensait à autre chose. Il a un regard sombre, malgré ses yeux bleus, et son visage pâle. Tartamella est gêné par le regard de l'homme, et il cache sa gêne sous un air de colère. Il dit brusquement, en italien :

« Qu'est-ce qu'il y a ? »

L'autre ne répond pas tout de suite, et quand Tartamella lui tourne le dos en haussant les épaules, il dit :

« Quand est-ce qu'on part ? »

« Tout de suite », dit Tartamella. « Quand le guide sera là. »

« Le guide ? » répète Miloz.

« Oui, le guide. Le passeur, si tu veux. »

Miloz va s'asseoir sur une pierre, devant la plage de galets. Bientôt les autres hommes l'imitent. Ils forment un petit groupe séparé de la camionnette bâchée et de Tartamella, comme s'ils n'avaient rien de commun. Tartamella hausse encore les épaules et remonte dans la camionnette. Il allume une autre cigarette, et pour tuer le temps, il branche la radio. Il y a une chanson chantée par une noire américaine à la voix grave, et c'est un peu étrange sur ce paysage de rivière séchée, avec les plages de galets où les hommes accroupis attendent en silence, et les silhouettes des hautes montagnes enneigées au fond de la vallée, contre le ciel bleu d'hiver.

Les hommes ne se parlent pas. Comment le pourraient-ils ? Chacun parle sa langue, la langue du village qu'il a laissé, comme il a laissé ses parents, sa femme, ses enfants, pour tenter l'aventure de l'autre côté. Miloz pense à sa mère et à son père, à la maison du village, aux montagnes dénudées. Mais c'est si loin déjà qu'il ne sait plus si cela existe encore. Il y a si longtemps qu'il erre sur les routes, dormant sur les bancs dans les abris des bus, ou bien dans les hôtels de pauvres, gardant serré dans la poche que Lena, sa femme, a cousu à l'intérieur de son tricot de corps la liasse qui doit lui permettre de passer.

Il ne savait pas que ce serait Tartamella, personne n'a dit de nom. Quand il a débarqué à la gare, avec les autres, venant de Trieste, il est resté immobile devant l'escalier, éclairé par la lumière du néon. Il a posé sa valise de carton bouilli à ses pieds, et il a attendu. Les autres hommes ont fait comme lui. Chacun attendait, sans regarder l'autre, de peur que ce ne soit un policier des frontières.

Puis Tartamella est venu. Il est sorti de la camionnette bâchée, et il a marché jusqu'à la porte de la gare, en allumant une cigarette.

Comme c'était Miloz qui était le premier, le plus en avant, c'est à lui que le gros homme s'est adressé d'abord.

« Où est-ce que tu vas ? »

Miloz comprend bien l'italien, mais il n'aime pas le parler. Il a dit le nom, tout bonnement :

« Francia. »

« Tu as tes papiers en règle ? »

C'est comme cela que cela devait se passer, c'était convenu, au départ de Trieste, celui qui servait de relais, au Café de la Piazza della Libertà, en face de la gare des autobus, lui avait dit : « On te demande tes papiers, tu montres ton argent, c'est tout. »

Alors Miloz a ouvert sa chemise, et il a sorti de la poche intérieure un billet de dix mille plié en quatre. Mais il ne l'a pas donné tout de suite.

Maintenant, il attend, assis sur la pierre, sur la plage du fleuve. Le ciel est clair, et le soleil vient d'apparaître, éclairant d'abord les cimes enneigées au fond de la vallée, puis les autres montagnes peu à peu. Quand la lumière touche les galets du lit du fleuve, ils se mettent à briller. Miloz aime la lumière du matin, et malgré la fatigue de l'insomnie, et le voyage dans l'arrière de la camionnette depuis Milan, il est heureux d'être là au moment où le soleil se lève.

Il a un peu peur aussi. Qu'y a-t-il de l'autre côté ? Et si les policiers le prennent, l'enferment en prison, quand pourra-t-il revenir auprès de Lena, de ses parents ? On dit aussi qu'ils tuent les étrangers, quelquefois. C'est un Arabe qui lui a dit cela, en français, quand il attendait à la gare de Milan. Il ne parle guère cette langue, et l'Arabe s'exprimait avec une drôle de voix rauque et dure, et ses yeux brillaient d'une fièvre dangereuse, alors Miloz a haussé les épaules et il n'a plus écouté. Mais l'inquiétude a grandi au fond de lui, sans qu'il s'en rende compte. Où va-t-il, maintenant ? Quel profit va-t-il tirer de cette aventure ? Quand reverra-t-il Lena, Lena aux yeux de topaze ?

Le soleil est maintenant haut dans le ciel nu. Les hommes attendent toujours, assis sur la plage du fleuve Roïa, sans manifester d'impatience. Ils sont habitués à attendre, depuis leur enfance, pendant des heures, des jours. Seulement, quand le soleil brûle trop malgré le froid de l'hiver, ils se déplacent et vont s'asseoir un peu plus loin, à l'abri du feuillage d'un chêne-vert rabougri. On entend maintenant le bruit de l'autoroute, un mugissement continu qui vient du pont, en aval. Mais de là où ils sont, les hommes ne voient pas les voitures. Ils entendent seulement le bruit des roues et des moteurs.

Tartamella attend lui aussi, en fumant des cigarettes, à l'intérieur de la cabine de sa camionnette. Mais lui s'impatiente. Il consulte sa montre de plus en plus souvent, une grosse montre-bracelet en or qui brille sur son poignet brun. Les hommes n'ont pas de montre. Miloz en avait une, mais il l'a laissée en partant à Lena, pour qu'elle ait quelque chose à vendre en cas de besoin. Ça lui est égal. Il n'a pas besoin de savoir l'heure. Le soleil suffit. Maintenant qu'il s'en va si loin, peut-être pour ne jamais revenir, quelle importance de savoir l'heure. Il peut attendre. A la gare de Trieste, il a attendu deux jours pour rencontrer celui qui donnait les renseignements pour passer de l'autre côté. Il a dormi sur les bancs de la Piazza della Libertà, et il a mangé un pain le deuxième jour, et des fruits abîmés que les voyageurs avaient laissé dans la gare, avant de partir.

Dans le train, il a voyagé assis par terre, et il a dormi la tête appuyée sur sa valise de carton bouilli. Quand le jour s'est levé, il a pu trouver une place dans un compartiment. A la gare de Milan, il a attendu encore quelques heures, assis dans la camionnette bâchée, parce que Tartamella disait qu'il manquait deux hommes.

Tous, ils savent bien attendre. Ils n'ont pas besoin de fumer, ni de parler. Ils ont faim, mais ils se retiennent de manger, parce qu'ils savent qu'ils auront besoin de leurs provisions, plus tard. Quand ils ont soif, ils vont jusqu'à l'eau de la rivière et ils boivent vite quelques lampées, de peur que quelqu'un ne les aperçoive de la route. Quand ils ont envie d'uriner, ils s'éloignent un peu dans les broussailles, puis ils retournent s'asseoir avec les autres. Tartamella ne fait pas tant de façons. Il pisse debout à côté de la camionnette bleue, sur les galets blancs de la plage. Puis il mange, sans plus se gêner, en mordant et en tirant dans un gros sandwich de pain rassis qu'il a acheté à la gare de Milan.

Le soleil fait avancer les ombres sur la vallée du fleuve

Roïa lentement, heure par heure, épuisant le jour jusqu'au vide. Déjà les cimes neigeuses se teintent de gris pâle, et l'eau rare qui coule sur la plage de galets ne reflète plus le bleu du ciel.

Les hommes ne bougent pas. Peut-être qu'ils attendraient ici, sur la plage, pendant des jours, jusqu'à en mourir, tellement ils ne savent où aller. Est-ce que les heures, est-ce que les jours comptent quand on va mourir de faim ? Miloz ne cesse de penser à Lena, il y pense si fort que par instants, il s'aperçoit qu'il parle tout seul, comme si elle était là, à côté de lui. Mais personne n'y fait attention. Les autres hommes sont silencieux, enfermés dans leur fatigue, leur faim, leur attente. L'Egyptien qui a voyagé dans le même train que Miloz est couché par terre, le visage dans la lumière finissante, et on pourrait croire qu'il dort si on ne voyait pas ses yeux briller entre ses cils.

Puis le guide est arrivé. Personne ne sait son nom, et personne n'a bougé quand il est arrivé. Il parle un peu avec Tartamella, et il regarde les hommes qui attendent sur la plage, et il doit dire quelque chose comme :

« Ils sont tous là ? »

Parce que Tartamella hoche la tête. Le guide est un petit homme sec et brun, au visage durci, l'air d'un montagnard. Il est vêtu d'un blue-jean et d'un anorak vert sombre de chasseur. Il a de bonnes chaussures de montagne.

« Allez, en route ! »

Il a donné l'ordre en italien. Tous les hommes se lèvent, et ils commencent à marcher sur la plage, à quelques mètres du guide. Miloz est devant, sa valise de carton bouilli à la main.

Avant de s'en aller, Tartamella a ramassé tout l'argent. Quarante mille lires pour chaque voyageur, qu'il a mis dans une besace en skaï noir accrochée à son poignet velu. Ensuite, sans dire un mot de plus, il est remonté dans la camionnette bâchée, et il est parti. Il a grimpé le raidillon jusqu'à la route. Miloz s'est retourné pour le suivre des yeux, mais les arbres le cachaient. Le bruit du moteur a disparu d'un coup.

Le guide marche vite, sans attendre, comme quelqu'un qui a hâte d'arriver. Les hommes titubent derrière lui sur les galets, parce qu'ils n'ont pas beaucoup de forces. Derrière le guide, la troupe traverse le fleuve à gué. Miloz sent l'eau glacée du torrent mouiller ses pieds nus dans ses vieilles chaussures. Il enlève les chaussures et marche comme il peut sur les galets coupants. Les autres hommes font comme lui, se déchaussent. L'Egyptien a des baskets bleus d'une taille monumentale, et cela fait un peu rire les autres hommes. L'un d'eux est lourdement chargé, il porte sur son épaule un sac de farine plein d'affaires, et en mettant le pied sur une pierre plate, il glisse et tombe assis. Cela aussi fait rire, mais Miloz voit la grimace de douleur de l'homme et il l'aide à se relever.

« Eucharisto », dit l'homme. Il est grec.

Le guide s'est arrêté, il est debout sur l'autre rive, et il regarde les hommes tituber dans l'eau, sur les plages de galets qui s'éboulent. Son visage brun n'exprime rien, mais sa voix est impatiente. Il crie seulement, en français à présent :

« Marche ! Marche ! »

La troupe repart sur l'autre rive, escalade le talus de la berge à travers les broussailles épineuses. On est dans l'ombre, maintenant, le soleil s'est couché derrière les monts, au-delà de la frontière. Miloz pense qu'ils sont peut-être encore au soleil, de l'autre côté, et cela lui donne envie d'y être plus vite.

Ils traversent d'abord une route de terre, puis la voie ferrée, aux rails rouillés. Il y a de l'herbe sur le ballast, et les traverses sont déglinguées. Plus haut, sur une colline grise, Miloz aperçoit les murs d'un village, il entend des chiens aboyer dans les fermes. Instinctivement, les hommes se sont arrêtés, de peur d'être vus. Mais le guide continue de grimper à travers les broussailles, et il crie toujours :

« Marche ! Marche ! »

Ils contournent une première montagne, vert sombre à cause des chênes-verts et des broussailles. La vallée va vers le nord, et près d'une vieille chapelle ruinée, ils trouvent le commencement d'un sentier de mulets, qui monte en serpentant vers le haut de la montagne. La troupe s'est dispersée maintenant, les plus agiles vers le haut, non loin du guide, et les plus lents vers le bas, marchant à petits pas sur le sentier pierreux en portant leurs fardeaux. Il y a déjà plus d'une heure qu'ils marchent sans s'arrêter, et tout à coup Miloz se demande ce qu'est devenu le Grec. Il pose sa valise de carton dans un creux des broussailles, en la cachant avec des branches, et il redescend le sentier, lacet après lacet. Il croise les hommes qui montent lourdement, visage fermé, et personne ne lui dit rien. Loin en bas, il y a le Grec, qui tire comme il peut son sac de farine ; Miloz entend le bruit de sa respiration qui siffle. Miloz charge son sac sur l'épaule, et sans parler, il recommence à monter. Quand il arrive à l'endroit où il a laissé sa valise, il la sort des broussailles et la donne au Grec. Lui, remet le sac de farine sur son épaule, et ensemble ils reprennent la route.

A la nuit, ils arrivent près d'un village. Le guide attend les hommes au bord de la route. Il fume une cigarette, et on voit le point rouge de la braise qui s'allume comme un phare. Il dit aux hommes : « San Antonio » et il leur explique qu'il va aller devant et quand il sifflera, ils pourront passer. Il dit cela en italien et en mauvais français mais tout le monde a compris.

Les minutes sont longues, dans le noir, au bord de la route. Miloz sent ses jambes trembler de fatigue, et sa bouche est si sèche qu'il ne peut bouger sa langue. Mais la nuit est froide, et il a hâte de repartir pour oublier le froid.

Ils entendent au loin le signal du guide, et ils se remettent en marche sur la route goudronnée. Quand ils passent au-dessus du village de San Antonio, ils voient les lumières qui brillent dans les maisons, ils entendent les bruits des hommes, les voix des chiens, et tous, ils ont le cœur serré, parce qu'ils pensent au village qu'ils ont laissé, quelque part, en Yougoslavie, en Turquie, en Grèce, en Tunisie. Le guide marche non loin en avant, il cherche l'entrée du sentier qui conduit à la frontière. La nuit est noire, épaisse, et les hommes manquent de tomber en heurtant le sol à l'aveuglette. Miloz entend le bruit rauque de la respiration, il sait que le Grec n'est pas loin, derrière lui.

A quelques kilomètres de San Antonio, à un virage, le guide s'arrête devant un mur en ruines. Il ne dit rien, mais tous les hommes comprennent que c'est là qu'ils vont bivouaquer, à l'abri du vent de la nuit. Chacun dépose son fardeau et s'installe dans les broussailles, la tête près du vieux mur, sans souci des scorpions. Miloz écoute la respiration rauque du Grec, la tête appuyée sur la valise de carton bouilli. Puis il s'endort d'un seul coup.

C'est le guide qui les réveille, les uns après les autres. Il fait encore nuit noire, mais la lune s'est levée, magnifique, dans le ciel pur de l'hiver. Il fait un froid glacial, et Miloz voit la buée qui s'échappe des narines du petit homme, comme de la fumée. Il se lève, va prendre le sac de farine, mais le Grec a toujours la tête appuyée dessus. Miloz le secoue, de plus en plus fort pour le réveiller, et il voit que le Grec ne dort pas. Il a les yeux ouverts et il geint.

« Allons, lève-toi », lui dit Miloz en serbe, puis en français il dit, comme le guide : « Marche ! »

L'autre secoue la tête, relève son pantalon, montre sa jambe. A la lueur de la lune, la jambe de l'homme apparaît gonflée, violacée ; la douleur fait couler la sueur sur son visage. Miloz va vers le guide qui s'apprête à partir, il lui montre l'homme couché sur son sac :

« Il ne peut pas. »

Le guide s'approche du Grec, soulève le pantalon. Il n'exprime rien. Il sort de sa poche les quarante mille lires et il les pose à côté du Grec. Il dit quand même :

« Va à San Antonio, quand il fera jour. »

Le Grec comprend que le voyage est fini pour lui et les larmes coulent de ses yeux. Mais il ne dit rien, peut-être parce qu'il ne sait rien dire d'autre que du grec.

Miloz prend la valise de carton bouilli et sans le regarder, il s'en va, il va rejoindre la troupe qui commence à monter par le chemin de mulets, à travers les broussailles, vers la Roche Longue.

La route est sans fin, et les hommes sont perdus tout au long du chemin, à des kilomètres d'intervalle. Maintenant, ils marchent penchés en avant, portant leurs fardeaux, le regard fixé sur les pierres du chemin qui étincellent comme du verre dans la clarté lunaire, sans chercher à se voir, sans chercher à comprendre où ils sont. Miloz sent son cœur plein de haine, pour tout le monde, pour le guide surtout, qu'il aperçoit de temps à autre, simple silhouette au loin glissant à travers les broussailles comme un animal en fuite. Haine pour ce monde, pour ces pierres blessantes, pour les buissons d'épines qui le griffent, pour l'odeur âcre de thym et de terre et pour le vent glacé, et c'est cette haine qui le fait marcher encore, malgré la faim et la soif, malgré les nuits sans sommeil.

Quand le jour commence à poindre, les hommes arrivent tout près de la Roche Longue, au sommet de la côte. Les uns après les autres, ils s'asseyent à côté du guide qui fume une cigarette en regardant le fond de la vallée, le ciel blanchi à l'est, et la brume qui monte du fleuve Roïa. Ils se reposent un moment, et Miloz mange pour la première fois depuis la veille, du pain, du fromage. Les autres l'imitent, sortent leurs provisions de leurs sacs. Le guide continue à fumer, sans rien dire. Puis il montre la ligne droite de la Roche Longue, au-dessus d'eux, que la première lumière éclaire étrangement. Il dit :

« Francia. »

Maintenant ils montent directement, sans prendre de sentiers. Ils suivent les chemins d'avalanches, où la neige s'accroche par plaques. Le guide monte facilement, parce qu'il a les mains libres et les pieds bien chaussés, mais les hommes dérapent, glissent, s'agrippent comme ils peuvent aux broussailles, déchirent leurs vêtements. En glissant sur des cailloux, l'homme qui est devant Miloz, un Turc, peut-être, démolit sa chaussure dont la semelle à demi-détachée pend en arrière comme une espèce de langue. Mais il ne s'arrête même pas pour réparer sa chaussure, et continue comme il peut, écorchant la plante de son pied sur les cailloux tranchants.

Miloz arrive au sommet de la Roche Longue, presque en même temps que le guide, à bout de souffle. Quand il voit l'autre versant, encore dans l'ombre, mystérieux, irréel comme le monde en son commencement, quelque chose se libère en lui, le trouble de vertige. Au-dessous, il y a les ruines d'un village, une ferme abandonnée, des restanques plantées d'oliviers noirs, et le Roc d'Ormea, qui semble un récif dominant une mer d'ombre et de brumes. Miloz aimerait que Lena soit là, en ce moment, pour lui montrer tout cela, comme autrefois, la première fois qu'ils se sont connus, il l'avait guidée sur les chemins de berger de son enfance, jusqu'à l'endroit qu'on appelait la Vallée de Satan, et il serrait sa main fine dans la sienne et il lisait dans ses yeux agrandis l'horreur et l'émerveillement du gouffre.

Il pose sa valise à côté de lui, il s'asseoit sur ses talons, à l'écart du guide. Ils ne se disent rien. Mais pour la première fois, Miloz sent qu'il y a une communication avec l'autre homme. Même s'ils ne se regardent pas, cela se sait, parce que c'est dans la façon qu'ils ont tous les deux d'être assis à croupetons et de regarder le paysage magnifique qui s'étend devant eux.

La lumière apparaît peu à peu sur les montagnes, éclairant d'abord les sommets, et le roc d'Ormea, déchiqueté, surgit au-dessus des vallées sombres. Miloz distingue le chemin qu'ils vont suivre, en France, d'abord depuis le haut de la crête rocheuse, puis vers le sud, contournant le pic rocheux, vers le fond des vallées, à travers la forêt de chênes-verts et de pins. Tout à fait au sud, de l'autre côté du roc d'Ormea et des collines vert sombre, il voit la brume blanche qu'il connaît bien, et qui signifie qu'il y a la mer. C'est tout cela qu'il regarde, accroupi sur ses talons non loin du guide, et tout ce qu'il voit entre en lui comme des mots, comme des pensées. Il sait qu'il n'oubliera pas cela, pour pouvoir le dire plus tard à Lena, pour qu'elle vienne, elle aussi. Ce sont des signes aussi de la fin de la misère, de la fin des désirs inassouvis. La fatigue, le manque de sommeil le font délirer un peu et il entend que les autres hommes arrivent, s'asseyent autour de lui pour regarder à leur tour. Il perçoit le bruit de leurs voix, de leur souffle, tandis que le même mot est murmuré sur toutes les lèvres :

« Francia... Francia... »

Le guide reste immobile encore un long moment, en

équilibre sur ses talons, comme s'il accordait aux hommes le droit de regarder la terre promise. Puis, quand le soleil apparaît derrière les hautes montagnes, de l'autre côté du fleuve Roïa, il se lève, il dit encore : « Marche ! » Et il se met à descendre rapidement la pente, vers le fond du vallon. Il marche sans se retourner, sans attendre. Même Miloz a du mal à le suivre, il titube sur les cailloux qui s'éboulent, ébloui par la lumière. Enfin ils marchent sur le sentier, autour du pic rocheux qui paraît blanc au soleil. Le vent froid se met à souffler dans la vallée, transperce les habits usés des hommes. Au bas de la pente, le guide les attend près d'une source qui jaillit au milieu des chênes, et dont l'eau cascade le long du sentier. Les uns après les autres, les hommes déposent leur fardeau et boivent longuement l'eau glacée, vivante. Les arbres sont épais, il y a des oiseaux qui chantent. Plus loin, le guide fait détaler un lièvre, qu'il essaie de tuer en vain à coup de pierre. Les hommes, eux, sont trop hébétés pour tenter quoique ce soit, malgré la faim qui ronge leur ventre.

Plus loin, le sentier s'élargit, il est empierré. Ils traversent lentement le Plan-du-Lion, vers le village de Castellar. Dans les fermes, les premiers chiens français aboient, et les hommes se baissent un peu, pour disparaître derrière les buissons. Mais personne ne bouge dans les fermes. Peut-être qu'ils dorment encore, malgré la belle lumière du matin. Et maintenant, devant eux, tout à coup, le village est tout proche, perché en haut de son piton rocheux. Quand le guide arrive près de la chapelle, il s'arrête un instant, puis repart plus vite. Miloz descend la pente derrière lui. Les broussailles s'écartent. Sur l'aire goudronnée du parking, devant le village, il y a une camionnette bleue bâchée, à l'avant de la camionnette, Miloz aperçoit le gros Tartamella qui fume une cigarette en écoutant la radio.

*

La vie est longue, et lourde, elle pèse chaque jour, chaque nuit, sur l'ombre de la cave où dorment les hommes. Depuis combien de temps sont-ils là ? Ils ne savent plus. Miloz pense qu'il y a un mois, peut-être deux, ou trois. Peut-être que ce ne sont pas des mois, mais des années ? Quelquefois, l'homme barbu vient, ouvre la porte de la cave, appelle les noms. Il les prononce n'importe comment, en les écorchant, mais chacun s'y reconnaît, et se précipite vers l'escalier, sort au niveau du sol, ébloui par le soleil, titube. L'homme barbu ne dit rien d'autre. Il emmène les hommes qu'il a choisis dans la camionnette bleu bâchée, ou bien c'est Tartamella encore, avec son visage gras et suant qui attend derrière le volant. Où vont-ils ? La camionnette roule longtemps, sur la route sinueuse, traverse des villes, des avenues immenses où toutes les voitures rutilent à la lueur du soleil. Longe des parcs, des jardins pleins de palmiers, longe la mer d'un bleu irréel. Penchés vers l'ouverture de la bâche, les hommes se poussent pour regarder à tour de rôle, la bouche serrée, les yeux avides. Ils voient la vie du dehors, la vie belle et rapide, les reflets, les éclats, les gens qui marchent librement dans la rue, les jolies filles arrêtées devant les vitrines, les enfants qui courent le long des trottoirs.

Chaque jour, Miloz pense à Lena, il y pense si fort que cela lui fait mal. Il voulait écrire, les premiers temps, mais Tartamella ne veut pas. Il dit que la police ouvre les lettres, qu'elle fait des recherches pour surprendre les immigrés clandestins. Il dit qu'on le mettra en prison, ainsi que tous les autres, et qu'on les renverra chez eux. Parfois, Miloz voudrait s'échapper. Quand la camionnette bâchée ralentit, à un feu rouge, ou bien s'arrête parce que Tartamella va

acheter des cigarettes, Miloz écarte la bâche et regarde au-
dehors de toutes ses forces. Tous ses muscles tremblent du
désir de bondir, de courir dans la rue, en pleine lumière, de
disparaître au milieu de la foule. Mais il n'a pas d'argent, pas
de papiers. Tartamella a pris toutes ses économies et sa carte
d'identité, pour les garder en lieu sûr, a-t-il dit, mais Miloz
sait bien que c'est pour le retenir prisonnier, pour l'empêcher
de s'en aller. La camionnette conduit son chargement
d'hommes jusqu'au lieu du travail, une carrière de ciment au
fond d'un vallon obscur, un chantier au bord de la mer, où
l'on construit un grand immeuble de béton, ou bien devant
une bâtisse de banlieue, un hangar, des murs de brique, où il
faut peindre, poncer, passer du crépi, clouer des bois de
coffrage, fixer des poutrelles de fer avec des boulons.

Alors le ciel est bleu et froid au-dessus d'eux, mais ils se
sentent libres à nouveau comme lorsqu'ils ont franchi la
haute montagne pour redescendre vers la vallée brumeuse, à
l'aube, la première fois. Miloz pense à cela. Il rêve chaque
nuit, avant de s'endormir, au moment où il arrivera au
sommet de la montagne, tenant dans sa main la main douce
de Lena, et ils regarderont ensemble l'étendue des vallées,
les pics rocheux, les bois de pins au-dessous d'eux, et la tache
de brume qui indique là où commence la mer. Il rêve à cela,
il parle à Lena, à l'intérieur de lui-même, couché sur le
matelas moisi au fond de la cave. La fatigue l'empêche de
rêver plus longtemps, et il ne sait pas ce qui se passe ensuite,
quand il redescend vers la vallée en tenant la main de Lena.
Peut-être que c'est l'image de Tartamella qui l'empêche de
rêver, et il sombre dans un sommeil lourd, sans entendre les
bruits des respirations des autres hommes, ni le vacarme des
moteurs qui passent à toute vitesse sur la chaussée de
l'avenue.

Il y a combien de temps ? Trois mois, quatre, cinq peut-être ? Miloz sait que le temps a passé à cause de l'hiver qui a fini. Maintenant le soleil brûle sur les chantiers. Les hommes ont abandonné leurs vêtements chauds, sauf le Tunisien qui garde jour et nuit son bonnet de laine noire et son gros chandail. D'autres hommes sont venus. Miloz s'en est aperçu au chantier de construction. Il les a vus, sombres, groupés sous un auvent qui sert à entreposer les compresseurs et les marteaux-piqueurs. Deux jours après, il a traversé le chantier au moment de la pause du déjeuner et il s'est approché d'eux. Ce sont des gens du Maghreb, vêtus encore plus pauvrement qu'eux, et leurs visages sont inquiets, marqués par la fatigue. Miloz s'est approché d'eux, il a essayé de leur parler, en français, puis en italien. Il leur a dit plusieurs fois :

« Vous êtes venus avec Tartamella ? »

Mais ils n'ont rien répondu. Peut-être qu'ils ne comprennent pas. Ils ont détourné leur regard, leur visage sombre a pris une expression encore plus inquiète, hostile. Miloz est retourné vers l'autre bout du chantier. Le contremaître a immédiatement donné le signal du travail, sans leur laisser le temps de manger. Le lendemain, quand l'homme barbu a fait l'appel de ceux qui iraient au chantier, Miloz n'a pas entendu son nom. Pendant trois jours il est resté enfermé dans le sous-sol, sans sortir, et le quatrième jour, on l'a conduit à un autre endroit, dans une montagne pelée où l'on creusait une carrière. La pluie avait transformé le cratère en lac de boue, et tout le jour il a étalé à la pelle les montagnes de boue que crachait la moto-pompe. Puis, quand le soleil est revenu, on l'a mis au pied de la falaise, avec d'autres hommes, un marteau-piqueur à la main, et ils creusaient tout le jour la pierre blanche éblouissante. La nuit ils dormaient dans une roulotte de tôle posée sur des pierres, à l'entrée de la carrière. La carrière était fermée par une clôture de fil de fer barbelé, dont le portail était condamné la nuit par un cadenas. Il y avait aussi un grand chien-loup enchaîné, qui courait attaché à la clôture par un mousqueton passé dans un fil de fer.

Ici, l'on ne voyait plus Tartamella, ni l'homme barbu du sous-sol de la villa. Les hommes qui travaillaient dans la carrière étaient tous étrangers, des Maghrébins à la peau brûlée par le froid et le soleil, vêtus d'indescriptibles haillons, ils étaient sombres et muets, et chaque fois que Miloz avait voulu engager la conversation avec eux, ils avaient détourné la tête sans répondre. Peut-être qu'eux ne comprenaient pas, ou bien qu'ils étaient devenus muets à force de vivre dans la carrière. Les seuls qui venaient de l'extérieur étaient les conducteurs de camions-bennes, et les hommes qui apportaient les gamelles de nourriture aux prisonniers, et qui fermaient le portail et accrochaient la chaîne du chien au fil de fer le long de la clôture. Mais ceux-là étaient aussi sombres et taciturnes que les ouvriers prisonniers de la carrière. Peut-être qu'ils étaient prisonniers eux-mêmes, dans leurs camions, et qu'ils ne pouvaient échapper au rôle qui leur était assigné. Quelquefois, le soir, un des hommes écoutait la radio, sur un vieux poste à transistors en plastique blanc, qui crachotait et envoyait par vagues une étrange musique nasillarde dont personne ne savait ce qu'elle signifiait.

Couché sur le sac de couchage encrassé, la tête appuyée contre la paroi de la roulotte, Miloz écoutait la musique grésillante en pensant à Lena, à la montagne, au village, à ses parents et à ses amis. Mais c'était si loin à présent que c'était devenu une sorte de rêve, irréel et vague, où les êtres et les choses pouvaient se modifier à chaque instant. Seuls les yeux de Lena brillaient d'un éclat fixe, sombres, profonds. Ils le regardaient de l'autre côté de l'espace, l'appelant. Miloz pensait au jour où il pourrait enfin partir, il pensait au long voyage de retour, à l'argent qu'il apporterait pour le mariage. Mais la fatigue l'écrasait avant la fin de son rêve, et il s'endormait avant même d'avoir entendu la chanson nasillarde du poste de radio.

Les jours sont passés ainsi, prisonniers du trou blanc de la carrière calcaire, dans le fracas des marteaux-piqueurs et du concasseur qui transformait la pierre en gravillons pour les jardins des villas et pour le revêtement des routes. Miloz ne sait plus depuis combien de temps il vit là, dans la roulotte aux parois de tôle qui sent la sueur, le tabac et l'urine, sans parler, sans penser, s'arrêtant de creuser la pierre pour manger le ragoût tiède qu'apportent les chauffeurs des camions, et le soir pour dormir écrasé de fatigue. Ce n'est que lorsque le froid revient, après la chaleur brûlante des mois de l'été, et quand les orages éclatent de l'autre côté des montagnes, qu'il compte qu'une année entière s'est écoulée. Il en ressent alors une angoisse très grande, comme s'il découvrait tout à coup qu'il a peu à peu été entouré d'abîmes, une angoisse qui l'oppresse jour et nuit, qui l'empêche de dormir. Cela est venu si brusquement qu'il n'a pas compris au début ce qui serrait sa gorge et son cœur, et rendait ses jambes faibles, et il a cru qu'il était tombé malade. Mais, un soir, couché sur le sac de couchage dans l'obscurité lourde de la roulotte, écoutant au-dehors le bruit du vent sur la pierre, le bruit de la chaîne du chien-loup courant le long de la clôture de barbelés, écoutant au-dedans le bruit régulier des respirations des hommes endormis, et le crépitement léger d'une cigarette qui s'embrasait par moments dans l'ombre, à l'autre bout de la roulotte, il comprend : il a peur de mourir là, maintenant, demain, un jour, bientôt, de mourir prisonnier de cette carrière, sans être revenu jusqu'à Lena, sans l'avoir revue. L'angoisse de la mort est si grande alors qu'il ne peut plus la contenir. Il serre les dents si fort que ses tempes et les muscles de son cou ont mal, et il sent les larmes qui, malgré lui, coulent de ses yeux, mouillent ses joues et ses lèvres. Il crie, d'un cri contenu, un grognement de porc, ou de chien malade, c'est cela qu'il pense malgré lui, et ses poings serrés frappent le sol de la roulotte, les parois de tôle qui résonnent. Les hommes se sont réveillés, mais ils ne disent rien, assis sur leurs sacs de couchage dans le noir, même celui qui fumait a cessé de tirer sur la cigarette. Ils écoutent sans bouger, sans parler, respirant doucement, ils attendent. Les coups de poing cognent sur les parois de tôle, renversent une bouteille, ou une gamelle, frappent le sol, de plus en plus fort, de plus en plus vite, puis ils s'espacent, ils se fatiguent, et tout d'un coup on n'entend plus que la respiration haletante, brouillée de sanglots, et la voix enragée du grand chien qui court le long de la clôture. Puis le silence revient peu à peu, à l'intérieur de la roulotte de tôle. Les hommes se sont à nouveau étendus sur leurs sacs de couchage, et leurs yeux grands ouverts scrutent le noir impénétrable.

C'est cette nuit-là que Miloz a décidé de s'enfuir. Il n'en a pas parlé aux autres, mais sans qu'il sache comment, les hommes ont compris, et ils ont voulu venir avec lui. Le matin, quand le contremaître est arrivé dans le premier camion, les hommes ne se sont pas levés. Ils sont restés assis par terre, dans la lumière du soleil levant, et ils avaient mis sur eux tous leurs vêtements, et leurs sacs étaient posés à côté d'eux. Miloz avait sa valise en carton bouilli, déchirée sur le couvercle, et lui était debout, parce que c'est lui qui devait parler. Le contremaître a tout vu du premier coup d'œil, et il n'est pas descendu du camion. Il a même laissé le moteur tourner, pour pouvoir faire marche arrière si les choses devenaient menaçantes. Quand Miloz s'est approché pour demander l'argent qu'on leur devait, il n'a pas répondu tout de suite, comme s'il réfléchissait. Puis il a parlé, à voix un peu étouffée, pour n'être entendu que de Miloz. Il a parlé du contrat, qui était pour deux ans, et il a promis, que tout le monde serait payé, et que lui, Miloz, pourrait prendre un camion, qu'il deviendrait contremaître, et qu'il retournerait habiter en ville. Les hommes restaient immobiles, assis sur les tas de cailloux, avec leurs baluchons posés à côté d'eux comme s'ils attendaient le train.

Quand le contremaître a compris qu'ils ne bougeraient plus, il a enclenché la marche arrière, et il a reculé brutalement, en laissant le portail grand ouvert. Miloz a entendu le bruit du moteur décroître dans la vallée, puis tout est redevenu silencieux. Le ciel était tendu, d'un bleu intense, et le vent froid soufflait. Mais les hommes sont restés assis dehors, sans bouger, sauf de temps en temps pour aller boire ou uriner. Ils ne parlaient pas, et Miloz regardait avec curiosité, haine et admiration leurs visages sombres et impassibles. Ce n'était pas de lui que le contremaître avait eu peur, mais d'eux, de leur force sans espoir. Toute la matinée, ils sont restés assis sur les pierres, regardant le portail grand ouvert que les rafales de vent faisaient battre en grinçant. Le chien-loup était comme eux, il dormait les yeux ouverts, au pied de la clôture.

Ensuite, vers le milieu du jour, le camion est revenu, et avec le contremaître il y avait l'homme barbu que Miloz avait connu, quand il vivait dans le sous-sol de la villa. C'est lui qui a compté l'argent, et qui l'a donné à chaque homme, par paquets de billets de cent francs. Miloz a reçu sa liasse, et quand il l'a prise, l'homme barbu lui a dit simplement, et c'était une affirmation, pas une question :

« Tu t'en vas aujourd'hui. »

Miloz a tourné la tête, il a regardé du côté des hommes de

la carrière. Mais tous avaient disparu, ainsi que leurs baluchons. Et puis, de l'autre côté des baraquements et des roulottes, Miloz a entendu le bruit du moteur du compresseur, et le grelot aigu des marteaux-piqueurs. Il avait soif. Il a marché vers le robinet d'eau, près du portail, il a bu longuement. Puis il a pris la poignée de sa valise en carton bouilli, et il est sorti de l'enclos, sans se retourner.

Le soleil est bien à mi-chemin du ciel, il brûle fort dans tout le bleu, malgré le vent froid de l'hiver. Miloz marche de plus en plus vite, il redescend la route vers la mer, vers la grande ville pleine de bruit et de mouvement.

Il arrive à la nuit tombante, quand les lampadaires s'allument en faisant de grandes flaques de lumière sur l'asphalte, et que les feux rouges des voitures fuient sans cesse au bout des avenues. Il y a si longtemps qu'il n'a pas été libre que son cœur bat vite et lui fait mal, et qu'il peut à peine respirer. Le bruit et le mouvement des rues fait tourner la tête et l'écœure, alors il s'assoit sur un banc, devant la gare, et il regarde passer les autos. Un car de la police glisse lentement devant lui, et les policiers lui jettent un coup d'œil inquisiteur. Miloz a peur, il recommence à marcher avec sa vieille valise de carton qui cogne contre ses jambes. Il entre dans un bar éclairé par des barres de néon, et il s'assoit tout à fait au fond, le plus loin possible de la porte, à côté de deux hommes qui jouent aux cartes. Il commande de la bière et un sandwich, il mange et boit presque machinalement. Quand le bar ferme, il est à nouveau dans la rue, sans savoir où aller. Il voudrait aller à l'hôtel pour dormir, mais il a peur du regard des veilleurs de nuit des hôtels. Il s'éloigne du centre, le long des avenues sombres, jusqu'à ce qu'il trouve un chantier d'immeuble. C'est là qu'il s'installe pour dormir, couché dans la poussière de ciment, la tête appuyée sur sa vieille valise, enveloppé dans des bouts de carton qu'il a trouvés par terre. Il dort, la main posée contre son cœur, sur la poche de son tricot de corps où il a caché son argent.

Quand le jour vient, il sort du chantier avant que les ouvriers n'arrivent, et il continue à marcher dans la ville, au hasard, d'une rue à l'autre. Les vitrines des magasins brillent fort, les cafés, les restaurants, les devantures des cinémas pleins d'ivresse. Miloz n'ose entrer nulle part, seulement dans les boulangeries, pour acheter des baguettes de pain chaud qu'il mange dans les jardins publics, entouré de pigeons et de moineaux. Il n'ose plus aller dans les bars pour boire de la bière, parce que les gens regardent son visage hirsute, brûlé de soleil et de froid, et ses habits usés et pleins de poussière de ciment.

Mais lui les regarde, avidement presque, comme s'il cherchait à comprendre ce qui les rend si lointains, si indifférents, comme s'ils n'appartenaient pas au même monde. Il y a des jeunes filles si belles, avec des visages clairs et purs auréolés de cheveux blonds, de cheveux noirs, vêtues comme des amazones, balançant doucement leurs hanches, glissant sur le trottoir comme des fées. Mais elles ne le voient pas, elles passent devant lui sans le regarder, leurs beaux yeux cachés par des lunettes de soleil, ou bien fixés au loin, à travers lui. Il les épie dans les jardins publics, dans la rue, sur les reflets des vitrines. Alors il voit son propre visage apparaître, mangé de barbe, avec ses cheveux noirs emmêlés qui font comme un casque, et ses traits amaigris, ses yeux fiévreux, effrayants. Il doit se fuir lui-même, comme font les jeunes filles seules qui traversent la rue quand elles le voient arriver.

La nuit, dans le chantier abandonne, il écoute la rumeur de la ville, les bruits des postes de radio, de télévision, les grondements sourds des autos et les bruits de crécelle des motos. Une nuit, il est réveillé en sursaut. Il regarde dans le noir, sans respirer, et il voit des silhouettes d'hommes qui rôdent sur le chantier. Peut-être qu'ils le cherchent pour le tuer, et lui voler son argent ? Alors, en silence, il se glisse hors de sa couchette, il prend sa valise et il sort du chantier. Quand il est dans la rue, il se met à courir aussi vite qu'il peut, droit devant lui, sans se retourner. Puis il se cache dans un terrain vague, derrière un mur, là où il y a un dépotoir. C'est là qu'il passe la nuit, écoutant le bruit des rats qui galopent dans le terrain vague, dans l'air froid bleu par la lumière électrique.

Alors, quand le jour se lève, il traverse la ville, et il marche vers l'est, le plus loin qu'il peut. Quand il arrive près de la frontière, il remonte vers le nord, et il cherche, jusqu'à ce qu'il retrouve la route par laquelle il est venu, la première fois. Jour après jour, il marche vers la haute montagne, mangeant le pain qu'il a acheté dans les boulangeries de la ville, buvant l'eau des fontaines. Déjà, le ciel est plus bleu, et l'odeur des forêts de mélèzes lui rend ses forces. Il marche sur les sentiers de cailloux aigus, à travers la garrigue et les chênes-verts. Quand il n'y a plus de maisons, seulement de temps à autre les murs écroulés d'une ancienne ferme, ou des restanques abandonnées, Miloz n'a plus peur. Il monte vers le haut de la montagne, peinant sous le soleil éblouissant de l'hiver, comme s'il remontait vers le commencement du temps, là où il n'y a plus de haine, ni de désespoir.

Le silence est grand, le froid brûle la peau du visage et des mains, fait pleurer les yeux. Alors, à un moment, entre les rocs escarpés, contre le ciel pur, Miloz voit la Roche Longue, pareille au bord d'une fenêtre d'où on peut apercevoir l'éternité. C'est là qu'il va, escaladant la pente qui s'éboule, presque sans respirer, écorchant ses mains et ses genoux, traînant sa valise qui s'abîme sur les pierres aiguës. La fatigue pèse sur lui, l'air manque, et chaque fois qu'il sent

qu'il va tomber, il dit à haute voix, comme le passeur :
« Marche ! Marche ! » Quand il est au sommet, c'est le soir,
et il voit le paysage de l'autre côté, les vallonnements, les
villages qui fument dans l'ombre. Tout à fait en bas, dans la
faille sombre de la terre, monte la brume cotonneuse le long
du fleuve Roïa, celui qu'il a traversé il y a un an, le fleuve
presque sans eau de l'oubli. Malgré le vent glacé qui vient
des cimes enneigées, il se couche sur le bord de la falaise, et
les yeux agrandis par la fatigue, il regarde au loin, comme si
son regard pouvait éveiller quelque part, malgré le temps,
malgré le silence, les yeux de Lena.

*Ô voleur, voleur,
quelle vie est la tienne ?*

Dis-moi, comment tout a commencé ?

Je ne sais pas, je ne sais plus, il y a si longtemps, je n'ai plus souvenir du temps maintenant, c'est la vie que je mène. Je suis né au Portugal, à Ericeira, c'était en ce temps-là un petit village de pêcheurs pas loin de Lisbonne, tout blanc au-dessus de la mer. Ensuite mon père a dû partir pour des raisons politiques, et avec ma mère et ma tante on s'est installés en France, et je n'ai jamais revu mon grand-père. C'était juste après la guerre, je crois qu'il est mort à cette époque-là. Mais je me souviens bien de lui, c'était un pêcheur, il me racontait des histoires, mais maintenant je ne parle presque plus le portugais. Après cela, j'ai travaillé comme apprenti maçon avec mon père, et puis il est mort, et ma mère a dû travailler aussi, et moi je suis entré dans une entreprise, une affaire de rénovation de vieilles maisons, ça marchait bien. En ce temps-là, j'étais comme tout le monde, j'avais un travail, j'étais marié, j'avais des amis, je ne pensais pas au lendemain, je ne pensais pas à la maladie, ni aux accidents, je travaillais beaucoup et l'argent était rare, mais je ne savais pas que j'avais de la chance.   Après ça je me suis spécialisé dans l'électricité, c'est moi qui refaisais les circuits électriques, j'installais les appareils ménagers, l'éclairage, je faisais les branchements. Ça me plaisait bien, c'était un bon travail.   C'est si loin que je me demande parfois si c'est vrai, si c'était vraiment comme ça, si ce n'est pas plutôt un rêve que je faisais à ce moment-là, quand tout était si paisible et normal, quand je rentrais chez moi le soir à sept heures et quand j'ouvrais la porte je sentais l'air chaud de la maison, j'entendais les cris des gosses, la voix de ma femme, et elle venait vers moi, elle m'embrassait, et je m'allongeais sur le lit avant de manger, parce que j'étais fourbu, et je regardais sur le plafond les taches d'ombre que faisait l'abat-jour. Je ne pensais à rien, l'avenir ça n'existait pas en ce temps-là, ni le passé. Je ne savais pas que j'avais de la chance.

Et maintenant ?

Ah, maintenant, tout a changé. Ce qui est terrible, c'est que ça s'est passé d'un seul coup, quand j'ai perdu mon travail, parce que l'entreprise avait fait faillite. On a dit que c'est le patron, il était endetté jusqu'au cou, tout était hypothéqué. Alors il a filé un jour, sans prévenir, il nous devait trois mois de salaire et il venait juste d'encaisser un acompte sur un travail. Les journaux ont parlé de ça, mais on ne l'a jamais revu, ni lui ni l'argent. Alors tout le monde s'est retrouvé sans rien, ça a fait comme un grand trou dans lequel on est tous tombés. Les autres, je ne sais pas ce qu'ils sont devenus, je crois qu'ils sont partis ailleurs, ils connaissaient des gens qui pouvaient les aider. Au début j'ai cru que tout allait s'arranger, j'ai cru que j'allais retrouver du travail facilement, mais il n'y avait rien, parce que les entrepreneurs engagent des gens qui n'ont pas de famille, des étrangers, c'est plus facile quand ils veulent s'en débarrasser. Et pour

l'électricité, je n'avais pas de C.A.P., personne ne m'aurait
confié un travail comme ça. Alors les mois sont passés et je
n'avais toujours rien, et c'était difficile de manger, de payer
l'éducation de mes fils, ma femme ne pouvait pas travailler,
elle avait des ennuis de santé, on n'avait même pas d'argent
pour acheter les médicaments. Et puis un de mes amis qui
venait de se marier m'a prêté son travail, et je suis allé
travailler trois mois en Belgique, dans les hauts fourneaux.
C'était dur, surtout que je devais vivre tout seul à l'hôtel,
mais j'ai gagné pas mal d'argent, et avec ça j'ai pu acheter
une auto, une Peugeot fourgonnette, celle que j'ai encore. En
ce temps-là je m'étais mis dans la tête qu'avec une fourgonnette, je pourrais peut-être faire du transport pour les
chantiers, ou bien chercher des légumes au marché. Mais
après, ç'a été encore plus dur, parce que je n'avais plus rien
du tout, j'avais même perdu les allocations. On allait mourir
de faim, ma femme, mes enfants. C'est comme ça que je me
suis décidé. Au début, je me suis dit que c'était provisoire, le
temps de trouver un peu d'argent, le temps d'attendre.
Maintenant ça fait trois ans que ça dure, je sais que ça ne
changera plus.   S'il n'y avait pas ma femme, les enfants,
je pourrais peut-être m'en aller, je ne sais pas, au Canada,
en Australie, n'importe où, changer d'endroit, changer de
vie...

Est-ce qu'ils savent ?

Mes enfants ? Non, non, eux ne savent rien, on ne peut
pas leur dire, ils sont trop jeunes, ils ne comprendraient pas
que leur père est devenu un voleur. Au début, je ne voulais
pas le dire à ma femme, je lui disais que j'avais fini par
trouver du travail, que j'étais gardien de nuit sur les
chantiers, mais elle voyait bien tout ce que je ramenais, les

postes de télévision, les chaînes hi-fi, les appareils ménagers, ou bien les bibelots, l'argenterie, parce que j'entreposais tout ça dans le garage, et elle a bien fini par se douter de quelque chose. Elle n'a rien dit, mais je voyais bien qu'elle se doutait de quelque chose. Qu'est-ce qu'elle pouvait dire ? Au point où nous en étions arrivés, nous n'avions plus rien à perdre. C'était ça, ou mendier dans la rue...   Elle n'a rien dit, non, mais un jour elle est entrée dans le garage pendant que je déchargeais la voiture, en attendant l'acheteur. J'avais tout de suite trouvé un bon acheteur, tu comprends, lui il gagnait gros sans courir de risques. Il avait un magasin d'électro-ménager en ville, et un autre magasin d'antiquités ailleurs, dans les environs de Paris je crois. Il achetait tout ça au dixième de la valeur. Les antiquités, il les payait mieux, mais il ne prenait pas n'importe quoi, il disait qu'il fallait que ça vaille la peine, parce que c'était risqué. Un jour il m'a refusé une pendule, une vieille pendule, parce qu'il m'a dit qu'il n'y en avait que trois ou quatre comme ça dans le monde, et il risquait de se faire repérer. Alors j'ai donné la pendule à ma femme, mais ça ne lui a pas plu, je crois bien qu'elle l'a jetée à la poubelle quelques jours plus tard. Peut-être que ça lui faisait peur.   Oui, alors, ce jour-là, pendant que je déchargeais la fourgonnette, elle est arrivée, elle m'a regardé, elle a un peu souri, mais je sentais bien qu'elle était triste dans le fond, et elle m'a dit seulement, je m'en souviens bien : il n'y a pas de danger ? J'ai eu honte, je lui ai dit non, et de partir, parce que l'acheteur allait arriver, et je ne voulais pas qu'il la voie.   Non, je ne voudrais pas que mes enfants apprennent cela, ils sont trop jeunes. Ils croient que je travaille comme avant. Maintenant je leur dis que je travaille la nuit, et que c'est pour ça que je dois partir la nuit, et que je dors une partie de la journée.

Tu aimes cette vie ?

Non, au début je n'aimais pas ça du tout, mais maintenant, qu'est-ce que je peux faire ?

Tu sors toutes les nuits ?

Ça dépend. Ça dépend des endroits. Il y a des quartiers où il n'y a personne pendant l'été, d'autres où c'est pendant l'hiver. Quelquefois je reste longtemps sans, enfin, sans sortir, il faut que j'attende, parce que je sais que je risque de me faire prendre. Mais quelquefois on a besoin d'argent à la maison, pour les vêtements, pour les médicaments. Ou bien il faut payer le loyer, l'électricité. Il faut que je me débrouille.   Je cherche les morts.

Les morts ?

Oui, tu comprends, tu lis le journal, et quand tu vois quelqu'un qui est mort, un riche, tu sais que le jour de l'enterrement tu vas pouvoir visiter sa maison.

C'est comme ça que tu fais, en général ?

Ça dépend, il n'y a pas de règles. Il y a des coups que je ne fais que la nuit, quand c'est dans des quartiers éloignés, parce que je sais que je serai tranquille. Quelquefois je peux faire ça le jour, vers une heure de l'après-midi. En général, je ne veux pas faire ça le jour, j'attends la nuit, même le petit matin, tu sais, vers trois-quatre heures, c'est le meilleur moment, parce qu'il n'y a plus personne dans les rues, même les flics dorment à cette heure-là. Mais je n'entre jamais dans une maison quand il y a quelqu'un.

Comment sais-tu qu'il n'y a personne ?

Ça se voit tout de suite, c'est vrai, quand tu as l'habitude. La poussière devant la porte, ou les feuilles mortes, ou bien les journaux empilés sur les boîtes aux lettres.

Tu entres par la porte ?

Quand c'est facile, oui, je force la serrure, ou bien je me sers d'une fausse clé. Si ça résiste, j'essaie de passer par une fenêtre. Je casse un carreau, avec une ventouse, et je passe par la fenêtre. Je mets toujours des gants pour ne pas laisser de traces, et puis pour ne pas me blesser.

Et les alarmes ?

Si c'est compliqué, je laisse tomber. Mais en général, c'est des trucs simples, tu les vois du premier coup d'œil, tu n'as qu'à couper les fils.

Qu'est-ce que tu emportes, de préférence ?

Tu sais, quand tu entres, comme ça, dans une maison que tu ne connais pas, tu ne sais pas ce que tu vas trouver. Tu dois faire vite, c'est tout, pour le cas où quelqu'un t'aurait repéré. Alors tu prends ce qui se vend bien et sans problèmes, les télévisions, les chaînes stéréo, les appareils ménagers, ou alors l'argenterie, les bibelots, à condition qu'ils ne soient pas trop encombrants, les tableaux, les vases, les statues.

Les bijoux ?

Non, pas souvent. D'ailleurs quand les gens s'en vont, ils ne laissent pas leurs bijoux derrière eux. Les bouteilles de vin, aussi, c'est intéressant, ça se vend bien. Et puis les gens ne font pas très attention à leurs caves, ils ne mettent pas de serrures de sûreté, ils ne surveillent pas tellement ce qui se passe. Ensuite, il faut tout charger, très vite, et puis partir. Heureusement que j'ai une voiture, sans quoi je ne pourrai pas faire ça. Ou alors il faudrait que je fasse partie d'une bande, que je devienne un vrai gangster, quoi. Mais ça ne me plairait pas, parce qu'eux je crois qu'ils font ça par plaisir plus que par besoin, ils veulent s'enrichir, ils cherchent le maximum, faire le gros coup, tandis que moi je fais ça pour vivre, pour que ma femme et mes gosses aient de quoi manger, des vêtements, pour que mes gosses aient une éducation, un vrai métier.   Si je retrouvais demain du travail, je m'arrêterais tout de suite de voler, je pourrais de nouveau rentrer chez moi tranquillement, le soir, je m'allongerais sur le lit avant le dîner, je regarderais les taches d'ombre sur le plafond, sans penser à rien, sans penser à l'avenir, sans avoir peur de rien... Maintenant, j'ai l'impression que ma vie est vide, qu'il n'y a rien derrière tout ça, comme un décor. Les maisons, les gens, les voitures, j'ai l'impression que tout est faux et truqué, qu'un jour on va me dire, tout ça est de la comédie, ça n'appartient à personne.   Alors, pour ne pas penser à cela, l'après-midi, je sors dans la rue, et je commence à marcher au hasard, marcher, marcher, au soleil ou sous la pluie, et je me sens un étranger, comme si j'arrivais juste par le train et que je ne connaissais personne dans la ville, personne.

Et tes amis ?

Oh, tu sais, les amis, quand tu as des problèmes, quand ils savent que tu as perdu ton travail et que tu n'as plus d'argent, au début ils sont bien gentils, mais après ils ont peur que tu ne viennes leur demander de l'argent, alors... Tu ne fais pas très attention, et un jour tu t'aperçois que tu ne vois plus personne, que tu ne connais plus personne... Vraiment comme si tu étais un étranger, et que tu venais de débarquer du train.

Tu crois que ça redeviendra comme avant ?

Je ne sais pas... Quelquefois je pense que c'est un mauvais moment, que ça va passer, que je vais recommencer mon travail, dans la maçonnerie, ou bien dans l'électricité, tout ce que je faisais, autrefois... Mais aussi, quelquefois, je me dis que ça ne finira jamais, jamais, parce que les gens riches n'ont pas de considération pour ceux qui sont dans la misère, ils s'en moquent, ils gardent leurs richesses pour eux, enfermées dans leurs maisons vides, dans leurs coffres-forts. Et pour avoir quelque chose, pour avoir une miette, il faut que tu entres chez eux et que tu le prennes toi-même.

Qu'est-ce que ça te fait, quand tu penses que tu es devenu un voleur ?

Si, ça me fait quelque chose, ça me serre la gorge et ça m'accable, tu sais, quelquefois, le soir, je rentre à la maison à l'heure du dîner, et ce n'est plus du tout comme autrefois, il y a juste des sandwiches froids, et je mange en regardant la télévision, avec les gosses qui ne disent rien. Alors je vois que ma femme me regarde, elle ne dit rien elle non plus, mais elle a l'air si fatigué, elle a les yeux gris et tristes, et je me souviens de ce qu'elle m'a dit, la première fois, quand elle m'a demandé s'il n'y avait pas de danger. Moi, je lui ai dit non, mais ça n'était pas vrai, parce que je sais bien qu'un jour, c'est fatal, il y aura un problème. Déjà, trois ou quatre fois, ça a failli tourner mal, il y a des gens qui m'ont tiré dessus à coups de fusil. Je suis habillé tout en noir, en survêtement, j'ai des gants noirs et une cagoule, et heureusement à cause de ça ils m'ont raté, parce qu'ils ne me voyaient pas dans la nuit. Mais une fois, c'est fatal, il le faut bien, ça arrivera, peut-être cette nuit, peut-être demain, qui peut le dire ? Peut-être que les flics m'attraperont, et je ferai des années en prison, ou bien peut-être que je ne pourrai pas courir assez vite quand on me tirera dessus, et je serai mort. mort.   C'est à elle que je pense, à ma femme, pas à moi, moi je ne vaux rien, je n'ai pas d'importance. C'est à elle que je pense, et à mes enfants aussi, que deviendront-ils, qui pensera à eux, sur cette terre ?   Quand je vivais encore à Ericeira, mon grand-père s'occupait bien de moi, je me souviens d'une poésie qu'il me chantonnait souvent, et je me demande pourquoi je me suis souvenu de celle-là plutôt que d'une autre, peut-être que c'est ça la destinée ? Est-ce que tu comprends un peu le portugais ? Ça se chantait comme ça, écoute :

O ladraõ ! Ladraõ !
Que vida e tua ?
Comer e beber
Passear pela rua.
Era meia noite
Quando o ladraõ veio
Bateu tres pancadas
A'porta do meio.

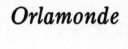

Orlamonde

*Toute ressemblance avec des événements
ayant existé est impossible.*

Annah est assise dans l'embrasure de la grande fenêtre en
ogive. C'est l'endroit qu'elle aime le mieux au monde. Elle
l'aime parce que c'est l'endroit du monde où l'on voit le
mieux la mer et le ciel, rien d'autre que la mer et le ciel,
comme si la terre et les hommes avaient cessé d'exister. Elle
l'a choisi parce qu'il est tout à fait isolé, si haut, si secret que
personne ne pourrait la trouver là. Comme l'aire d'un oiseau
de mer, accrochée à une falaise, qui semble voler au-dessus
du monde. Annah est très contente d'avoir trouvé cet
endroit. Il y a si longtemps, deux ans, peut-être davantage,
quand sa mère est revenue d'Afrique, après la mort de son
père. Pierre était resté en bas, parce qu'à cette époque il
avait le vertige, et elle avait commencé à escalader le mur de
pierres, en s'aidant des crevasses et des moellons qui
faisaient saillie, et elle était arrivée comme cela jusqu'aux
portiques. Elle avait un peu le vertige, à chaque fois, mais
en même temps son cœur battait si fort que cela faisait
une ivresse qui décuplait ses forces et la poussait jusqu'en
haut.

Quand elle arrivait en haut du mur, et qu'elle sentait sous
ses doigts le bord de la fenêtre, c'était si bien ! Alors elle se
glissait à l'intérieur de l'ouverture, et elle appuyait son dos

contre la colonne de pierre, les jambes repliées en tailleur ; et elle regardait le ciel et la mer, comme elle ne les avait jamais vus : l'horizon net, un peu courbe, et l'étendue sombre où les vagues semblent immobiles, ourlées d'un trait d'écume. Ici, c'était sa chambre, sa maison, où personne ne pouvait venir. Quand elle venait ici, Pierre allait jusqu'au bas de la falaise, devant la mer, et il s'installait dans les rochers, parmi les ajoncs, pour faire le guet. Quelquefois elle entendait son sifflement aigu, ou bien son appel porté par le vent :

« Ohoo-héé !... »

Et elle répondait comme lui, en mettant ses mains en porte-voix :

« Ohéé-héé !... »

Mais ils ne se voyaient pas. Quand elle était ici, dans sa maison, Annah ne voyait rien d'autre que le ciel et la mer.

Le soleil avançait devant elle, sa lumière éclairait le fond de l'alcove, et il y avait, sur la mer, le grand chemin qui ressemble à une cascade de feu. Cela aussi, c'était bien. Alors elle ne pensait plus à rien, tout pouvait s'effacer. Elle n'oubliait pas, non, mais les gens et les choses de l'autre monde n'avaient plus la même importance. C'était comme d'être une mouette et de voler au-dessus des rues de la ville qui gronde, par-dessus les grandes maisons grises, par-dessus les jardins humides, les écoles et les hôpitaux.

Annah pensait parfois à sa mère qui était malade, dans le grand hôpital en haut de la ville. Mais quand elle était ici, dans sa maison, en haut de la muraille abandonnée face à la mer, elle pouvait y penser sans que cela lui fasse mal. Elle regardait le ciel bleu, la mer couverte d'étincelles, elle sentait la chaleur du soleil qui entrait jusqu'au centre de son corps, parce qu'elle allait ensuite apporter tout cela à sa mère, dans le dortoir. Elle lui tenait la main très fort, et la lumière et la couleur de la mer entraient dans le corps de sa mère.

« Tu travailles bien à l'école ? »

C'était la question que lui posait toujours sa mère. Annah disait « oui » de la tête, en serrant très fort la main amaigrie et fiévreuse, en guettant avec angoisse sur son visage, jusqu'à ce qu'apparaisse le pâle sourire qu'elle connaissait bien. Personne ne lui disait qu'Annah manquait l'école presque tous les jours depuis trois mois, pour aller regarder la mer et le ciel. Le visage de la petite fille était maintenant couleur de pain brûlé, et ses yeux brillaient d'une lueur étrange.

Seul Pierre savait où elle se cachait. Mais il ne l'aurait dit à personne, même si on l'avait battu. Il l'avait juré en levant sa main droite, et en tenant Annah par la main gauche. Tous les jours, après l'école, il courait le long de la mer, jusqu'aux rochers éboulés. Il se cachait un instant dans les broussailles et il attendait un bon moment sans bouger, pour le cas où quelqu'un regarderait. Puis il sifflait entre son pouce et son index, et le sifflement strident faisait un écho au fond du vieux théâtre en ruines. Il attendait, le cœur battant. Au bout d'un instant, il entendait le coup de sifflet d'Annah, affaibli par le vent qui soufflait en haut de la falaise. C'était Pierre qui avait montré à Annah comment on siffle en mettant deux doigts entre ses lèvres.

Il y a si longtemps que tout cela a commencé. Et aujourd'hui, se peut-il que cela finisse ? Annah est assise dans l'embrasure de la haute fenêtre, et malgré la brûlure du soleil d'hiver, elle tremble et ses dents se heurtent nerveusement. Elle sait qu'elle est seule. Personne d'autre n'est avec elle, et c'est comme si elle attendait la mort. Avant, elle croyait que ça n'était pas difficile d'attendre la mort. Il suffisait d'être indifférente, dure comme un caillou, et la peur ne pouvait pas entrer. Mais aujourd'hui, seule dans sa cachette, elle tremble de tout son corps. Si, au moins, Pierre était là. Peut-être qu'elle aurait plus de courage. Elle essaie de siffler, mais elle tremble si fort qu'elle n'y arrive pas. Alors elle crie le signal :

« Ohé-héé ! »

mais son appel se perd dans le vent.

Elle écoute de toutes ses forces, pour entendre le moment où arriveront les destructeurs. Elle ne sait pas qui ils sont, mais elle sait qu'ils vont venir, maintenant, pour faire tomber les murs d'Orlamonde.

Annah écoute de toutes ses forces. Elle écoute le bruit étrange que fait le vent dans les structures métalliques, dans la grande salle vide, sous les arches de pierre. Elle se souvient de la première fois qu'elle a marché dans le théâtre abandonné. Elle avançait le long du couloir de béton. L'air sombre la suffoquait, après toute la lumière du ciel et de la mer. Plus loin, elle est entrée dans la maison fantôme, elle a gravi les escaliers de marbre et de stucs, elle s'est arrêtée dans le patio éclairé par une lueur de grotte, elle a regardé les décors écroulés, les colonnades torsadées qui soutenaient les verrières brisées, la vasque de pierre avec sa fontaine tarie, et elle frissonnait, comme si elle était la première à violer le secret de cette thébaïde. Elle a ressenti pour la première fois cette impression étrange, comme quelqu'un caché qui vous regarde. Au début, cela lui a fait peur, mais ce n'était pas un regard hostile, au contraire, c'était un regard très doux, lointain comme dans un rêve, un regard qui venait de tous les côtés à la fois, qui l'environnait, se mêlait à elle. Alors elle est revenue en arrière guidée par la musique gémissante du vent qui entrechoquait les structures métalliques sur le plafond du théâtre abandonné. La musique lente et grinçante lui donnait l'impression de voler jusqu'au dehors, dans l'éblouissement du ciel.

Ils viennent, ils vont venir. Déjà Orlamonde est entourée de palissades et de barbelés. Ils ont mis tous leurs panneaux, où il y a écrit des mots terribles, comme des ordres :

Chantier interdit
Danger de mort
Tir de mines

Ils ont amené les machines jaunes, la grue dont l'immense flèche oscille dans le vent, les compresseurs, les bulldozers, et aussi la machine qui porte au bout de son bras une grande boule de métal noir. Pierre dit que c'est pour abattre les murs, il en a vu une comme ça en ville, elle balance son poids et elle le lâche sur les maisons qui s'effondrent comme si elles étaient en poussière.

Il y a plusieurs jours que les machines sont là, et Annah attend dans sa maison, au sommet de la muraille. Elle sait que, si elle s'en va, les destructeurs mettront leurs machines en marche et feront tomber tous les murs.

Elle entend leurs voix, au-dessus d'elle. Ils entrent dans le domaine d'Orlamonde par la grand-route, ils traversent les jardins en terrasse où vivent les ronces et les chats errants. Annah entend le bruit de leurs bottes qui résonne sur les toits de ciment, dans les couloirs du théâtre abandonné. Elle pense aux chats qui s'enfuient, aux lézards qui s'immobilisent au bord des fissures, leur gorge palpitante. Son cœur se met à battre plus vite et plus fort, et elle pense aussi qu'elle voudrait s'enfuir, se cacher au bas de la falaise, dans les éboulis. Mais elle n'ose pas bouger, de peur que les ouvriers ne la voient. Elle se rencoigne le plus qu'elle peut au fond de l'alcôve, en repliant ses jambes sous elle, en cachant ses mains dans les poches de son anorak.

Le temps passe lentement, quand il apporte la destruction. En clignant des yeux, Annah voit le ciel qu'elle aime se couvrir d'oiseaux, de mouches, de toiles d'araignée. La mer lointaine est pareille à une plaque de fer, dure, lisse, miroitante. Le vent souffle avec force, un vent froid qui glace le corps de la petite fille, qui brouille ses yeux de larmes. Elle attend, et elle tremble. Elle voudrait que quelque chose éclate, que les grandes machines jaunes entrent en action, enfin, libérant leurs mâchoires, leurs bras, leurs rostres, lâchant sur les vieux murs leurs masses fracassantes. Mais il n'y a rien. Seulement un petit grelot de moteur, très faible, et le bruit des marteaux-piqueurs quelque part sur les terrasses. Quand le soleil est à sa place de midi d'hiver, Annah appelle de nouveau son ami. Elle siffle entre ses doigts, et elle crie : « Ohé-héé !... »

Mais personne ne répond. Peut-être qu'on sait qu'il doit venir la rejoindre, et qu'on l'a enfermé en classe, à l'intérieur des hauts murs de l'école. Peut-être qu'on l'interroge, pour qu'il dise tout ce qu'il sait. Mais il a juré à Annah, en levant sa main droite et en tenant la petite fille par la main gauche, et elle sait qu'il ne parlera pas.

Le silence revient sur le chantier. C'est midi, et les ouvriers démolisseurs sont en train de manger. Ou peut-être qu'ils sont partis pour toujours ? Annah est si fatiguée d'avoir attendu, et aussi à cause du froid et de la faim, qu'elle glisse un peu sur elle-même, et elle appuie sa tête sur son épaule droite. Le soleil brille en milliers d'étoiles sur la mer, ouvre le chemin de feu sur lequel on glisse, on s'en va.

Elle rêve, peut-être. Au bout du chemin d'étincelles, il y a sa mère qui l'attend, debout, vêtue de sa robe d'été bleu pâle, et la lumière brille sur ses cheveux noirs, sur ses épaules nues. Elle est transfigurée, légère, comme autrefois quand elle revenait de la plage, et que les gouttes d'eau de mer roulaient lentement sur la peau de ses bras en brillant. Elle est belle et heureuse, comme si elle ne devait jamais mourir. C'est pour la voir qu'Annah vient ici, dans sa cachette, en haut de la muraille. Et puis il y a ce regard qui est autour d'elle, c'est le regard d'un vieil homme qu'elle ne connaît pas, mais qui vit ici, dans ces ruines. C'est lui qui l'a guidée, la première fois, jusqu'à la fenêtre en ogive, d'où on voit toute l'étendue de la mer. Il est ailleurs, il est calme et lointain, un peu triste aussi, et toujours il lui montre la mer. Annah aime sentir son regard, ici, sur elle, et partout autour d'elle, sur les vieux murs de ciment, sur les terrasses ruinées, sur les jardins suspendus envahis par les chiendents et les acanthes.

Pourquoi veulent-ils tout détruire ? Quand Annah a dit à Pierre qu'elle resterait là-haut, dans sa maison, même si elle devait mourir, il n'a pas répondu. Alors elle lui a fait jurer de ne jamais révéler sa cachette à personne, même si on le battait, même si on lui brûlait la plante des pieds avec une bougie.

C'est à elle, ici, à personne d'autre. Il y a si longtemps qu'elle connaît chaque pierre, chaque touffe de thym, chaque buisson d'épines. Au début, elle avait peur d'Orlamonde, parce que c'était un endroit sauvage et désert, et que le vieux théâtre abandonné ressemblait à un château hanté. Pierre, lui, n'y venait jamais. Il préférait rester en bas, caché dans les éboulis, pour faire le guet. C'est lui qui avait annoncé à Annah la nouvelle, quand les destructeurs étaient venus pour la première fois. Il l'avait dit une fois, très vite, et puis il l'avait répété, plusieurs fois, parce que la petite fille ne comprenait pas ; et à la fin, elle avait ressenti un grand froid, et sa tête s'était mise à tourner, comme si elle allait s'évanouir. Ensuite, elle avait couru jusqu'à Orlamonde, et elle avait vu les palissades et les barbelés, les écriteaux, et aussi les grandes machines jaunes arrêtées sur le bord de la grand-route, tout en haut, pareilles à des insectes monstrueux.

Soudain, elle entend les détonations. Ce sont des coups terribles qui résonnent dans la muraille de pierre, qui font tomber de la poussière sur ses cheveux. Au bout du bras qui balaie, la masse de fonte vole lourdement, et tombe sur les murs du vieux théâtre. Annah attendait cela, et pourtant elle ne peut s'empêcher de crier de peur. De toutes ses forces, elle s'agrippe aux rebords de la fenêtre, elle se colle à la muraille. Mais les coups viennent, longs, espacés, si violents que le corps de la petite fille tressaute et souffre. Le bruit des premiers murs qui s'écroulent est terrible. L'odeur âcre de la poussière flotte dans l'air, il y a un nuage gris qui couvre le ciel et la mer, qui étouffe le soleil. Annah voudrait crier, pour que tout s'arrête, mais la peur l'en empêche, et les vibrations la poussent vers le vide. Le fracas des murs qui tombe est tout près, maintenant. Au bout du bras géant, la boule noire oscille, tombe, se soulève, tombe encore. Ils vont tout détruire, peut-être, toute la terre, les rochers, les montagnes, et puis enfouir la mer et le ciel sous les décombres et la poussière. Annah est couchée sur le rebord de la fenêtre, elle pleure en attendant le coup qui va l'écraser, qui va détruire la maison qu'elle aimait.

Les coups se rapprochent, frappent si près qu'elle sent dans ses poumons la poudre et l'odeur de soufre, et qu'elle voit les étincelles qui pleuvent. C'est au fond d'elle que la masse pesante cogne, aveuglément, s'acharne, fait tomber les murs, défonce les planchers, tord les structures métalliques qui grincent, avance peu à peu vers la muraille de pierre debout devant la mer et le ciel.

Puis, incompréhensiblement, tout s'arrête. Le silence revient, épais, lourd d'angoisse. La poussière retombe, comme après une éruption. Il y a des cris, des appels. Les destructeurs sont descendus jusqu'au pied de la muraille, ils regardent vers la fenêtre. Annah comprend que c'est Pierre qui l'a trahie. Il a parlé, il a guidé les hommes jusqu'à sa cachette. Et maintenant, ils l'appellent, ils l'attendent. Mais elle ne bouge pas.

Devant elle, il y a un homme. Il est monté par une échelle, et il la regarde, appuyé sur le rebord de la fenêtre. « Qu'est-ce que tu fais là ? » Il parle doucement, il tend sa main vers elle. « Allez, viens, tu ne peux pas rester ici. » Annah secoue la tête. Sa gorge est trop serrée pour qu'elle puisse parler. Le bruit terrible de la destruction est resté à l'intérieur de son corps, et c'est comme si elle ne pourrait plus jamais parler. L'homme se penche, il prend la petite fille dans ses bras. Il est très fort, son bleu de travail est couvert de poussière et de gravats, son casque jaune brille au soleil.

Maintenant, Annah ressent une très grande fatigue, ses yeux se ferment malgré elle, comme si elle allait s'endormir. Quand ils arrivent au bas de l'échelle, l'homme la dépose par terre. Les ouvriers sont là, immobiles, sans rien dire, leurs casques jaunes brillent très fort. Pierre est debout à côté d'eux, et quand elle le regarde, il a un sourire bizarre, comme une grimace, et malgré sa douleur Annah a envie de rire. Elle hausse les épaules, et elle pense : il faudra bien trouver autre chose.

Malgré la chaleur du soleil et la sécheresse de la poussière, Annah tremble de froid. L'homme au casque jaune veut lui mettre un blouson d'ouvrier sur les épaules, mais elle se dégage et refuse. Parmi les hommes qui sont là, il y a aussi quelqu'un avec un complet marron trop grand pour lui, et Annah reconnaît l'un des surveillants de l'école. Ensemble ils marchent vers le haut de la falaise, là où la camionnette bleue de la police attend sur la grand-route.

Annah sait qu'elle ne parlera pas, qu'elle ne dira rien, jamais rien. En montant le sentier vers la camionnette de la police, elle se retourne un peu, et elle regarde le mur de pierres une dernière fois, et la mer qui étincelle. Orlamonde n'existe plus, ce ne sont que des ruines couleur de vieille poussière. Le regard du vieil homme s'éloigne déjà, pareil à la fumée d'un feu étouffé. Mais le reflet du soleil sur la mer brille sur le visage et dans les yeux sombres de la petite fille, avec la lumière qu'on n'éteint pas de la colère.

David

Quelquefois, il croit que la rue est à lui. C'est le seul endroit qu'il aime, vraiment, surtout au lever du jour, quand il n'y a encore personne, et que les voitures sont froides. David voudrait que ce soit toujours comme cela, avec le ciel clair au-dessus des maisons sombres, et le silence, le grand silence, qu'on croirait descendu du ciel pour apaiser la terre. Mais est-ce qu'il y a des anges ? Autrefois sa mère lui racontait de longues histoires où il y avait des anges aux grandes ailes de lumière, qui planaient dans le ciel au-dessus de la ville, et descendaient pour porter secours à ceux qui en avaient besoin, et elle disait qu'on savait que l'ange était là quand on sentait sur son cou un passage de vent, rapide et léger comme un souffle qui vous faisait frissonner. Son frère Edouard se moquait de lui parce qu'il croyait ces histoires, et il disait que les anges, ça n'existait pas, qu'il n'y avait rien d'autre dans le ciel que des avions. Et les nuages ? Mais pourquoi les nuages prouvaient l'existence des anges ? David ne s'en souvient plus, et il a beau faire des efforts, rien ne lui revient.

Mais le matin, maintenant, c'est libre, trop libre, parce qu'il n'y a plus rien, plus personne qui attend. Pourtant il voudrait que cela ne cesse jamais, parce que c'est après que c'est terrible, après, quand le jour est vraiment commencé, et que roulent les voitures, les cars, les motos, et que marchent tous les gens, au visage si dur. Où vont-ils ? Que veulent-ils ? David préfère penser aux anges, à ceux qui volent si haut qu'ils ne voient même plus la terre, seulement le tapis blanc des nuages qui glisse lentement sous leurs ailes. Mais il faut que le ciel soit toujours du matin, très grand, et pur, parce que c'est l'instant où les anges doivent pouvoir planer longtemps, sans risquer de rencontrer un avion.

La rue, à six heures du matin, est belle et calme. Dès qu'il a refermé la porte de l'appartement, et mis le cordon où est suspendue la clé autour de son cou, et remonté la fermeture à glissière de son blouson de plastique bleu, David se lance dans la rue. Il court entre les voitures arrêtées, il remonte les volées d'escaliers, il s'arrête au centre de la placette, le cœur battant, comme si quelqu'un le suivait. Il n'y a personne, et le jour se lève à peine, éclaircissant le ciel gris, tandis que les maisons sont encore sombres, volets clos, fermées dans le sommeil frileux du matin. Il y a des pigeons, déjà, qui s'envolent devant David dans un grand froissement d'ailes. Ils vont sur les rebords des toits, ils roucoulent. Il n'y a pas encore de grondements de moteurs, pas encore de voix d'hommes.

David marche jusqu'à la porte de l'école, sans même s'en rendre compte. C'est une vilaine bâtisse de ciment gris qui s'est insinuée entre les vieilles maisons de pierre, et David regarde la porte peinte en vert sombre, où les pieds des enfants ont laissé des meurtrissures, vers le bas. Mais il n'est peut-être pas venu par hasard ; simplement il veut la regarder encore une fois, la porte, et aussi le mur avec ses graffiti, l'escalier taché de chewing-gum, les vieilles fenêtres crasseuses bouchées par le grillage. Il veut regarder tout, et l'idée que c'est pour la dernière fois fait battre son cœur plus vite, comme si déjà tout était changé, et qu'il était chassé, poursuivi. C'est la dernière fois, la dernière fois, c'est ce qu'il pense, et cela tourne dans sa tête jusqu'au vertige. Il ne l'a dit à personne, ni à sa mère, mais maintenant, c'est sûr, tout est achevé.

Il reste tout de même longtemps là, assis sur les marches du petit escalier qui conduit à la porte, jusqu'à ce que le bruit de l'arroseur le tire de sa rêverie. L'eau jaillit du tuyau en faisant des déchirures et des détonations, ruisselle le long des ruelles. Le jet fait résonner les carrosseries des voitures arrêtées, chasse les ordures le long des caniveaux. David se lève, il s'éloigne de l'école, il commence la traversée de la ville.

Au-delà de la grande avenue, c'est la ville nouvelle, mystérieuse, dangereuse. Il y est allé déjà, avec son frère Edouard, il se souvient de tout, des magasins, des grands immeubles debout devant leurs aires goudronnées, les réverbères plus haut que les arbres, qui font la nuit leur lumière orangée, éblouissante. Ce sont les endroits où l'on ne va pas, dont l'ont ne sait rien. Les endroits où l'on se perd.

La ville est grande, si grande qu'on n'en voit jamais la fin. Peut-être qu'on pourrait marcher des jours et des jours le long de la même avenue, et la nuit viendrait, et le soleil se lèverait, et on marcherait toujours le long des murs, on traverserait des rues, des parkings, des esplanades, et on verrait toujours miroiter à l'horizon, comme un mirage, les glaces et les phares des autos.

C'est cela, partir pour ne jamais revenir. Le cœur de David se serre un peu, parce qu'il se souvient des paroles de son frère Edouard, avant qu'il ne parte : « Un jour, je m'en irai, et jamais plus vous ne me reverrez. » Il avait dit cela sans forfanterie, mais avec le regard si plein de sombre désespoir que David était allé se cacher dans l'alcôve pour pleurer. C'est toujours terrible de dire les choses, et puis de les faire.

Aujourd'hui, ça n'est pas un jour comme un autre. La lumière de l'été est venue, pour la première fois, sur les façades des maisons, sur les carrosseries des voitures. Elle fait des étoiles partout, brûlantes pour les yeux, et malgré sa crainte et ses doutes, David se sent tout de même content d'être dans la rue. C'est pour cela qu'il est parti de l'appartement, très tôt, dès que sa mère a refermé la porte pour aller travailler, il est sorti sans même manger le bout de pain beurré qu'elle avait laissé sur la table, il a dévalé les escaliers, et il est sorti, en courant, avec la clé qui battait sur sa poitrine. C'est pour cela, et aussi à cause de son frère Edouard, parce qu'il y a pensé toute la nuit, enfin, une bonne partie de la nuit, avant de dormir.

« Je m'en irai très loin, et je ne reviendrai jamais. » C'est ce que son frère Edouard avait dit, mais il avait attendu presque un an avant de le faire. Sa mère croyait qu'il n'y pensait plus, et tout le monde — enfin, ceux qui l'avaient entendu dire cela — pensait la même chose, mais David, lui, n'avait pas oublié. Il y pensait tous les jours, et la nuit aussi, mais il ne disait rien. D'ailleurs cela n'aurait servi à rien de dire : « Quand est-ce que tu vas partir pour toujours ? » parce que son frère Edouard aurait sûrement haussé les épaules sans répondre. Peut-être qu'il n'en savait rien à ce moment-là.

C'était un jour comme aujourd'hui, David s'en souvient très bien. Il y avait le même soleil dans le ciel bleu, et les rues de la vieille ville étaient propres et vides, comme après la pluie, parce que l'arroseur public venait de passer. Mais c'était très vide et très effrayant, et la lumière qui brillait sur les fenêtres, en haut des maisons, et les roucoulements des pigeons, et les voix des enfants qu'on entendait, qui s'appelaient d'une maison à l'autre, dans le dédale des ruelles encore obscures, et même le calme et le silence du matin étaient terribles, parce que David et sa mère n'avaient pas dormi cette nuit-là, à attendre qu'il revienne, à guetter les coups qu'il frappait à la porte, toujours les mêmes coups : tap-tap-tap, tap-tap. Ensuite, comme c'était un dimanche et que sa mère n'allait pas travailler, il y avait tellement d'angoisse dans le petit appartement que David n'avait pas pu le supporter, et il était sorti tout le jour, marchant à travers les rues, allant de maison en maison, pour chercher un signe, entendre une voix, jusque dans les jardins publics, jusque sur la plage. Les mouettes s'étaient envolées tandis qu'il marchait le long du rivage, se reposant un peu plus loin, piaillant parce qu'elles n'aimaient pas qu'on les dérange.

Mais David ne veut pas trop penser à ce jour-là, parce qu'il sait que l'angoisse va peut-être revenir, et il pense alors à sa mère, assise sur la chaise devant la fenêtre, attendant aussi immobile et lourde qu'une statue. Il s'assoit sur un banc de la placette, il regarde les gens qui commencent à bouger, et les enfants qui courent en criant, avant l'ouverture de l'école.

C'est dur d'être seul quand on est petit. David pense à son frère Edouard, il se souvient de lui maintenant avec netteté, comme s'il était parti avant-hier. Lui avait quatorze ans, il venait d'avoir quatorze ans quand c'est arrivé, tandis que David a à peine neuf ans. C'est trop petit pour partir, c'est peut-être pour cela que son frère Edouard n'a pas voulu de lui. A neuf ans, est-ce qu'on sait courir, est-ce qu'on sait se battre, gagner sa vie, est-ce qu'on sait ne pas se perdre ? Pourtant, un jour ils s'étaient battus dans l'appartement, à propos de quoi ? Il ne sait plus, mais ils s'étaient battus pour de vrai, et avant de l'immobiliser avec une clé au cou, son frère Edouard était tombé, c'était David qui l'avait fait tomber en lui faisant un croc-en-jambe, et son frère avait dit, en soufflant un peu : « Tu sais bien te battre, toi, pour un petit. » David s'en souvient très bien.

Où est-il maintenant ? David pense si fort à lui qu'il sent son cœur cogner à grands coups dans sa poitrine. Est-il possible qu'il ne l'entende pas, là où il est, qu'il ne sente pas sur lui le regard qui l'appelle ? Mais il est peut-être au bout de la ville, plus loin encore, au-delà des boulevards et des avenues qui font comme des fossés infranchissables, de l'autre côté des falaises blanches des grands immeubles, perdu, abandonné. C'est à cause de l'argent qu'il est parti, parce que sa mère ne voulait rien lui donner, parce qu'elle lui prenait ses gains d'apprenti-mécanicien, et qu'il n'y avait jamais d'argent pour aller au cinéma, pour jouer au football, pour acheter des glaces ou jouer aux billards électriques dans les cafés.

L'argent est sale, David le déteste, et il déteste son frère Edouard d'être parti à cause de cela. L'argent est laid, et David le méprise. L'autre jour, devant son ami Hoceddine, David a jeté une pièce de monnaie dans un trou du trottoir, comme cela, pour le plaisir. Mais Hoceddine lui a dit qu'il était fou, et il a cherché à repêcher la pièce avec une baguette, sans y arriver. Quand il aura de l'argent David pense qu'il le jettera par terre, ou dans la mer, pour que personne ne le trouve. Lui, il n'a besoin de rien. Quand il a faim, dans la rue, il rôde autour des épiceries, et il prend ce qu'il peut, une pomme, ou une tomate, et il se sauve très vite à travers les ruelles. Comme il est petit, il peut entrer dans des tas de cachettes, des soupiraux, des dessous d'escaliers, des réduits de poubelle, des coins de porte. Personne ne peut le prendre. Il se sauve très loin, et il mange le fruit lentement, sans se salir. Il jette les peaux et les graines dans un caniveau. Il aime surtout les tomates, ça a toujours étonné son frère Edouard, c'est même comme ça qu'il l'avait surnommé, autrefois, « Tomate », mais sans méchanceté, peut-être même que dans le fond il l'admirait pour ça, c'était la seule chose qu'il ne pouvait pas faire.

Si, il aimait bien son nom, aussi, ce nom de David. C'était le nom de leur père, avant qu'il soit mort dans un accident de camion, il s'appelait David Mathis, mais lui était si jeune qu'il ne s'en souvenait même plus. Et leur mère ne voulait jamais leur parler de leur père, sauf pour dire quelquefois qu'il était mort sans rien lui laisser, parce qu'elle avait été obligée alors de commencer ce travail de femme de ménage pour nourrir ses deux enfants. Mais son frère Edouard devait se souvenir de lui, parce qu'il avait six ou sept ans quand son père était mort, alors peut-être pour cela, quelquefois, il avait une drôle de voix, et son regard était troublé, quand il répétait son nom : « David... David... »

Quand il avance dans la grande avenue, le bruit des voitures et des camions est tout d'un coup terrible, insupportable. Le soleil brille fort dans le ciel, jetant des éclairs sur les carrosseries, éclairant les hautes façades des immeubles blancs. Il y a des gens qui marchent sur le trottoir, mais ce ne sont pas des gens pauvres comme dans la vieille ville, arabes, juifs, étrangers vêtus de vieux vêtements gris et bleus, ici ce sont des gens que David ne connaît pas, très grands, très forts. David est content d'être petit, parce que personne ne semble le voir, personne ne peut remarquer ses pieds nus dans des chaussures de caoutchouc, ni son pantalon élimé aux genoux, ni surtout son visage maigre et pâle, ses yeux sombres. Pendant un instant, il veut retourner en arrière pendant qu'il en est encore temps, et sa main machinalement serre la clé qui pend autour de son cou. Mais toujours, quand il a peur de quelque chose, il pense à

l'histoire que sa mère lui a racontée, celle du jeune berger qui
avait tué un géant, d'une seule pierre ronde lancée avec sa
fronde, quand tous les soldats, et même le grand roi étaient
terrifiés. David aime cette histoire, et son frère Edouard
l'aime aussi, et c'est pour cela peut-être qu'il répétait comme
cela son nom, comme s'il y avait quelque chose de surnaturel
dans les syllabes du nom. Autrefois, avec lui, il n'aurait pas
eu peur de marcher ici, dans cette rue dont on ne voit pas la
fin. Mais aujourd'hui, ça n'est pas pareil, parce qu'il sait que
son frère Edouard a marché ici, avant de disparaître. Il le
sait au fond de lui-même, mieux que s'il voyait ses traces sur
le ciment du trottoir. Par là, il est venu, puis il a disparu,
pour toujours. David voudrait oublier le sens de ces mots
« pour toujours », parce qu'ils lui font mal, ils rongent
l'intérieur de son corps, de son ventre.

Mais il faut faire attention aux gens, aux passants, qui
avancent, avancent aveuglément. Le soleil est haut dans
le ciel sans nuage, les immeubles blancs resplendissent.
Jamais David n'avait vu tant de gens, tous inconnus, et des
vitrines, des restaurants, des cafés. Son frère Edouard est
venu par là, parce que c'était l'argent qu'il voulait, il voulait
conquérir l'argent. Dans les rues sombres, dans l'appartement, dans les couloirs humides, sans lumière, la pauvreté
est comme un drap mouillé sur la peau, ou pire, comme une
peau sale et moite qu'on ne peut enlever. Mais ici, la lumière
et le bruit brûlent la peau, brûlent les yeux, les grondements
des moteurs arrachent les souvenirs. David fait des efforts
désespérés pour ne pas oublier tout cela, il veut se souvenir
toujours. Son frère Edouard lui a dit qu'il valait mieux
mourir en prison que de continuer à vivre là, dans l'appartement obscur Mais quand David a répété cela à sa mère, elle
s'est mise en colère, et elle a menacé de l'enfermer en maison
de correction, très loin, longtemps. Elle a dit qu'il serait un

voleur, un assassin, et d'autres choses encore que David n'a pas bien comprises, mais son frère Edouard était très pâle, et il écoutait, et il y avait une lueur dans ses yeux sombres que David n'aimait pas voir, et aujourd'hui encore, quand il s'en souvient, son cœur se met à bondir comme s'il avait peur.

« Lâche, sale dégonflé, cafard, salaud », c'est ce qu'a dit son frère Edouard le lendemain, et il l'a battu de toutes ses forces, en lui cognant même sur la figure à coups de poing, jusqu'à ce que David pleure. C'est pour cela qu'il est parti, donc, pour toujours, parce que David avait parlé à sa mère, avait dit qu'il valait mieux mourir en prison.

Alors David se sent bien fatigué, tout d'un coup. Il regarde en arrière, et il voit l'étendue de l'avenue qu'il a parcourue, les immeubles, les autos, les camions, tout cela pareil à ce qui est devant lui. Où aller ? Il va à un arrêt d'autobus, il s'assoit sur le petit banc en plastique. Par terre, il y a des tickets usagés, jetés par les gens. David en ramasse un, et quand l'autobus arrive, il fait signe, et il monte dedans, et il poinçonne l'extrémité intacte du ticket. Il va s'asseoir au fond, si un contrôleur monte, c'est plus facile de descendre avant qu'il n'arrive. Autrefois, son frère Edouard l'emmenait au stade comme cela, le dimanche, et avec l'argent de l'autobus, ils achetaient de la gomme. David préférait acheter un morceau de pain chaud dans une boulangerie. Mais aujourd'hui, il n'a même pas une pièce pour acheter du pain. Il pense à la pièce qu'il a jetée dans le trou du trottoir, peut-être qu'il aurait dû essayer de la repêcher, aujourd'hui ?

L'autobus longe le lit du rio sec, là où il y a de grandes esplanades couvertes de voitures immobiles et des terrains vagues sans herbe. Il y a maintenant de grandes murailles debout au bord du fleuve, avec des milliers de fenêtres toutes identiques, où brille la lumière du soleil, comme si elle ne devait jamais s'arrêter. Loin, loin, mais où est la ville ? Où est la mer, où sont les ruelles obscures, les escaliers, les toits où roucoulent les pigeons ? Là, il semble qu'il n'y ait jamais rien eu d'autre, jamais rien que ces murailles et ces esplanades, et les terrains vagues où l'herbe ne pousse pas.

Quand l'autobus arrive à son terminus, David recommence à marcher sur l'avenue, le long du rio sec. Puis, voyant un escalier, il descend jusqu'au lit du fleuve, et il s'assoit sur les galets. Le soleil de l'après-midi brûle fort, il dessèche tout. Sur le lit du fleuve, parmi les tas de galets, il y a des branches mortes, des débris de caisse, même un vieux matelas aux ressorts rouillés. David se met à marcher sur les galets entre les débris, comme s'il cherchait quelque chose. C'est bien, ici, on n'entend presque plus les voitures et les camions, sauf de temps en temps un crissement aigu de freins, ou bien un long coup de klaxon qui semble aboyer au-delà des murailles des immeubles. C'est un endroit pour les rats et pour les chiens errants, et David n'a pas peur d'eux. Tout de même, il choisit sur la plage une belle pierre, bien polie et ronde, comme le berger de l'histoire qu'il aime, et il la met dans sa poche. Avec la pierre, il se sent plus rassuré.

Il reste longtemps sur le lit du rio sec. Ici, pour la première fois, il se sent bien, loin de la ville, loin des autos et des camions. La lumière du soleil est moins vive déjà, le ciel se voile de brume. De chaque côté du fleuve, les immeubles se dressent, montagnes de ciment aux fenêtres minuscules pareilles à des trous de serpent. Le ciel est vaste, et David pense aux nuages qu'il aimait regarder autrefois, couché sur le dos dans les jardins, ou bien sur les cailloux de la plage. Alors on voyait la forme des anges, le reflet jaune du soleil sur les plumes de leurs ailes. Il n'en parlait à personne, parce qu'il ne faut parler des anges à personne.

Aujourd'hui, maintenant, peut-être qu'ils vont revenir,

parce qu'il le faudra bien. David se couche sur le lit du fleuve, comme autrefois, et il regarde le ciel éblouissant entre ses paupières serrées. Il regarde, il attend, il veut voir passer quelque chose, quelqu'un, fût-ce un oiseau, pour le suivre du regard, essayer de partir avec lui. Mais le ciel est tout à fait vide, pâle et brillant, il étend son vide qui fait mal à l'intérieur du corps.

Il y a si longtemps que David n'a pas ressenti cela : comme un tourbillon qui grandit au fond de lui, qui écarte toutes les limites, comme si l'on était alors un moucheron minuscule voletant devant un phare allumé. David se souvient maintenant du jour où il avait cherché son frère Edouard, à travers toutes les ruelles, sur les places, au fond des cours, même en l'appelant. C'était un dimanche, il faisait froid, parce que c'était encore le plein hiver. Le ciel était gris, et il y avait du vent. Mais en lui il y avait une inquiétude qui grandissait, à n'en plus pouvoir tenir dans son corps, et son cœur battait, parce que sa mère attendait seule à la maison, immobile et froide sur la chaise, les yeux fixés sur la porte. A la plage il l'avait trouvé, avec d'autres garçons de son âge. Ils étaient assis en rond, protégés des regards et du vent froid par le mur de soutènement de la chaussée. Quand David s'était approché, un des garçons, le plus jeune, qui s'appelait Corto, s'était retourné et il avait dit quelque chose, et les autres étaient restés immobiles, mais son frère Edouard était venu vers lui, et il avait dit d'une voix dure : « Qu'est-ce que tu veux ? » Et il avait des yeux étranges et brillants, comme de fièvre, qui faisaient peur. Comme David restait sans répondre, il avait ajouté, de sa voix brutale d'étranger : « C'est elle qui t'envoie pour m'espionner ? Fous le camp d'ici, rentre à la maison. » Alors Corto était venu, et c'était un garçon étrange qui avait un visage de fille, et un corps long et mince comme celui d'une fille, mais une voix grave pour son âge, et il avait dit : « Laisse-le. Peut-être qu'il veut jouer au ballon avec nous ? » Son frère Edouard était resté immobile, comme s'il ne comprenait pas. Corto avait dit à David, cette fois, avec un sourire bizarre : « Viens, petit, on fait une belle partie de ballon. » Alors machinalement, David avait suivi Corto jusque-là où ils étaient assis en cercle sur les cailloux et il avait vu par terre, au milieu, sur un sac en plastique, un tube de dissolution bouché, et il y avait aussi une feuille de papier buvard pliée en deux, que les garçons se passaient de main en main, et à tour de rôle ils mettaient leur figure dans la feuille et ils respiraient en fermant les yeux, et ils toussaient un peu. Alors Corto avait tendu la feuille pliée à David, et il lui avait dit : « Vas-y, respire un bon coup, tu vas voir les étoiles. » Et dans la feuille de buvard il y avait une grande tache de colle visqueuse, et quand David avait reniflé, l'odeur était entrée au fond de lui d'un seul coup, et lui avait tourné la tête, et il s'était mis à trembler, puis à pleurer, à cause du vide qu'il y avait là, sur la plage, près du mur sale, avec Edouard qui n'était pas rentré à la maison depuis le matin.

Ensuite il s'était passé quelque chose d'étrange, David s'en souvient très bien. Son frère Edouard avait mis le bras autour de lui, et il l'avait aidé à se lever, et à marcher sur la plage, et il avait marché avec lui à travers les rues de la vieille ville, et il était entré dans l'appartement, et sa mère n'avait rien osé dire, ni crier, pourtant il était resté dehors tout le jour sans rentrer même déjeuner, mais il l'avait conduit jusqu'au lit, dans l'alcôve, et il l'avait aidé à se coucher, et après il s'était couché à son tour. Mais ce n'était pas pour dormir, parce que David avait vu ses yeux ouverts qui le regardaient jusqu'au moment où il avait sombré dans le sommeil.

Maintenant, c'est comme cela, le tourbillon revient,

creuse son vide dans la tête et dans le corps, et l'on bascule comme si on tombait dans un trou profond. C'est le silence et la solitude qui en sont la cause. David regarde autour de lui, l'étendue de galets poussiéreux, les débris qui jonchent le lit du fleuve, et il sent le poids du silence. Le ciel est très clair, un peu jaune à cause du soleil qui se couche. Personne ne vient, par ici, personne jamais. C'est un endroit seulement pour les rats, et pour les mouches plates qui cherchent leur nourriture parmi les détritus que les hommes ont laissés sur le lit du fleuve.

David aussi a faim. Il pense qu'il n'a rien mangé depuis hier soir, rien bu non plus. Il a soif et faim, mais il ne veut pas retourner vers la vieille ville. Il marche sur les plages de galets jusqu'au cours d'eau qui serpente lentement. L'eau est froide et transparente, et David boit longuement, à genoux sur les galets, le visage tout près de l'eau. D'avoir bu comme cela, il se sent un peu mieux, et il a la force de remonter le lit du fleuve, jusqu'à une rampe d'accès un peu en amont. C'est là que les camions viennent décharger leurs bennes, des pierres, des gravats, de la boue.

David quitte les bords du rio sec, il retourne au milieu des maisons, pour chercher à manger. Les immeubles blancs font une sorte de demi-cercle, encadrant une grande place couverte d'autos arrêtées. Au fond de la place, il y a un centre commercial, avec une large porte sombre. Déjà, les lumières brillent autour de la porte, pour faire croire que la nuit est venue.

David aime bien la nuit. Il n'a pas peur d'elle, mais au contraire, il sait qu'il peut se cacher quand elle est là, comme s'il devenait invisible. Dans le supermarché, il y a beaucoup de lumières. Les gens vont et viennent avec leurs petits chariots de métal. David sait comment il doit faire. C'est son ami Lucas qui le lui a dit, la première fois. Il faut choisir des gens avec qui on va entrer, bien choisir des gens qui ont l'air convenable, avec un jeune enfant peut-être. Le mieux, c'est les grands-parents, qui poussent un chariot avec un bébé dedans. Ils marchent lentement, et ils ne font pas attention à ce qui les entoure, alors on peut entrer avec eux, et faire comme si on était avec eux, tantôt devant, tantôt derrière. Les surveillants ne surveillent pas les grands-parents avec des enfants.

David attend un peu, dans un coin du parking. Il voit une grande voiture noire s'arrêter et en sortent un homme et une femme encore jeunes, accompagnés de toute leur famille, cinq enfants. Il y a trois filles et deux garçons, les filles sont grandes et belles, avec de longs cheveux blond foncé qui tombent en cascade sur leurs épaules, sauf la plus petite, qui a quatre ou cinq ans, et qui a des cheveux bruns. Les deux garçons ont entre douze et quinze ans, ils ressemblent à leur père, ils sont grands et minces, la peau bronzée par le soleil, et leurs cheveux sont châtain. Tous ensemble, ils vont vers la porte du Super. La petite fille s'est installée dans un chariot de métal, et c'est l'aînée qui la pousse, en riant aux éclats. La mère l'appelle, elle crie leurs noms : « Christiane ! Isa ! » Et les garçons courent après elles et arrêtent le chariot.

David les suit, de loin d'abord, puis il entre avec eux à l'intérieur du Super. Il est si près d'eux qu'il les entend parler, il écoute tout ce qu'ils disent. Les enfants vont par groupes de deux, ils se réunissent, ils courent, ils reviennent, ils entourent même David, mais sans le voir, comme s'il n'était qu'une ombre. Ils entraînent leurs parents vers la pâtisserie, et David en profite pour prendre un pain qu'il mange sans se presser, tranche après tranche. Les filles sont belles, et David les regarde avec une attention presque douloureuse. La lumière électrique brille sur leurs cheveux blonds, sur leurs anoraks de plastique bleu ou rouge. La plus grande s'appelle Sonia, elle doit avoir seize ans, et c'est elle surtout que David regarde. Elle est si sûre d'elle, elle parle si bien, avec sa voix chantante, en écartant les mèches qui tombent sur ses joues, qui frôlent ses lèvres. David pense à son frère Edouard, à son visage sombre et dur, à ses yeux noirs qui brûlaient de fièvre, il pense à Corto aussi, sur la plage, à son regard trouble, à son teint pâle, aux cernes bruns qui salissaient son visage, il pense au vent froid sur la plage déserte. Les enfants tournent autour de lui, crient, rient, s'interpellent. David écoute avidement leurs noms qui résonnent : « Alain ! Isa ! Dino ! Sonia !... » A un moment, les parents se retournent, ils regardent avec étonnement David qui mange ses tranches de pain, comme s'ils allaient lui dire quelque chose. Mais David se détourne, il s'arrête et les laisse partir, puis il recommence à les suivre, mais de loin. En passant devant le rayon des biscuits, il choisit un paquet de galettes au fromage, et il commence à les grignoter. Mais elles sont trop salées et elles lui donnent soif. Alors il repose le paquet entamé et il prend une boîte de biscuits à la figue, qu'il aime bien. La famille, devant lui, entasse beaucoup de choses sur le chariot, des biscuits, de l'eau minérale, du lait, des sacs de pommes de terre, des paquets de pâtes, du savon. Le chariot est si lourd que ce sont les deux garçons à présent qui le poussent, et la petite fille suce son pouce avec l'air de s'ennuyer.

David pense qu'il aimerait bien les suivre comme ça toute sa vie, jusqu'au bout du monde, jusque chez eux. Le soir, ils rentreraient dans une belle maison claire, entourée d'un frais jardin rempli de fleurs et de saules, et ils mangeraient tous autour d'une grande table, comme celles qu'on voit au cinéma, où il y aurait toutes sortes de mets, et des fruits, et des glaces dans des coupes. Et leurs parents parleraient avec eux, et ils raconteraient tous des histoires, de longues histoires qui les feraient rire aux éclats, et ensuite ce serait l'heure de se coucher, d'abord la petite Christiane, et ils lui raconteraient une histoire pour l'endormir, chacun son tour, jusqu'à ce que ses yeux se ferment, puis ils iraient se coucher dans leur lit, chacun aurait un lit pour soi, avec des draps ornés de dessins comme on voit, et la chambre serait grande et peinte en bleu pâle. Et avant de dormir, Sonia viendrait en chemise de nuit, avec ses longs cheveux blonds qui roulent sur ses épaules, et elle lui donnerait un baiser, du bout des lèvres, et il sentirait la chaleur de son cou et le parfum de ses cheveux, juste avant d'entrer dans le sommeil. Ça serait juste comme ça, David peut le voir en fermant les yeux.

Maintenant, ils passent tous devant le rayon des fruits, et ils s'arrêtent pour choisir. David revient au milieu d'eux, il veut tellement entendre encore leurs voix, sentir leur parfum. Il s'arrête juste à côté de Sonia, et pour elle il choisit une belle pomme rouge, et il la lui tend. Elle le regarde un peu étonnée, puis elle sourit gentiment et elle lui dit merci, mais elle ne la prend pas. Puis la famille s'éloigne de nouveau, et David mange la pomme lentement, les yeux un peu brouillés de larmes, sans comprendre pourquoi il a envie de pleurer. Il les regarde s'éloigner vers l'autre bout du grand magasin, tourner derrière une montagne de bouteilles de bière. Alors, sans se cacher, il sort du Super, en passant entre les caisses, et il va finir sa pomme dehors, en regardant la nuit qui s'est installée sur le parking.

Il reste là longtemps, assis sur une borne de ciment, près de la sortie du parking, à regarder les voitures allumer leurs phares et partir. Les unes après les autres, elles font claquer leurs portes, et puis elles glissent au loin, elles disparaissent, avec leurs feux rouges et leurs clignotants. Malgré le froid de

la nuit, David aime bien voir les autos s'en aller, comme
cela, avec leurs lumières et les reflets sur leur carrosserie.
Mais il faut faire attention aux policiers, et aux gardiens. Ils
ont des voitures noires, parfois des vélomoteurs, et ils
tournent lentement sur les parkings à la recherche des
voleurs. Tout d'un coup, David voit quelqu'un qui le
regarde. C'est un homme grand et fort, au visage brutal, qui
est sorti du Super par une porte de service et qui a marché
sans bruit sur la chaussée, derrière David. Maintenant, il est
là, il le regarde, et à la lumière de la façade du Super ses
yeux brillent bizarrement. Mais ce n'est pas un gardien, ni
un policier. Il tient dans sa main un sac de pop-corn, et il
appuie de temps en temps sa main sur sa bouche, pour
avaler le maïs éclaté, sans cesser de regarder du côté de
David, avec ses yeux noirs, très brillants. David le regarde
de temps à autre du coin de l'œil, et il le voit qui s'approche,
il entend le bruit que fait sa grosse main quand elle fouille
dans le sac de pop-corn. Il est tout près, maintenant, et le
cœur de David se met à battre très fort, parce qu'il se
souvient des histoires qu'on raconte, à l'école, des types fous
et obsédés qui enlèvent les enfants pour les tuer. En même
temps, la peur l'empêche de bouger, et il reste assis sur la
borne de ciment, à regarder droit devant lui le parking
presque vide où la lumière des réverbères fait de grandes
taches jaunes.

« Tu veux du pop-corn ? » Quand David entend la voix de
l'homme, il a parlé doucement, mais avec quelque chose qui
a tremblé un peu, comme s'il avait peur, lui aussi, David
bondit de la borne et il se met à courir aussi vite qu'il peut
vers l'entrée du parking, là où il y a encore des voitures
arrêtées. Dès qu'il a passé une voiture, il s'arrête, il s'aplatit
sur le sol et il rampe sous les voitures, passant de l'une à
l'autre, puis il s'immobilise à nouveau, et il regarde autour

de lui. L'homme est là, il a couru derrière lui, mais il est trop gros pour se baisser, il marche à grands pas le long des voitures. David voit ses jambes passer, s'éloigner. Il attend encore un peu, et il rampe en sens inverse. Quand il sort de dessous un camion arrêté, il voit la silhouette de l'homme, très loin qui s'éloigne en regardant autour de lui.

Maintenant, David a moins peur, mais il n'ose plus marcher dans la nuit. La plate-forme du camion est recouverte d'une bâche, et David défait un côté, et il se glisse sous la bâche. La tôle est froide, couverte de poussière de ciment. Près de l'habitacle, David trouve de vieilles toiles, et il fait son lit avec elles. La faim, la peur, et toute cette journée passée dehors à marcher l'ont fatigué. Il se couche sur les toiles, et il s'endort en écoutant le bruit des moteurs qui passent sur la route, le long du rio sec. Il pense peut-être encore une fois à son frère Edouard, seul comme lui dans la nuit, ce soir.

Quand l'aube se rompt, avant même qu'il fasse jour, David s'éveille. Le froid de la nuit l'a endolori, et aussi le dur plancher de la plate-forme du camion. Le vent fait claquer la bâche, l'écartant et la rabattant en laissant passer l'air froid et humide, et le gris de l'aube.

David descend du camion, il marche à travers le parking. La grand-route est déserte, encore éclairée par les flaques jaunes des lampadaires. Mais David aime bien cette heure, si tôt que tous les habitants de la ville semblent avoir fui loin dans les collines. Peut-être qu'ils ne reviendront jamais, eux non plus ?

Sans se presser, il traverse la route et longe le quai. En bas le rio sec est vaste et silencieux. Le lit de galets s'étend à perte de vue en amont et en aval. Au centre, le mince filet d'eau coule inlassablement, encore sombre, couleur de nuit. David descend la rampe d'accès au fleuve, il marche sur les galets. Il a l'impression que le bruit de ses pas doit réveiller des animaux endormis, de grosses mouches plates, des taons, des rats. Quand il arrive près de l'eau, il s'assoit sur ses talons, il regarde le courant qui passe avec force, lançant ses tourbillons, creusant ses remous.

Peu à peu, la lumière augmente, les galets gris commencent à briller, l'eau devient plus légère, transparente. Il y a une sorte de brume qui monte du lit du fleuve, de sorte qu'à présent David ne voit plus les berges, ni les lampadaires, ni les laides maisons aux fenêtres fermées. Il frissonne, et du bout de la main il touche l'eau, la prend dans ses doigts. Il ne sait pourquoi, il pense tout d'un coup à sa mère qui doit l'attendre dans l'appartement obscur, assise sur une chaise devant la porte. Il voulait revenir avec son frère Edouard, maintenant il sait que c'est pour cela qu'il est parti, et il sait aussi qu'il ne le trouvera pas. Il n'avait pas voulu y penser pour ne pas attirer le mauvais sort, mais il croyait que le hasard le guiderait à travers toutes ces rues, ces boulevards, au milieu de tous ces gens qui savent où ils vont, vers l'endroit qu'il ne savait pas. Il n'a rien trouvé, le hasard n'existe pas. Même s'il cherchait cent ans, il ne pourrait pas le trouver. Il sait cela à présent, sans désespoir, mais comme si quelque chose avait changé au fond de lui, et qu'il ne serait plus jamais le même.

Alors il regarde la lumière venir peu à peu sur le lit du fleuve. Le ciel est pur et froid, la lumière est froide aussi, mais elle fait du bien à David, elle lui donne de la force. La brume de l'aube a disparu. Maintenant on voit à nouveau les immeubles géants, de chaque côté du fleuve. Le soleil éclaire en blanc leurs façades à l'est, fait briller les grandes vitres derrière lesquelles il n'y a personne.

Quand il a faim, David retourne vers le Super. Il n'y a encore presque personne à cette heure, et la musique nasillarde des haut-parleurs semble résonner à l'intérieur d'une immense grotte vide. A l'intérieur du magasin, la lumière des barres de néon est dure et fixe, elle fait briller les choses et les couleurs. David ne se cache plus. Il n'y a pas de familles, ni d'enfants auxquels il puisse se mêler. Il y a seulement des gens affairés, des vendeurs en blouse blanche, les caissières derrière leurs caisses. David mange des fruits, debout devant l'étalage, une pomme jaune, une banane, du raisin noir. Personne ne fait attention à lui. Il se sent tout petit, presque invisible. Seulement à un moment, une jeune fille qui porte la blouse blanche du magasin le regarde manger, et elle a un drôle de sourire sur son visage, comme si elle le reconnaissait. Mais elle continue à ranger les rayons de nourriture, sans rien dire.

C'est en sortant du Super que David a eu envie de prendre de l'argent. C'est venu comme cela, tout d'un coup, peut-être à cause des longues heures passées à attendre, peut-être à cause de la nuit, ou de la solitude sur les galets du rio sec. Soudain, David a compris pourquoi son frère Edouard ne revenait pas, pourquoi on ne pouvait pas le trouver. C'est devant le magasin de chaussures que cela s'est passé. David s'est souvenu du jour où avec sa mère, il est allé au commissariat de police, et ils ont attendu longtemps, longtemps, avant d'entrer dans le bureau de l'inspecteur. Sa mère ne disait rien, mais l'homme posait des questions avec sa voix douce, et de temps en temps il regardait David dans les yeux, et David s'efforçait de soutenir son regard avec le cœur battant la chamade. Peut-être sa mère savait quelque chose, quelque chose de terrible qu'elle ne voulait pas dire, quelque chose qui était arrivé à son frère Edouard. Elle était si pâle, et muette, et le regard de l'homme assis derrière le bureau de métal était brillant comme du jais, et il essayait de savoir, il posait ses questions avec sa voix douce.

C'est pour cela que David s'est arrêté maintenant devant
le grand magasin de chaussures, où il y a cette lumière
blanche qui brille sur les dalles de plastique rouge. Il fait cela
presque machinalement, comme s'il refaisait les gestes que
quelqu'un d'autre aurait faits avant lui. Lentement, il longe
les allées qui vont vers le bout du magasin. Il passe devant
les rangées de chaussures sans les voir, mais il sent l'odeur
âcre du cuir et du plastique. Les dalles rouges font une
lumière enivrante, la musique douce qui descend du plafond
l'écœure un peu. Il n'y a personne dans le grand magasin.
Les employées sont debout près de la porte, elles parlent,
sans regarder le petit garçon qui se dirige vers le fond du
magasin.

La musique douce fait des bruits de voix qui recouvrent
tout, des :

Ah ouh, ahwa, wahahou...

comme des cris d'oiseaux dans la forêt. Mais David ne fait
pas attention à ce qu'ils disent, il avance, en retenant son
souffle, vers le bout du magasin, là où il y a la caisse.
Personne ne le voit, personne ne pense à lui. Il marche sans
faire de bruit entre les rayons de chaussures, bottes, tennis,
bottines d'enfant, il avance vers la caisse en tenant serrée
dans sa main gauche la pierre ronde qu'il a ramassée sur la
plage du fleuve, hier soir. Son cœur bat très fort dans sa
poitrine, si fort qu'il lui semble que les coups doivent
résonner dans tout le magasin. La lumière des barres de
néon est aveuglante, les miroirs sur les murs et sur les piliers
renvoient des éclairs fixes. Le sol de plastique rouge est
immense et désert, les pieds de David glissent dessus comme
sur de la glace. Il pense aux gardiens qui tournent dans les
magasins, et sur les parkings, dans leurs autos grises, il
pense aux gens méchants qui guettent, avec leurs yeux

brillants et féroces. Son cœur bat, bat, et la sueur mouille son front, les paumes de ses mains. Là-bas, au bout du magasin, il la voit bien, énorme et éclairée par ses lampes, la caisse est immobile, et il avance vers elle, vers l'endroit où il va enfin pouvoir savoir, rencontrer enfin son frère Edouard, l'endroit brûlant où est caché le message secret. Maintenant, il le comprend, il le sait bien, c'est pour cela qu'il est parti de l'appartement hier matin, avec la clé attachée autour de son cou : pour arriver jusqu'ici, à l'endroit où il va pouvoir commencer à retrouver son frère. Il avance vers la caisse comme si elle le cachait vraiment, et qu'en approchant il allait voir apparaître sa silhouette mince et sombre, son beau visage aux yeux noirs, brillant de fièvre, ses cheveux bouclés emmêlés comme s'il avait marché dans le vent.

Il serre fort la pierre ronde dans sa main, la pierre toute chaude et mouillée de sa sueur. C'est comme cela qu'on fait la guerre aux géants, tout seul dans l'immense vallée déserte, à la lumière aveuglante. On entend au loin les cris des animaux sauvages, les loups, les hyènes, les chacals. Ils gémissent dans le silence du vent. Et la voix du géant résonne, il rit, et il crie à l'enfant qui marche vers lui : « Viens ! Je te donnerai à manger aux oiseaux du ciel et aux bêtes des champs. Viens !... » Et son rire fait courir des frissons sur la pierre ronde du lit du fleuve.

Maintenant, David est au fond du grand magasin, devant le comptoir où est installée la caisse. La lumière blanche du plafond se réverbère sur les angles de métal, sur le plastique noir du comptoir, sur le sol rouge sang. David ne regarde rien d'autre que la caisse, il s'avance vers elle, il la touche du bout des doigts, il contourne le comptoir pour être plus près. La musique douce ne cesse pas ses soupirs, ses hululements lointains, et les coups du cœur de David se mêlent aux bruits lents de la musique. C'est une ivresse étrange, comme celle

qui emplissait la tête quand il respirait la feuille de papier
buvard imprégnée de l'odeur poivrée de la dissolution. Peut-
être que le visage de son frère Edouard est là, tout près
maintenant, sombre et hiératique comme le visage d'un
indien aux pommettes hautes, en train d'attendre. Qui le
tient prisonnier ? Qui l'empêche de revenir ? Mais le vide
tourbillonnant, aveuglant, ne permet pas de comprendre.

David est appuyé contre le comptoir, son visage à la
hauteur du tiroir de la caisse. Le tiroir justement est
entrouvert, et il glisse lentement sur lui-même, comme si
c'était la main d'un autre qui l'ouvrait, qui prenait une liasse
de billets et la serrait fort, en la froissant entre ses doigts.

Mais tout d'un coup, le vide cesse, et il n'y a plus que la
peur. Quelqu'un est là, à côté de David, un jeune homme un
peu gras, au visage presque féminin, encadré de cheveux
bruns bouclés. Il tient David par la main, il la serre si fort de
ses deux mains que David entend craquer ses jointures, et
crie de douleur. Le visage de l'adolescent est tout luisant de
sueur, et ses yeux brillent d'une lueur dure, tandis qu'il
répète, les dents serrées, mais avec tant de véhémence qu'il
postillonne : « Voleur ! Voleur ! Voleur ! » David ne dit rien,
il ne se débat même pas. Sa main gauche a laissé tomber par
terre le caillou rond du fleuve, qui roule sur le plastique
rouge et s'immobilise. « Voleur ! Sale voleur ! » continue
sans se lasser le jeune homme, et maintenant il parle très
fort, pour attirer l'attention des vendeuses à l'entrée du
magasin.

« Voleur ! Voleur ! Sale petit voleur ! » crie-t-il, et son
visage a une telle expression d'excitement et de colère que
David n'a plus peur de lui. Simplement, il ferme les yeux, il
résiste à la douleur des deux mains du garçon qui broient ses
métacarpes et son poignet. Il ne veut pas crier, pas parler,
parce que c'est comme cela qu'il doit faire, s'il veut retrouver

son frère Edouard. La voix étranglée du jeune homme résonne dans ses oreilles, pleine de menace et de haine : « Sale voleur ! Sale petit voleur ! » Mais il ne doit pas répondre, pas supplier, ni pleurer, ni dire que ce n'est pas lui qui est venu jusqu'ici, que ce n'est pas l'argent qu'il voulait, mais le visage de son frère Edouard. Il ne doit même plus penser à cela, puisque le géant l'a vaincu, et qu'il ne sera pas roi, et qu'il ne retrouvera pas ce qu'il cherche. Mais il doit se taire, toujours se taire, même quand viendront les gardes et les policiers pour l'emmener en prison. Des femmes sont venues, maintenant, elles sont là autour d'eux, elles parlent, elles téléphonent. L'une d'elles dit : « Lâchez-le, voyons, ce n'est qu'un enfant. » « Et s'il se sauve ? C'est un sale petit voleur comme il y en a partout ici, ils attendent qu'on ait le dos tourné pour mettre la main sur la caisse. » « Comment t'appelles-tu ? Quel âge as-tu ? » « Ce sont leurs parents qui les dressent comme ça, vous savez, ils doivent rapporter l'argent à la maison chaque soir. » « Voleur, espèce de sale petit voleur ! »

A la fin, le garçon relâche son étreinte, moins par pitié que parce que ses bras sont fatigués d'avoir tant serré la main de David. Alors David tombe par terre sur le sol rouge sang, il s'affale doucement comme un tas de chiffons, et sa main et son poignet tuméfiés pendent le long de son corps. La douleur le brûle jusque sous l'épaule, mais il ne dit rien, il ne prononce pas une parole, même si les larmes salées coulent sur ses joues et mouillent la commissure de ses lèvres.

Il y a le silence, maintenant, pour quelques instants encore. Plus personne ne parle, et le jeune homme s'est un peu reculé loin de la caisse, comme s'il avait peur, ou honte. David entend toujours les bruits langoureux de la musique lointaine, pareille aux gémissements d'animaux qui se lamentent, il entend le bruit de son cœur qui bat fort, dans ses tempes, dans son cou, dans ses artères à la saignée du coude. La brûlure de sa main est moins forte, il sent entre ses doigts le papier froissé des billets de banque, que personne n'a songé à lui enlever. Avec effort, il se redresse un peu et il jette au loin les billets qui culbutent sur le linoléum comme une vieille boulette. Personne ne bouge pour les ramasser. Devant lui, à travers le brouillard de ses larmes, il voit aussi le visage de sa mère qui attend dans l'appartement obscur, loin au-delà des murs abrupts et des vallées turbulentes de la ville moderne. Il voit cela très vite, en même temps qu'apparaissent, au bout du grand magasin, les uniformes des gardes. Mais cela lui est égal, il n'a plus peur de la solitude, il ne peut plus craindre le monde, ni les regards des gens, parce qu'il connaît maintenant la porte qui conduit vers son frère Edouard, vers sa cachette secrète d'où on ne revient jamais.